张洁文集 ②

长篇小说

只有一个太阳

人民文学出版社

目 录

一	001
二	024
三	039
四	069
五	097
六	118
七	133
八	153
九	181
十	203

一

护照号码是275381,或者是273581。他又看了一遍。

他不能错。

这里的差事收入可观,工作环境舒适,如这懊嘈的都市生活里一片清凉的薄荷。

每天他走进这块飞地,都像走进一个精致的、玩具般的日子。心里便生出可惜不是真的的惋惜,和哪怕置身其中一会儿也是白捡的满足。

那几个数字如浸了水似的漫散开来。

也许是他的瞳仁变成了散黄鸡蛋。如果天天看这套文字,而且每天看上二百份的话,每个人的瞳仁都会变成散黄蛋。

眼睛和舌头一样,也需要换换口味。

他抬起头,望着玻璃窗外等候签证的队伍。

那是一支壮观的队伍。无论从哪方面来说。

尽管已经司空见惯,但每每还是让他触目。特别是在早晨,刚刚在被窝味儿还没散尽的房间里吃过早饭,度过一千一百零一个同样的早晨之后。

早上他又和父亲吵了一架。

"你为什么不先烧开水?"父亲端着一个大花脸盆,站在马靴鞡子那儿问道。随着他的质问还送来一阵不甚明确的汗馊。

把家里的走廊,和走廊拐弯处的厨房比作一只马靴再恰当不过。而且是一只十分可脚的马靴,穿的时候非用鞋拔子不可。

家里最近没有婚娶,却不知怎么有个印着大红喜字的、足以说明一个家庭在各方面水准的脸盆。有过多次他都想把这个热闹得不得了的脸盆,从窗户里扔出去,又终于没有这样去做。到底是钱买的,到底也没有一个从各方面来说水准更高的人会看见这只脸盆。

父亲刚从床上爬起来。长及膝盖的大裤衩子使他显得十分凋萎。

这种内裤穿着舒服吗?也许人们会因为这条内裤说他思想纯正、品格高尚、道德完善。可是除了家里人,那些有可能给他做出如许结论的人,是没有机会看见他穿的内裤的。

有时你真不明白人们穿衣服是为了什么。

那样的结论如今一钱不值。

说是一辈子,不过是一眨眼的工夫。来去匆匆。这样和自己过不去,何必呢?

那条大裤衩子既让他怜悯,又让他看不起。

"暖瓶里的水足够您洗脸用了,等我热完牛奶就给您烧开水。"

"早上起来第一件事就是烧开水。"父亲说这话时的神气,就跟中央电视台的张宏民宣读政治局扩大会议撤销胡耀邦党中央总书记的决议那么严正。张宏民那天还特地换了一身中山装。那件事整个儿特别得让他一辈子难忘。

"先烧牛奶有什么关系,不耽误您沏茶、洗脸不就得了。"他一字一顿,力求把每个字说得格外清楚,以证明自己确有耐心。

这份被突出强调的耐心,显然居心不良。气氛没有得到丝毫的缓和。

"我现在沏茶。"

谁能说这个要求不近情理?特别是提出这个要求的人是你的父亲的话。

正是因为它的合情合理,反过来说,你如果不那么做就是不近情理。真是岂有此理!

"您现在喝吗?"他愁眉苦脸地把那个"喝"字说得很重,仿佛正在受着无尽的虐待和折磨。

"喝!"一个人既然被打扮成暴君、迫害狂,他能不火冒三丈吗?

"您不是还没洗脸吗?"

"我不洗了,我先喝茶。"

"您这不是存心找别扭嘛。"

要是天天有人用这样鸡毛蒜皮的事折腾你,哪怕是你亲爹你也会忍无可忍。

"你就这样跟我说话?!我的肾炎老好不了,就是让你们哥儿俩给气的。"

他这么说的时候,你会觉得肾炎不是差点儿要他老命的病,而是他的荣耀、奖状、克敌制胜的法宝。他很爱它。

如果他想不讲理,想让人们照他那不讲理的办法办,想找别扭,他准来这一手。因为你不能做个不孝顺的儿子。

不能说公费医疗不治病。除非你净得急性肠炎、长脚鸡眼什么的。好病房、好医生、好药什么的全照顾老外、高干、高知什么的了。

中国,慷慨啊。

父亲不属于被照顾之列。他是什么?不过是个邮局小职员。偏偏得了一个纠缠不清、难解难分的病。

全靠茅台、登喜路,以及愚公移山的精神。

茅台多少钱一瓶?

二百六十块。往三百元浮动。

父亲的病明明一天天地好起来,却偏说自己好不了。

天地良心。

"你甭倚病卖病。"

父亲把大花脸盆往地上咣地一砸:"我白养你这么大了,你这没良心的东西!"

他也讲良心,怪不怪?

他赶快把盛着牛奶的瓷碗往地上一砸。要是不赶快往地上砸,很可能就会砸到父亲脑袋上去。

他们用碗喝牛奶,而不是用杯。

那些青花粗瓷碗真叫结实。由于洗得匆忙或使用得不经心,个个在边缘上磕碰出缺口,一条条裂纹从缺口直探碗底,又因吸足了残羹醒目于碗壁,到了这个地步居然还不肯裂开。

而在使馆里,他和那些老外一样,安静地用盘子托着茶杯喝咖啡,或喝红茶。那安静并非来自无人之境,而是来自一份教养。

那才是一种文明的生活。

他们吵架不吵架?摔盘子摔碗吗?

这文明的生活教给他茶盘里的小勺是用来搅和奶里、咖啡里或红茶里的糖,而不是用来舀饮料喝的。因此他看不起电影、电视里那些扮演华侨巨商或巨商的千金公子的演员。居然拿着搅糖的小勺舀咖啡喝。仅从这一细节就露出了那些演员的穷酸相,还扮演什么华侨巨商!

他又觉得自己很像电影或电视里的地下工作者,在家里过着清寒的日子,搞情报时不是搂着姨太太(也许是女儿)跳舞,就是喝威士忌,或者和哪个对他的身份开始怀疑的对手唇枪舌剑地斗智、争风吃醋。

也许他不应该和父亲为那些琐事吵架,一个懂得文明生活的人应该宽容、豁达。父亲长期患病而又难以痊愈,心理上的压力应该可想而知。一个健康的人如今还有许多受不了的时候,何况一个病人。

要是家里有个女人,矛盾就会少一些。

母亲去世了。

没有女人照料的家庭简直像个工棚。但是女人比以前贵了。即使她们自己不想贵也没有办法。永安里一条街上,随便一件女人的衣裙就是上百块。女人怎么能不涨价呢?

这位申请移民。黑白色的条纹裤子和棕红色的格子上衣更使他眼晕。

他会说 yes 和 no。在说 yes 时摇头,在说 no 时点头,并且像本牛津版的英汉大辞典那么令人不容置疑。

仅仅为了他给他的这份眼晕,他难道不能用英语和他练练?

"你患有性病吗?"

"Yes。"新移民摇着头说。

"你母亲是你父亲的正式妻子吗?"

"No。"新移民点着头说。

"你的出生年月日?"

"Yes。"

"你是否申请移民?"

"No。"

他不知道该哭该笑还是该给他一个嘴巴子。

为什么他过得连这 yes、no 都不如?

他有什么理由要爱这些个 yes、no?哪怕他现在不用小勺舀咖啡喝了也不成。

这个男人来取护照。

他记得这个男人。上次来送申请表的时候,不多的几份表格和证件,在他手里倒腾得像有几百份。

"请问,如果家里没电话,填机关的电话行不行?"

"你自己看着办。"

"我……我不清楚……"

"你连这个都不清楚还到国外交流什么?"

"出生年月日填阴历还是填阳历?"

"你爱填什么历就填什么历。"

他似乎让人噎惯了,或者根本想不到有人会使坏。像对一个熟人似的说下去:"我一直怀疑我应该不应该属龙,也许我应该属兔。我出生在三十晚上,接生婆能说准我出生的时辰吗?我们家穷得连个钟也没有。唉。"为不能断定自己是不是弄虚作假而心虚。

这哪儿像个交流学者?洋人可不是这样,越是有身份的人话越少,也越自信。好比这里的领事。

她绕过那些桌子,特地走出来问他:"一切都顺利吗?"

"很好,谢谢。"

"真抱歉,我们给您增加了麻烦,今天才把您的手续办好,而您明天就要启程。"

"我想来得及。"

"一路平安。"

"谢谢。"

一旦说起英语,他似乎利索了很多。

要是看他的衣着穿戴,无论如何也想象不出他是一位学者,使他露出学者本相的是他的神态,好像眼下这个雇员,看上去就是个雇员。

他姓班?盆?潘?她始终读不清楚。中国字的发音实在令人难以捉摸,每个字都能发出四个音,不像她的母语,每个音节都很明确。

如果再把中国字用于外交场合,就更加令人难以捉摸。她在外交部亚洲司工作的时候,有一次宴请一位中国官员,司长问起他对首都的印象,那位官员只说了一个"嗯"字,而且嗯得很气派,好像拿破仑皇帝认可一道佳肴。可是那位官员的翻译,却译出:"我很荣幸能到这样一个历史悠久的国家,这样美丽的一个城市来访问……"这样的一番话。汉语简直像压缩食品一样,既可浓缩,又可发散。

等候签证的队伍消散了。她看了看表,下班的时刻到了。

班?盆?潘先生从椅子上站起来,伸腰伸胳膊伸腿地将身子扭变成各种形态,他脸上的每一条纹路都伸长了,仿佛想多抓住一些什么,可见变形是必要的也是必然的。

之后,他用一种营造出来的随意,捅了捅三秘巨型的肚子,好像他们之间确实亲密。她看见几个最后离去的办理签证手续的人,流露出对他可以和洋官洋将平起平坐的艳羡。

之后,他又用这份随意往三秘的烟斗里瞧了又瞧,瞧完之后又呵呵地大笑,好像烟斗里有什么可笑的事情。不过他的笑声很老,不像他的脸那么嫩。那张脸看上去光滑细腻,纯洁透亮,绝不是一张会使坏的脸。

她抽出一支香烟。还没等她看清他是怎么绕过横在他们之间的那些桌子、椅子,班?盆?潘先生已经在她面前打燃了打火机。

"谢谢。"她向他微微一笑,他竟向她抛出了一个媚眼儿。

班？盆？潘先生好像有些异想天开。

不一定每个西方女人都想到中国找个中国丈夫。相比起来,西方男人对中国女人的兴趣,比西方女人对中国男人的兴趣大。

好比那位先生。

"女士们、先生们,现在我们讲授时间的表述。比方三点四十五分,有以下几种表述方式:forty-five minutes past three;也可以说成 a quarter to four,差一刻钟四点;或者是 three forty-five。但是我们西方人通常的用法是 a quarter to four。"他在说到"我们西方人"的时候,就和纳粹说到希特勒差不多。如果不和纳粹说到希特勒差不多,至少也和赛金花说到瓦德西差不多。

电话铃报警似的响了起来。他故作洒脱地笑了一下,又将眼珠斜抛过去,铆住了听课的学生,好像接不接电话全靠他们来决定。其中几个学生俏皮地摇了摇头,其他几位则毫不客气地沉默着。当然,他们不但珍惜他们的钱,也珍惜他们的时间、学业。

他已经沦落到了以教授私人英语为业。

所谓沦落,是指他根本不是一个以英语为母语的公民或者是种族,更没有任何一种哪怕是玩票儿专业的硕士证明书。

现在许多中国青年对英语的学习如饥似渴,并且以为所有的老外必然都是英语教授,只有从他们那里,才可以学到原装的英语。他们宁肯相信一个三等水平的老外,而不愿意相信一个一等的中国英语教师。

所以这个钱挣得很容易,据他了解,北京有不少老外操此行业。它既不需要资本,也不冒什么风险。更不必像中外合资企业或外商独资企业那样,为突破中国官僚机构的层层关卡而历尽艰辛。他这几个学生,就是一个荷兰女人拨给他的。

每个学生每月学费四十元(人民币),每周一次,每次两小时,月收入可达五百多元,除了不能上建国饭店、长城饭店,糊口还是不难。

好,不接电话。

他本来就不想接这个电话,他料定现在的电话,一律不会带来好消息。

在中国混饭吃已经不像前几年那么容易。那时候中国人以为每个老外不是福特财团就是爱因斯坦。中国的官员差不多都知道福特垄断集团,大概不是从列宁的著作里,就是从斯大林的著作里读到的。可是最近福特家族中的一个女孩,嫁了一个中国青年。中国的知识分子差不多都知道爱因斯坦——否则还叫什么知识分子——以及他的相对论在科学技术方面所具有的哲学意义的革命。

聘用他的中国单位,一俟合同期满,立即表示不再聘用,但是和他谈判的那位官员,似乎十分倾慕不学无术的他,愣将那份工作不知怎么干以及不知有什么可干地干了两年之久。同时再明白不过地表示了对他的熟知,以至那种熟知变得不像是对他的弹劾,而是对自己可以这样熟知的炫耀。

中国人喜欢档案,也善于搞档案,包括对他这种等而下之的角色也会兴味益然。这个民族似乎人人具有情报人员的天才。

母亲的来信里,常常夹有黑色的男人短发和烟灰,而她从不吸烟,头发极长且灰。

与朋友通电话的过程中,会突然插进一股电波的强烈干扰,说明这里的监听技术还相当落后。听说常住北京的外国人就有两万,不包括那些旅游、访问、使团人等在内。一定有一支浩浩荡荡的监听队伍。

你要是问美国的中央情报局,他们可能知道费孝通、钱伟长的档案,乃至他们当右派时的检讨,乃至三十年后他们对待刘宾雁的态度,但是他们绝对不会知道哪个单位把大门的档案。可是中国人知道。

"女士们、先生们,现在我们再讲……"

电话铃继续响着,好像存心让他洒脱不得。这东西和其他的摆设不同,好比桌子、椅子。也许因为能够传递信息,便像个小妖精似的伏在你的房间里,赖皮赖脸地把你只在心里想的,躲在房间里干的,看个一清二白。什么时候一高兴,在你最不愿意让人打扰,或是最怕接到哪个电话的时候,没命地响了起来,弄得你最后非接不可。

"先生,我们是宾馆业务室。请您务必于本月底结清拖欠的租金,从下月一号开始,有新的客人租用这个房间。谢谢。"

不能说中国人不客气,甚至可以说客气得过分。要是在西方,任何旅馆都不会允许客人拖欠哪怕一天的房租,他们早就把你的行李扔到房间外边去了。

他不是不想搬走,找个便宜的旅馆,北京有几块钱一天的通铺,也有两块钱一天的公共浴池。但是不结账就走不了,而几块钱一天的通铺和两块钱一天的公共浴池则影响他的公众形象,他就更别指望找到工作。不论什么时候,排场都是一种身份证明,在中国就尤其如此。

回国?以他这样既无一技之长,又无一纸文凭的人,只能加入蓝领阶级卖苦力。不行,他受不了那个苦,也不甘心于那种毫无光彩的日子。只要有光,不管什么光都行。

当然也没有指望再打进什么学术单位、文化团体、商社、企业,诸如此类。

真是山穷水尽。

他握了握手里那本《中国当代女名人录》,如今只有靠它来指点迷津了。

这本书装潢得很像西方的畅销小说。又窄又厚。也很适合装在男人屁股后头的口袋里,以便他们随时翻阅。

中国真的开放了。有了这样的当代女名人录,不但对中国男人,恐怕对西方男人也大有裨益。他爱开放的中国。他更赏识编纂这本女名人录的人,单这书名就值一万元。

他吹了一声口哨。口哨带着花哨的颤音,用手指弹了弹封面,便坐下来阅读。

虽然他没有一纸文凭或一项专业,但是凭着偶然的兴致,他超前地学会了读,并且学会了说汉语。在共产党中国开放之后,是早期进军中国的西方人之一。

他如探警般机敏、迅速地排除了不足以构成注意对象的人选,而在具有实际意义的名字上,用有力的笔触,做上雄心勃勃的记号。

为什么不试一试?他喜欢试一试,尤其在这种试一试不需要付出什么的时候。结果无非是两种可能:成功,或者是不成功。

不成功有什么损失?什么损失都没有。顶多损失一本《中国当代女名人录》。像他和玛丽娜的婚姻。结就结,离就离。他没有财产,也没有收入(所以他选择这个时候离婚),律师也拿他没有办法。何况事情发生在中国。可怜的中国律师,他们本来就不能说什么,对两个老外的离婚更不能说什么。

他损失了什么?什么也没有损失。

而一旦成功却无本万利。

既然有那么多外国骗子在中国活得像个大亨、绅士,为什么他就不行?比起那些骗子,他的作为甚至可以称得上英勇牺牲。他卖出的,将是一个男儿的自由之身。

这本小书很不经看,只能提供一些线索,更重要的信息,比如已婚未婚则需进一步的了解。好在全世界的名人都一样,他们永远被公众放在嘴里,使劲儿地咬着、嚼着。

一进门廊,一股霉凉、阴湿的泥土味儿便扑上面来。很淡。淡到不但与腐烂的败草枯叶、长白毛的破砖烂瓦毫无干系,而且还有一点安神的作用。如果没有大门外那个冒着千百种气味的都市味做比较,也许根本就无法察觉。

他果然就见到像这种院子所应有的花木扶疏的景致。栽植着海棠、扶桑、藤萝什么的,格局很是讲究。

即使同样的泥土、同样的林木,属于大众的公园绝不会冒出这种小院的这种霉阴气味。它的气味可能和不经常打开的大门,以及门里的日子有关。

好比到了如今,还能独居北京的四合院的中国人真是寥若晨星。差不多都是上得史料或文件的名字。她就这么神神仙仙地住在这个院子里。

刮过一阵轻风。

他像猎犬一样仰起了脑袋,翕动着鼻翼,似乎随时准备腾空一跃。

在中国女人里,她不仅显得怪诞,而且放肆。披着一件晨袍坐在书房里看报纸,并且就这样地接待他,不能不使他浮想联翩。晨袍的开衩下,露着她还算丰腴的腿。还好,不怎么皱巴。亚洲人经老。要是西方女人到了这个年纪,真是一点希望也没有了。

"你又来了。什么?向我求婚?"她仰着脖子,放出一个人只有到了把全世界都不放在眼里的份儿上才会放出的、肆无忌惮的大笑。此时,她尤其像匹河马。

显然她深知自己那像河马一样的大嘴,显然她也不在乎世人对这张嘴的印象。然而对他来说,这张嘴未免过于难堪。事到如今,也只好因陋就简,还有什么话可说。

"真是开玩笑。关于我你知道些什么?你知道的不过是我的地位,需要的也是我的地位(汉语)。年轻的先生,在你还没有出生的时候,我已遍游欧洲(德语,略带汉堡口音)。什么人我没见过?我一眼就看出,你不过是个洋混混(英语,纯粹的牛津音)。我劝你别在我的身上花力气,我这样的女人你消化不动。我没有时间和你啰嗦,你要是再来打扰我,我就要叫警察了(法语,南部口音)。"

每每进入这样的住宅,他都觉得像是进入了地下室,或者是家乡附近依然歪斜在河岸上的那个碉堡。

二次大战已经烟消雾散。如果没有那个碉堡,他真不知二次大战为何物。

有时他觉得那碉堡就是二次大战。颓废、庞然、生硬、苍凉。村里的人在它的身旁漠然地走来走去,就跟从来没有它一样。所以他始终不能明白,每每提起二次大战,人们为何能这样那样地说出许多。只有夏日,万物不曾忘记。含羞的雏菊年年依旧地倚立在碉堡的脚下,在轻风中悄然抬起低垂的头。

那时他常帮助父亲将面包运送到河的对岸。送完面包回来,日娜总在碉堡里等他。

沧海桑田了。

从碉堡里俯视下方的河流、河流上的木桥、桥上的少年的已不复是一管枪眼,而是日娜如熟透了的李子的双目。

对他来说,堆砌的水泥常常和女人滑腻柔软的肌肤联系在一起。始终让他回忆起初次品尝女人肉体的强烈印象。他对堆砌的水泥可以说是有些偏好。

果然如他料定的那样,电梯不运行。

在这样的公寓里,电梯或者是在休息,或者坏了不能使用,或者什么理由也没有,不运行就是不运行。这部电梯的情况属于后者。

她长得很苦,一副必受愚弄的模样,却误会地以为自己凡事都知道怎么对付。自然就准备了一份很足的信心去敲电梯旁的一个房门。在门上叩出断断续续、畏畏葸葸又决心到底的声响。

那屋子像一口沸腾的锅。葱、姜、蒜味因不堪锅内的拥挤,只好从门缝下不断地溢出。所以那个白嫩得如煺了毛的小母鸡的年轻女人,就像是被那股汹涌的气味顶出来的,并且被葱、姜、蒜调煨得极其可口。

"敲什么敲敲什么敲?"她鸡啄米似的问她。频率很快,节律整齐。脑袋歪来歪去地盯着她的脸,好像那不是一张脸,而是一摊米。

"我有心脏病,十五层楼实在爬不动。谢谢你了,开一开电梯吧。"

她好像不止有心脏病。

"电梯坏了电梯坏了。"对着她的脸,她又叨了几嘴。猛然看见电梯旁的他,极快地盘算了一下,便打开电梯门,对准一排按钮,也如鸡叨米似的一阵乱捣,指示灯红红绿绿地闪了一阵复又归于沉寂。

"坏了坏了就是坏了。"

"好吧。"她只好无奈地下定决心,去爬那无尽的楼梯。但是想拿这种鬼话对付他,可就没有那么容易。

他伸出手臂,往电梯门上一横,拦住了小母鸡的去路:"真的坏了?"他的眼睛放肆地在她的脸上摸来摸去。他知道如何对付这种热爱生活的女人。对于哪怕有一点灵活性的男人来说,碰到这种女人,一切难题变得再容易不过。"你再试试看,也许毛病不大。"

她果然笑得妖冶。虽然齿缝里夹着一些绿色的植物,那份妖冶却并不因此而逊色。货真价实得十分可以。

"你还会说中国话?"她的眼睛一瞬间便翻飞出许许多多的花色。

"只对漂亮的女士。"

于是电梯轻而易举地将他载上十五层楼。

门前有一块使西方人感到久违的、编织得极富立体感的擦脚草垫。对于那个小门来说可能是过于阔大的草垫,似乎是主人的一份说明。

敲门。

没有人应。

再敲。还是没有人应。他正在考虑是否转向下一个目标,却见那位长得很苦的女士拖着一双分量很重的细腿走了过来,恰恰在这门口站定。满脸都是从未见过这种事情的疑惑。

他颇为熟络地对她点点头。那份疑惑却仍旧迟迟钝钝地留在她的脸上。

"你好。"

"我?"

"我想找你谈谈。"

"我?"

他头一次碰到这样一个你简直不知道拿她怎么办的对手。他摊手,捯脚:"我们是不是可以进去谈?"

他本来以为她会又来一个"我?"

蒙她开恩,这次来了一个"为什么?"

"站在这里讲话是不是不太方便?"他学着她的办法,将谈话一律改为问式,果然就有了可观的进展。他终于被引进室内。也许不必如此,进门时他还是弓了弓腰,他觉得要是不弓腰脑袋非撞到门框上不可。

这是一套袖珍式的住宅。比起一般人家不能不算宽敞,由此可见主人的特殊地位。住着这样一位袖珍式的女人,倒也相得益彰。

他一面打量着室内的格局,一面考虑他将来住在哪一间。

"……噢,你说什么?噢,中外合资的电视制作公司。中方是哪个单位?A省B县。一般地说,现在是人都比知识分子有钱。你这个题目挺吸引人——《我的中国女朋友》,"她努着嘴唇想了想,好像在盘算它的销路,然后又肯定地点点头,"销路一定很好。女人嘛,不管是什么样的女人,也不管她是哪个种族,不但是人类另一半关注的对象,也是她们同类关注的对象。"与其说她在和他谈话,还不如说她在出声地思想。想着、想着,便突然摘下脸上的平和,"以至这一个常常想掐死另一个,没有深仇大恨,只不过是你的成功就是她的失败;你的存在就是她的障碍;这一个绝不能容忍另一个哪怕是比她少了一条皱纹。好比社会主义的赖莎和资本主义的南希谁又碍着谁了,她丈夫当总书记碍不着她丈夫当总统,她丈夫当总统碍不着她丈夫当总书记,可是她们好不容易见了面,都巴不得用自己的舌头把对方宰了。"

他点头、微笑、耸肩、大睁眼睛、挑起一根眉毛,对她所说的内容不时发出赞同或难以想象的惊叹,啊!哦?唉什么的一样不落,同时掐准时间不失时机地在整整三十分钟之后,咔嚓一下整整齐齐截住她的话头,将谈话引入正题。

"啊,这可不行,先生。我算你的什么朋友?今天我们才第一次见面是不是?况且你提出的摄制方案实在离奇,像'我理想的丈夫'这样的题目,如何可以在摄影机下一面同先生你在林间漫步一面讨论呢?已经有七位女士和你谈过这个题目了?不少,真的不少。不要说七位,就其中的哪一位都能使你这部电视光芒万丈。好了,就这样吧,我还要去参加一个讨论会。不过先生,你怎么也染上了中国人的习气,事先不与被采访者约定便闯上门来?好吧,无论如何祝你发财。"

他果真发了财,也果真和一个中国当代女名人结了婚。不过这不关大使馆的事,所谓的双方情愿。

在中国人还没有完全明白过来的时候,中国对西方人来说实在是块无价之宝,或者套一句俗话,叫做冒险家的乐园。

依然如此。

尽管他们当中已经有人明白了一些,甚至已经很明白,明白到已经开始用其人之道还治其人之身。但是中国有十二亿人口,要让十二亿人口都明白过来不那么简单,所以西方人在中国还有不少美好的时日。

"班?盆?潘先生,我查了查登记簿,你把刚才那位先生的文件,没有什么道理地扣压了二十二天,我们差一点影响了他的行程。"

对中国雇员,他们没有选择的权力。中国的劳动服务公司给他们提供什么样的雇员,他们就得接受什么样的雇员。

公寓里给他们开电梯的小子肯定是个克格勃,那张脸简直就是用棍棒、带铜头的皮带、手铐、擒拿术什么的铸出来的。有一次回公寓,电梯门开着,那小子不知在哪个犄角里藏着。她等不及了,便走进电梯。刚准备按关闭的电钮,他却不知从哪儿一下子就蹦了进来,一脸凶杀气,两只眼睛像两束激光一样射向她的脖子。当时她确实感到有两只大手扼住了她的脖子,越掐越紧,越掐越紧。她千真万确地感到被扼杀了。

她做了什么?!

无非因为等不及他,想自己开电梯而已。

听说申请移居海外的中国人,通常在申请移民报告里给班?盆?潘先生夹上一百美金。其中一个到了海外就向中国驻当地使馆反映了这个问题,有关方面不过让他赔偿一千元人民币。他对使馆里的人殷勤得让你窒息,弄得她见了他就想逃跑。对本国人却很苛刻,好像他们不是他的同胞。

她倒了一杯马提尼酒,对着镶在乌七八糟的窗框里的玻璃,看着落日在参差的建筑群后消隐。

其实它是往她的家乡去了。

这里的黄昏,就是那里的早晨。

谈什么升落。

住在北京,如同住在猴房,不管房子里怎么闹腾,你只能倚在墙角里吸烟。

或者,午夜,从一个人人都像老女人那么唠叨的聚会上回来。街灯昏暗得如上个世纪的煤气灯,白天那个人声鼎沸、拥挤得快要爆炸的城市却不知去向,好像被一个巨大的手指抹掉了。那是一个怎样巨大的手指,它的力量神秘得有点让人恐惧。代之而起的似乎是一个突然从地层深处冒出来的古城的废墟。

有时候一个城市很像一个人。

浮躁而稳重、气盛而麻木、自卑而自尊、浅薄而深沉。有文化而无文明,淡泊超脱而又贪得无厌,风流倜傥而又庸俗不堪,妄自菲薄而又目空一切,好客而又充满敌意,容易上当受骗同时也毫不含糊地欺骗他人,盲动盲目而又深思远虑,激扬文字而又不失时机地拈取哪怕一分小利……这一半儿蜷缩、压缩、收敛、掩盖在另一半儿的下面。只要有一点火星就能爆发出意想不到的后果,比方说世界大战什么的。

比方说。

事实上你根本无法估量。

在这个世界上你能猜透什么?!

有趣的朋友本来就难找,到了这里更是难上加难,外交官们基本上都像一条傻头傻脑的狗。

下班以后,大使先生的秘书约她打一会儿网球。

换好衣服走到网球场上,忽然瞥见秘书先生的肚子,便说:"中国人的宴会实在太多。"

他有下等人的精细。"反正他们是国家出钱。不像我们,一切交际费用都包括在大使先生的工资之中,自负盈亏、节约归己。"他又显出一个下等的笑,"明天有一个招待中国人的冷餐会,大使吩咐,量要大,味道不必过于精致。"他用他的精细把不论是大使先生还是中国人,不露声色地、全无例外地阴损了。

虽然他的穿戴无懈可击,不管什么时候看见他,他都像是刚从理发店里出来。但是她一开始就觉得他有什么地方不对劲儿。果然出身低微,先着一脑子的精细考上名牌学府,并在上千人的角逐中进入外交部,因此他对一切抱有一种平民阶层的复仇意识。

她忽然觉得手里的网球拍子很黏,再也没了兴致。

在电梯上恰巧碰上住在对面公寓里的夫妇。他们刚从宴会上回来。那位太太一身好莱坞的打扮,夹着银色的黑色上衣与银光闪闪的高跟鞋交相辉映,如夜总会里闪闪烁烁的灯光。到了电梯上,她丈夫的脸上还挂着外交官那副体面的面具。一般来说,这副面具要在关上家门之后才会摘掉,对于这副面具,有些人并不仅仅出于职业的需要才戴着,他们真是打心眼儿里爱它。

太太提着一个仿佛给了她极大污辱的点心盒子。"这里连蛋糕都做不好,在国内我们总是到市政厅旁边的点心店买蛋糕,那里的蛋糕用的都是当天的奶油。"

她的丈夫不过是个科长吧?忘了。好像就是那么个东西。如果一直呆在国内,他们一辈子也不可能住一次五星级宾馆。可是到了中国,他们个个都像王室成员。

"那就把它扔了。"她说。

好莱坞的太太似乎没有听见,依旧提着那盒使她的身份蒙受了极大的污辱的点心。

"我们的中国女佣真是糟糕透了,连酒杯都擦不干净,"她扭头看着丈夫,他好像终于对谈判内容表示同意地点着头,而所有的谈判又都是一定妥协的产物,"桌布熨得也不平整。厨子烧的菜味道太浓,有时还有一股煳味儿。我们实在受不了这样的佣人,如果这种情况再不改变,我非辞掉他们不可。"

好像他们在国内有一打厨子和女佣。其实这些太太在国内无一不是天天跪在地上擦地板、烧饭、熨桌布、擦酒杯……如果去超级市场,一定还会为花两块五角钱买二百克起司合算,还是花四元五角钱买四百克起司合算费一会儿脑筋。

"我想你们顶好去参加×国大使馆×先生家的沙龙,那儿经常性的消遣就是批评北京的生活,以及怀念他们在西方的上等日子。"

哪儿都有装模作样的小市民。

文化参赞的太太——你不能把一个文化参赞的太太叫"娘儿们"——对待使馆里的西方人,和那位班?盆?潘先生一样,对中国人都像一个冒牌皇后。

他是在上海留学时被她搞上手的。

昨天使馆为国内一个出版家代表团访华举行招待会,请了不少中国出版家。她亲眼看见这位文化参赞的太太,伸着指头指着两个坐在长沙发上的中国人说:"嗨,往里挤一挤,让我们的这位先生坐下。"

连个"请"字也不会说,还用手指头指人。那个手指头不但非常黄,而且像是没有洗干净。她在中国住了这么久,头一次感到中国人皮肤的黄。

佣人托着托盘送食品来了,她大声地指点着中国人:"你们知道这是什么吗?这是pizza(意大利式烘馅饼),是外国最好吃的一种点心。快吃,快吃,出去就吃不到了。"

要么文化参赞根本就没好好待过她,要么她真是这么喜欢pizza,要么她是成心捉弄中国人……她看见一个显然熟悉西方生活的中国人,怜悯而又轻蔑地打量着文化参赞的太太,就像看一个小妓女。

就算她学会说"请",学会不用手指头指人,她这辈子也学不上"夫人"的派头了。

一套翡翠绿的衣裙下,蹬着一双橘黄色的皮鞋,活像一只鹦鹉。只有三等喜歌剧里的女主角才这样穿衣服。逢到别人穿了新裙子或新皮鞋,她总要像厨娘一样问人家多少钱一件,或多少钱一双。你就是抢白她一顿她也浑然不觉,下次依旧。连领会抢白的修养都没有。

那两个中国人在这只鹦鹉的命令下,居然往一块儿挤了挤,给国内来的那个出版家让出一个真不算小的座位。如果是她，一定会站起来就走，并且在向大使告辞的时候说："你们这里好像座位不够，文化参赞的太太不得不令我们挤一挤。我既不喜欢做听任主人指挥的客人，也不喜欢挤一挤，对不起，告辞了。"

据说当初他们两个人在上海谈情说爱的时候，当中还坐着一个朋友当翻译。天底下有如此尽心尽力的朋友，实属难得。其实连翻译也用不着，对于他们来说，直接上床可能更好。

有一个来中国谈生意的商人，一下飞机，还没走出机场就看上了一个中国女人。除了《汉语会话手册》上的第一句话，他什么汉语都不会说。他就那么走上前去，对那个中国女人用他仅会的一句汉语说："我是一个机械工程师。"他们后来不是也结婚了吗？

西方男人见了中国女人好像进入发情期的牲口那么容易成交。

电梯还有到头的时候。

太阳终于连它最后的余晖也敛走了。把世界丢在浑浊的暮色里。街灯和每扇窗口的灯，渐次地亮了。

每每，一个点亮的灯光，总让她感到一种开始。好比现在，就让她感到每一个家庭的生活，似乎经过一段停顿之后，又行将开始。

她也不能如此地在窗前站着，应该开始她自己的工作。

她转身走进书房，在电脑前面坐下。她长长地吁了一口气，好像要把心头的压抑吐个一干二净。她按动键钮，屏幕上却现出"心灰意懒"几个字，令她大吃一惊。真是出了鬼。她将身子往椅背上一靠，惊奇地想，这哪里是电脑？！恨不得吻它一下才好。

当她出版第一本书的时候,随着人们过分、夸张的称赞,她的信心反而越来越小,弄得她后来甚至开始怀疑她那本书的真实价值。

当她出版了《关于中国改革障碍之我见》这本书之后,人们的称赞与她出版第一本书的时候相比,不但谨慎而且吝啬,好像这本书根本就不存在。大使先生对她的工作明显地不满起来。好比在一词多解多义的情况下,他总是难得耐心地、用极为花哨的草体,把她的报告改得眼花缭乱,像个无人管理、野草丛生的园子。这等阴险得与他那光芒万丈的身份极不相称的事,他干得十分随心所欲。用以说明她连起码的行文语法都不懂,还有什么资格著书立说。其实她这样用词和他那样用词并无原则上的区别。

她被这种无所不在的挑剔包围着、折磨着,几次想向外交部提呈辞职申请书,可是她又舍不得离开中国,因为她正在写第三本书,那本书写的是西方在中国投资的可能、效益和前景。

她的一位朋友劝解她。这有什么不好懂?人们之所以称赞你的第一本书,正像称赞一个刚学会五个字母,和一加一等于二的儿童,或者一个从来不会打枪的人,突然鬼使神差地打死了一头鹿,因为这绝对不会危及他们的地位和成就,反而说明他们对后来者的宽宏大量。你的第二本书证明了你的成功绝非偶然,他们不得不郑重地考虑,你的成功会给他们带来什么损失甚至威胁。首先人们会想,驻华使节那么多,为什么只有你写出了那本书?你就是离开外交部,到了别的地方也会遇到同样的问题。全世界都如此。

全世界都如此?

全世界都如此!

二

初次乘坐国际航班的兴奋终于过去。

对航空小姐手推车上的各种饮料表示了得体的兴趣,并加以周到地品尝;

在经济舱里遛了几个来回;

翻阅了机上的一切杂志,从第一页翻到最后一页,又从最后一页翻到第一页。巴黎香水、美国香烟、英国威士忌、日本手表……

"大韩航空公司翱翔宇宙,殷勤侍奉贵宾。"

"汉莎公司体贴入微,笑逐颜开。即使您要一杯清水也会得到尽善尽美的服务。"

"您终年辛苦地工作,休假时当然要选择令您毕生难忘的去处——就像意大利所给予您的一样。在这里,酒店、食物、旅馆的收费合理,租赁汽车和汽油费用更为低廉,还能亨受拿波里的歌声、威尼斯的欢乐……请今日便与旅游公司安排您的行程。"

…………

不错,好极了。

司马南江滋味难辨地笑了笑,相信这一切都不是卖假药。

他喜欢这次旅行,也喜欢旅途上的一切点缀。它让你感到又真实又虚妄。好像他今天真会和一家旅游公司安排一下他去意大利的行程,享受一下拿波里的歌声、威尼斯的欢乐什么的。然而这一切又真的和他毫无干系,即使有朝一日他真的去了意大利,这一切与他也毫无干系。收费合理、价格低廉什么的。

说到价格低廉,这个飞机上恐怕没有一个人和它的关系,像他那样密切了。

他们需要买一把二胡。虽然他们自己更需要买一个冰箱。

尤其是在冬天,只要一进胡同口,远远就能看见他们那栋楼每一个背阴的窗口,都毫无例外地用绳子吊着大小不等的塑料包。当然不光是他住的那栋楼,北京的很多居民楼都是如此,好像那些楼全都得了皮癌,那癌症又都到了晚期,扩散得满身都是。每每看到这些瘤子,司马南江浑身的皮肤就没良心地冷不丁一阵发紧。其实塑料包里都是好东西,包着鸡鸭鱼肉什么的。而那些楼不但给人们提供了可以脱掉他戴够了的面具、藏起他们不愿被人窥见的一切以及遮风挡雨的一隅,还额外地承担了一个义务冰箱的职责。真的,他不该那么没良心地一哆嗦。

他们需要买一把二胡,哪怕不是最好的,至少也是尽其财力的。

当他们把那一摞让无数人捻过、数过,因而沾满了葡萄球菌、大肠杆菌、肺结核菌、甲型乙型非甲非乙型肝炎病毒、各种动植物油、各种香精香料、各种排泄物等等,因而比人民银行新发放的钞票更有钱味儿的五百元置装费,也如多数人一样正过来倒过去地数了几遍之后,他们便作出了这样的决定。

科学院院长依林先生去年随×国科学家代表团访华时,司马南江作为国内某一方面的同行专家,参加了会面、会谈,并陪同该团观看了一次民族乐团的演出。

依林先生对中华民族艺术的爱好和崇拜,简直到了令司马南江愕然乃至惭愧的程度。

报考音乐学院提琴班的邻居二小,初试就被淘汰下来,回家后对他母亲说:"……后来我才知道,我的主考老师是个拉二胡的。他那两根弦还来考我这四根弦,凭这,我能考上吗?"

二小他妈说:"就是就是就是,两根弦考四根弦笑话不笑话。"

邻里们也都说:"就是就是就是。"

到了眼下这个时代,连二大妈都知道如果是人还不知道四根弦简直是土包子、土老帽儿、土鳖、老赶、没文化水。如果还不知道四根弦比两根弦的档次高,简直是对自己的修养、教养、素质、气质、智力、智慧、智商、智能什么的污辱、怀疑、否定。

依林先生说,听二胡演奏,似见白鹤在湖边漫步。款款地收起长腿,再矜持地将腿伸出。似乎担心脚下的泥土不够洁净,总在寻找一块不会弄脏它的脚爪的地方落脚。

又似听见有一条极深、极阔的河,自天地未开之时便朝这里流来,至今方才流到这里,流得艰苦卓绝,不免仍带有天昏地暗的余韵。

"中华民族是一个大智大难的民族。"依林先生一面说,一面用长而略弯的手指沿着西服上衣的翻领上下滑动,"我觉得我已经变成二胡上的一根弦了。"他的眼镜片后面,似有亮晶晶的东西在闪烁。是泪吗?

司马南江十分局促,为依林先生容易的泪和自己不容易的泪。

"你总得有一套像样的衣服,不然怎么应付那些大场面?"妻对司马南江说,怎么分配使用这笔钱显然让她煞费脑筋,"人家说中国的毛料又好又便宜。男人做一套衣服总得要用二点五米,你虽然瘦,恐怕也得用二点三米。"妻的眼睛只将他上下一扫,便量出了这个精确的用量,如果用皮尺验证一下,顶多差个贴边,不过那可以用碎料拼接,不影响衣服的外观。自从和司马南江结婚以后,她终于学会一切从实际出发,诸如量布裁衣、看米下锅等等以至炉火纯青。

"做一套澳毛花呢的得用多少钱?"她自问自答,"按一套二点三米计算……"她算出一笔可观的数字。

从楼梯上往下看,那些蹿动着的黑色的、白色的、剃光的、卷发的、秃顶的、茂盛的、长发的、短发的头顶,像蒸汽活塞似的,不停地捣着他的脑子,争先恐后地把它们揳进他的脑子,这样揳下去,科学家的脑子也不行。他觉得这些头顶渐渐地把他淹没,把他锥死。

呢绒部的毛呢味使人昏昏沉沉,似乎有迷魂药的功效。人们从各个方向喷出的热气形成了一股热的旋涡。千千万万的脚步擦出排山倒海的轰鸣。

空气里尘土飞扬,这些尘土被吸进他的肺里、吸进所有人的肺里,人人被这尘土窒息得脸色青灰。这些尘埃打在每个人的脸上,打上就粘住不放,一个个蒙着尘土的面孔看上去十分狰狞。他扭头看看妻的脸,果然也狰狞了许多。要是人们在这个环境里连续呆上几个昼夜,要不互相掐他们的脖子才叫怪事。幸亏百货商店还有关门的时候。

所以当他再来到大街上的时候,觉得平时拥挤得似乎就要裂开的大街,实际上并不那么拥挤。分明还有阳光,尽管被烟尘蒙蔽得含含糊糊。分明还有空气,尽管被各种排泄物调得黏黏稠稠。

他们往复奔波于各大商店的呢绒部,嗅够了呢绒部那和蒙汗药差不多的呢子味儿;对各种呢绒的质地、价格进行过反复的比较、讨论、算计;又经过无数次犹豫不决的痛苦之后,司马南江还是穿了一套西城区第一生产合作社生产的弹力呢西服上了飞机。

你别无选择。

在纯羊毛西服和一把相对好一些的二胡来说。

一旦远离大地,他才知道云很温柔,天空永远晴朗。航空小姐的笑脸也使他受宠若惊。

司马南江深深地被感动了。这感动使他有几分迷离。他的思绪飘浮如烟,不成形体。于是心里涌起一股并非源于伤感的湿润。

就在此时,他嗅到一股不雅的气味。

司马南江怀疑自己的鼻子出了毛病,便又仔细地辨味,果然是臭脚丫子的味儿,而且浓得几乎要将鼻孔掀开。能够发出如此浓臭的脚,一定五天没有洗过,必是汗脚无疑。

他确信这股臭味儿绝不是从自己脚上发出的。差不多是临上飞机前他才现理的发,现洗的澡,现换的新裤衩、新背心、新衬衣、新袜子、新皮鞋,最后是那身重头的新西装,简直就像第二次做新郎。他被那套新姑爷的行头弄得僵手僵脚,到了机场一看,几乎满场都是新姑爷式的人物,手脚才渐渐地柔软下来。

但是……司马南江猛然一惊,洗澡堂子里也有一股臭脚丫味儿。他苦苦地分析再三,才确定澡堂子里是泡臭脚丫子的味儿。至于理发铺里的围布、毛巾则是脑油子味儿,这几种味儿是截然不同也混淆不了的。司马南江有化学家必不可少的嗅觉。他终于将自己排除在臭脚丫子之外。

他始终不能相信,在这种环境里,怎么会有这种气味,便忍不住左右逡巡。

左边邻座是位洋太太，手指上、脖颈上、耳朵上，以及手腕上套着风格粗犷的金饰。与一身栗色衣裙相协调的是橄榄绿的皮包和皮鞋。一头棕灰色浓发的脑袋倚靠在座椅上，似睡非睡。有树和草的绿香幽幽袭来，像挨着一座森林。

右边邻座是一个左撇子老外，一上飞机就开始写，一直写到现在。身着T恤、牛仔裤，褪履赤足。每个脚趾，随着笔底的波澜或收拢或展开，或快或慢，或上或下，或左或右地摆动着，乐然、陶然、逍遥然。

原来臭脚丫子味儿是从那里升腾而来。

左撇子老外似乎感到了他的注视，向他粲然一笑，说了一句与臭脚丫儿毫无关联的话："多么美妙的落日。"

他向舷窗外望去，一天明丽的晚霞中，融着一个太阳，它悄然地沉向厚厚的云层为它铺就的无边无际的眠床。它要睡了。

司马南江的手无意之中碰了一下扶手上播放机的旋钮，一个摇滚歌手呼天抢地、痛不欲生地嘶叫，伴着震耳欲聋的号鼓一下子穿进了他的耳膜。仿佛人类的不幸全落到了那歌手的头上，那不幸生撕活捋着他的肉体和心灵，让人觉得生活是那样令人连眼泪都流不出地绝望。

转眼之间，明丽的晚霞也好，无边无际的柔软的眠床也好，将要安睡的落日也好，全那么不经折腾地被这嘶吼扒拉到一边去了。对此他心里不但没有丝毫的惋惜，倒好像这是他早就巴望证实的一个谎言。

同时它也撕去了人们精心造就了几千年的文明，将一个无遮无拦的原来摊给你看。

司马南江的五脏六腑，被它敲打得毫无羞愧地快速蠕动起来，他立刻要上厕所。

打开厕所门，灯光依稀，好像进了一个盖子没盖严的盒子。

关上厕所门之后，灯光陡然亮了起来，照亮了嵌在厕所四壁的、大大小小的壁门，他好奇地、不知为什么有些蹑手蹑脚地依次拉开那些门扇，又像看了不该看的东西，迅速地把门扇关好。

门扇里不过是形状各异，薄厚、尺寸大小不等的纸、纸、纸。如同一个时髦女人的衣橱。

从山坡下往上看去，天底下没有一棵树。于是天就蓝得有包容一切的博大，敞开着它的胸怀，准备保护一切生灵似的。漫坡的玉米，背负着它们的果实，争先恐后地往坡顶上爬去。

司马南江站在玉米地里，仍像站在密匝匝的人群里，无论如何褪不下自己的裤子。

到这里已经三天了，三天没有大便。他苦于找不到一个使他确信是隐蔽的场所。他很知道这里根本没有厕所这一说。但他无论如何越不过没有厕所的障碍。

他的肚子胀得很大，很疼，每一个脚步的震颤，无不加剧着他的疼痛，且不说还要接受劳动的重荷。

晚上，他听见房东的爷爷奶奶叔叔婶子兄弟姐妹拉开后门，对着巍峨的大山就遍地地拉，遍地地撒。那些声响在漆黑而空旷的山野，与万籁一同奏出奇妙的、自天自地的谐音，令他羡慕不已，乃至感动得几乎落泪，便感慨于天地宇宙之大成，人世的千差万别和人生毫无例外的缺陷。

他又明白他必须越过这一障碍。

谁知道会在这里呆多久？三年或是三十年？右派分子和刑事犯不同。前者是改造到死，也许还会（大多数如此）带着花岗岩的脑袋去见上帝，而后者却能摊上一杆好秤，能够准确地约出他们的罪行可在三年、五年或无期之中清洗干净。

于是他狠狠地拉下自己的裤子，在玉米地里蹲下。因为决心下得太大,下蹲时用力就很猛,本来并不刺人的田间杂草就刺痛了他的阴部。此时他一惊一乍,便又噌地站了起来,两只手提着裤子空空地站着,想着这件屁事把人消磨到了这种地步,好不惨然。免不了思前想后,将自己怜惜一阵、开导一阵之后,又凄凄惨惨地蹲下。刚一蹲下,便见一条蚰蜒朝他的胯下蜿蜒而来,他立刻想起小时候听到过的种种半真半假的传说,生怕这蚰蜒也会顺着他的脚爬上他的身体,再顺着什么眼儿爬进他的肚子,便又噌地站了起来。若在从前,他万万不会如此有失堂皇地联想。他觉得他的智力正在无可救药地、又可喜可贺地衰退。他又开两腿怔怔地站在那里,似乎被这衰退所惊吓,然而这不正是他所企望的吗?

他提起一只脚,对准蚰蜒踩下去。蚰蜒并没有被碾碎,它陷进刚才被他刨松的泥土里,快速地划动着两排密密的腿,一会儿就从泥土里钻了出来。他将锄板垫在蚰蜒脚下,只轻轻一点,蚰蜒就被碾碎了。

无论如何他要学会诸如别把脸皮看得那么重要这样的事,他何必也在自己身下垫块锄板呢?

他终于拉出来了,而且拉得极为痛快。

他蹲在玉米地里,眯着眼睛瞧玉米叶子里的天,天蓝得让人心里浪荡,吃了个肚儿圆的甲虫摇摇摆摆地在玉米叶子上爬来爬去。庄稼让太阳烤得噼噼啪啪爆响儿。脚下的杂草撒胳膊撒腿儿还梗着脖子。

万物活得滋滋润润。

在学校里常常讨论的那个永远激动和困惑着幼稚的心的题目——什么是幸福——突然地回到他的心里。

如果现在再让他来回答,他一定会说,一个被屎憋得肚子生疼,却满世界找不着地方拉屎的人,后来终于找到了地方,把满肚子里的屎，哗啦啦地、尽情地、毫无保留地拉下来就是最大的幸福。

然后他像当地人一样，顺手撕下一片玉米叶子，在肛门那里刮了刮，便一身轻松地站了起来。

以后他还用过土坷垃、石块、瓦片、高粱秸什么的。他做得很熟练，绝对干净，一点儿也不会蹭到裤裆上去。

他什么都用过，就是没用过这些形状、大小、厚薄不一的纸。

便池看上去很干净，里面还浸着一汪蓝盈盈的水。也许用于消毒，也许用于除臭。便池四周没有排泄物的点滴，通常公用的便池，免不了这样的痕迹，显出这等去处过客身份的杂乱，管理人员的疏懒。人们只是偶然将它一派用场，对它谁也没有爱惜的责任……

但这并不能使司马南江放心，艾滋病的可怕程度，已经可以和癌症相提并论。

他想了想方才看过的航线图，到加油站至少还得六个小时，而且谁敢担保加油站的厕所不是马桶而是蹲坑。

你别无选择。

在农村接受劳动改造的时候，为没有厕所拉不出屎来经历过脱胎换骨的痛苦，现而今又要为厕所的进化费尽心机。他是烧包烧的，还是贱命贱的，他自己也说不清楚了。

啊哈，他终于出来了。

若不是必须给这位邻座起身让路，她没有上厕所的需要。她还是在他进了厕所差不多十分钟以后才过来的，真不知道里头有什么值得留恋的，他竟在里面呆了那么久，好像这不是厕所而是股票市场。

她喜欢长途旅行，运气好的时候还会碰上一个有意思的邻座，接着就会有一段意想不到的插曲。

这次的邻座偏偏是个中国人。她本来就不喜欢亚洲人,他们不但看上去很脏,身上还有一股怪味儿。酱油味儿?醋味儿?葱、姜、蒜味儿?也许是这些东西的混合味儿。好像他们一个个都是刚从中国餐馆里出来。中国菜虽然好吃,中国餐馆里的那股味儿可真让人受不了。如同中国的钱好赚而中国人让人受不了一样。中国,真像一罐刚熬好的果酱,又馋人,又烫嘴。为了她的公司,她必须一次又一次地到中国去。

快到目的地了。

航空小姐全体出动,她们有节奏地、有节制地摇摆着她们的胯部,迈着介于舞步和非舞步之间的步子,走出一路的俏皮、干练和朝气。即使是个体态丰腴的女人也会让人觉得身轻如燕。这真是女人才懂的本事。

她们替航空公司送来最后一次令乘客难忘的记忆。一个原料上乘、加工精湛的小酒杯,扣在一小瓶扎着红丝带的名牌葡萄酒上。

大部分乘客当场一饮而尽,司马南江却对那张俯向他的、完美的笑脸摇头、谢谢。他不会再有乘坐这家公司航班的可能,又何必浪费人家一份难忘的记忆。

这次出访是应对方的邀请,旅费、食宿一概由对方负责。去哪个城市、去哪个旅馆、何时到达、何时离开、各地接待单位以及接待人员的姓名住址电话、活动日程(包括莫名其妙地参观一个刀片厂)全有翔实的文字材料备案。上飞机有人送,下飞机有人接,好像你就是个接力棒,无论如何不会掉在地上。像这种腰里一个外汇没有也能做的环球旅行,怎么可能一而再地落在他的头上?

如今老外也很清楚,如若不是官方派出的考察团、慰问团、访问团什么的,而是由国外各团体邀请中国学者、艺术家、教授什么的出席各种国际会议、进行学术交流什么的,他们很难成行,首先是本单位的政治审查,然后是上级有关部门,以及各省、市外事部门的审批等等,在这一通审批之后,还给你来个活动经费自理。银行里顶多卖给你五十元美金的外汇(就算随便让你买你买得起吗),凭这一壶醋钱的外汇,你想上哪儿去?别管多有身份、地位的中国人,到了国外只能到处吃请,而连一杯咖啡也不能回请。为了他们的寒酸你甚至不敢看他们的眼睛。

所以对待中国的学者、艺术家、教授什么的,西方人通常采取对待第三世界的学者、艺术家、教授的办法,一切经费开支由邀请单位负责。为了世界科学技术、文化艺术事业的发展,这笔经费的贡献太渺小了,渺小得不足以证实他们对人类社会进步的热忱,因为他们不得不接受"搭配出售"的办法。为了邀请一个必须邀请的人,他们不得不再邀请若干个他们不想邀请的、不知道跑到西方来干什么的人。

按说中国属于第三世界,接受这份支援本是顺理成章,可是司马南江老有一种处身殖民地的感觉。

邻座那位如森林一片的女士,一见航空小姐就要端着托盘走开,忽然绽出一个来去极快的微笑:"可以吗?"

这是她在十几个小时的飞行中第一次展露笑颜。居然笑出几分味道。

还没等司马南江明白过来可以什么,或不可以什么,森林一般的女士很利索地拿了两份葡萄酒,又听见她的大皮包很堂皇地"咔嚓"一响,两瓶葡萄酒和两个小酒杯便迫不及待地落进了皮包的底部。"我丈夫喜欢这个。"她向航空小姐说。毋庸置疑。理由充分。如若有人不知道她丈夫的这个爱好,那真是天底下最奇怪的事了。

接着送来了入境申报单。

为了更有效地使用一加三个出访名额,团里决定不带翻译。他们说:对方主要是和你对话,既然你不需要翻译,大家就更不需要翻译了。

司马南江责无旁贷地拿起了笔。

虽然现在熟通麻衣相术,并以此为业的人又多了起来,司马南江却始终怀疑麻衣相术的理论如何在中国得以发扬光大。仅从这些护照的标准相上,你很难猜透他们的性格、爱好、经历……一个个都是正其衣冠、尊其瞻视的样子。

好比团长的脸上,唯一一处让人尚可寻味的部分是他的牙齿。这一处拥挤不堪,那一处却豁然开朗。然而从这豁处从不曾漏出过什么,更不要说漏出一句话。

他又开始研究副团长的照片,除了目光有些散淡,并无其他值得推敲的部分。即便如此,在判断什么的时候,未必没有天平的准确。

而代表团的秘书只有一种句式,提问、反问、疑问……当他不得不讲话,而又没有机会供他选择一个合适的问句的时候便自问。

这真是一行搭配得十分得当、代表着五湖四海的队伍。

司马南江为他们将表上的各栏一一填写清楚。只在"职业"这一栏发生了一点困难,因为找不到完全相应的单词。想来想去,只好填写了他们各自的官衔。

进关的时候,果然遇到了一些小麻烦。那位先生也许好奇,也许喜欢玩笑:"您能给我解释一下这是什么意思吗?"

团长双手插在风衣口袋里,很有身份地点着头。他想,既然司马南江已将一切办妥,他只需一一点头便是。早已过了暮春天气,团长的额上明明渗着汗珠,却始终不肯脱去米色的风衣。

"您说英语吗?"

团长又照例点头,并哼出几个言简意赅的声响。

"那么请您告诉我'书记'是什么职业?"

团长不明白此人为什么又是耸肩,又是像喝酒猜拳那样不断把手指张开。让这样不稳重的人接待他这种身份的客人,真是荒唐。

为一行人殿后的司马南江见状不妙,赶紧上前一步:"先生,有什么问题吗?"

"不,谢谢,我只是有点好奇而已。"他终于明白和这位非常明白地点着头的先生说了半天英语等于白说,从此便不再说,只好像和聋哑人交谈那样,做了个"请"的手势,果然就见成效。团长像首长检阅游行队伍那样挥了挥手,进关去了。

关于职业的讨论延误了一些时间。等到取了行李,全场几乎只剩下了本代表团全体。于是就相当的显眼。

恰值"边检"闲得需要恪尽其职,便觉得这一行人的神态有些离奇。他们明明朝着出口走去,看上去却像根本不知道出口在哪儿。

特别是那个两条胳膊显得特别长的瘦子,简直让人猜不出是什么角色。看他满头大汗、满脸通红地搬运行李,其他人则站在一旁理应如此地袖手旁观——可能是个脚夫。看他招呼众人一会儿往左,一会儿往右的样子,又像是个导游。而他手里提的那个盒子显然重要无比,时刻处在他的关注之下。总而言之,满场似乎都飞舞着他那两条瘦长的胳膊。

他留住了司马南江,请他把手里的盒子打开。

全团人只好快快地站在那里,脸上很不是颜色,司马南江的这个破盒子,使全团遭受了不能先睹为快的损失。那个令他们心里想得十分痒痒,嘴里永远不会承认的地方已经近在咫尺。

盒子里简直像个杂货铺。

为了防止震荡,司马南江在盒子的空隙里塞满了袜子、背心、内裤这一类材料细软的东西,当然还有几大包板蓝根冲剂。据出访归来的人们介绍,在国外就医价格十分昂贵。

面对这样一个少见的杂货铺子,"边检"一时不知从哪儿下手,思量再三还是小心翼翼地拿起二胡。因为他从来没见过这玩意儿,不知是雷管还是单筒枪。拿在手里分量很轻,也许是用一种新型金属材料制成。

中国人是奇异的。连他们的眼梢,也斜斜地往上吊着,总好像在打什么主意。

一个中国的"功夫"代表团曾来此地访问演出,几十厘米厚的石板,一巴掌下去就能劈成两半儿,石头下面还躺着一个如芦笋一般鲜嫩的女人。听说还有一种"功夫"可以呼风唤雨,真让人难以想象。虽然他们的面孔看上去都像一盘"绿沙拉"。好像他们一辈子只吃"绿沙拉"而不吃别的,所以他们才有这股邪劲儿。不过要是有一天全世界都被"功夫"了,后果也怪可怕。也许你正在向神父忏悔,转眼之间他就非驴又非马;也许你正在发表竞选总统的演说,没准你就会当众脱下裤子露出一条奇怪的猪尾。

"这是我们的一种民族乐器。"司马南江说。很有一些历史悠久、文化古老的得意。

乐器?!

尽管"边检"见过无数高明的骗子,但对中国人他还是愿意另眼看待:"请跟我到里面来。"

在检查室里,这把不远万里而来、怕磕怕碰、即使睡着了也一直抱在怀里的二胡被探测仪照了又照。确实没有发现什么可疑之处。"边检"只好将二胡还给了司马南江,似乎这结果不是他所期望的。

司马南江接过二胡以后取下弓子拉了两下,以验证它在探测仪的反复照射下是否完好无损。不料弦上响出一个与他的宝贝极不相称的声响,"边检"脸上现出横遭一枪的神情。这令司马南江感到面上很不风光,不免发出很响的、嘲讽的一笑。

接着"边检"将塞在盒子里的每件背心、每条裤衩、每只袜子(千万不要染上脚气,司马南江想。他患有严重的脚癣),一丝不苟地翻转再三,瞧了又瞧,抖了又抖。特别是那几包板蓝根冲剂,他嗅了又嗅,捏了又捏。

也许中国人的行骗伎俩和西方人的行骗伎俩差不多,也许全世界的骗子都一样;也许全世界的人都一样。

三

在移民局那栋破楼前,她站住了。

肯定所有的移民局都是破楼。她想。那是为移民准备的,必破无疑。

汤米从她身后慢慢地赶了上来。他愿意落在后面一些,以便欣赏她的整体形象。

太阳在她的身后闪耀着金色的芒针,她看上去像环绕着光环的神女。东方的。

她眯起眼睛,仰视着台阶尽头那栋破楼的破门。那神气很像面对一大盘烤羊肉,考虑着从哪儿下刀最好。

她双手叉腰,一只脚蹬在高两级的台阶上。差不多整整一条腿,从印度式的大开衩的裙子里露出来。腿节修长,骨节精巧,踝部很细。亚洲人很少有这么漂亮的腿。汤米抑制不住地想到腿根的去处。半生从未有过的、只有在这个中国女人身上才能得到的快感重又紧紧地裹住了他。全部。从头到脚。

太阳很毒。她眯着的两只眼睛更加细长,使她脸上那种近乎残忍的美更加夺目。在和她做爱寻欢的时候,这种美更给他增添一份决一死战的酣畅。

她和汤米纠缠得太久了。一个月。这不符合她的工作原则。

"我们很快就会到这儿来,是不是,汤米?到时候你应该记住你太太爱穿粉红色的内裤,每月三号来月经,左乳上有一小块黑痣。而你爱吃烤玉米,早上要吃四个煎鸡蛋,对不对?"

这一套她比汤米还熟悉。移民局的那些笨蛋哪儿是中国人的对手?

"她绝对是个下流坯。"母亲望着汤米,像望着一个身患绝症的人。

"可是我爱她。"

"你知道那不是一回事儿,汤米。"

也许母亲说得对,他病了,病得很重。一种无时无刻不想和她做爱的病。她那个东西长得那么让人销魂,任何一个男人都会心甘情愿地死在那里。

这就是她的财富。到了西方以后她才知道。在中国的时候她不知道。中国男人即使死在她的怀里,也不会像西方男人赞美上帝那样赞美她的这个东西。有了西方男人的参照,她终于认识了自己的价值,这种东西方之美兼而有之的女人五百年才会出一个。如同林彪阿谀××样。而她那个东西更是钻石、是艺术、是举世无双的珍宝。

回想以往的成功,只能算是小试锋芒。

人人插队落户的时候,她却参军、入党;

在部队没干两天又被推荐上了大学,当了第一批工农兵学员;

刚刚落实政策的时候,她又嫁了一个有海外关系的、可教育

好的子女,在钱还值钱的时候退赔的钱财近十万人民币;

刚刚往西方派遣公费留学生的时候,她又做了本校乃至本市第000001号留学生,并及时地与可教育好的子女离了婚;

……

那时,这些"刚刚"显得多么不凡,和她如今的抱负相比却多么黯淡。可是没有那些"刚刚"也许就没有今天。

她要面向世界、征服世界。既然她能把不论是无产阶级,还是资产阶级的便宜都占个够,也就能把帝国主义的便宜占个够。她有这个信心、雄心。

最重要的是安营扎寨,弄到一个西方国籍。留学、打工、做买卖熬居留年头去换取国籍的办法又苦又笨。那是留给男人或同男人没什么两样的女人去干的事情,上帝早就给他们安排了用在那个上头的筋骨和头脑。她不,她是为了挥霍男人的血汗而生的。她庆幸自己生为一个绝色的女人从而有享受男人不尽的一生。

但是西方男人很难下决心结婚。和汤米的关系拖拖拉拉,以至被有关方面遣送回国,并且从此不能在涉外部门工作。这也是她把留学的办法,看做事倍功半的原因之一。

但是先生们,你们也太小瞧我了,就算你们撒下天罗地网,我还会打回西方去。除非你们关起国门,不放一个洋人进来,只要放一个洋人进来,他就是我的。她呷了一口加了冰的威士忌,冷冷地想着,冷冷地看着。她喜欢威士忌,有地道的西方的强烈。她非进入和这种强烈相一致的生活里不可。

条条道路通罗马。欧洲人常说。

长城饭店的酒吧价格昂贵,可是在这里下榻的客人,或设立办事处的机构,档次要比其他饭店高出好多。中国人不但可以入内,而且进门时不需要出示工作证,或填写会客单。

所以她要在这儿下下她的套子。不在美术馆,也不在地坛公园崔健的演唱会上下套子。虽然那儿的老外也不少,但在那种地方,不大容易判断他们的经济实力。

她不能像那些没见过世面的小妞那样,像个没有经验的猎人,刚见到一只兔子就像见了一头狮子,立刻兴奋骚动起猎手的豪迈,乱窜乱跳乱放枪一番之后,连兔子也不一定打着。她们多半见到第一个老外就廉价地卖了。她们不知道老外其实和中国人一样,也有穷光蛋、无赖、窝囊废什么的。到了国外还和在国内的日子一样,仅仅能吃饱饭有什么意思?中国人所向往的自由倒是应有尽有。游行、示威、吸毒、卖淫、要求军机大臣下台或者指着鼻子骂总统。没有人会因此定你反革命,或者说你别有用心一小撮,号召你顾全大局安定团结好好学习天天向上不要受人煽动蒙蔽,好像你还在托儿所里拉屎撒尿还得报告阿姨,收买学贼跟踪汇报一下子把你发配到沙漠里去。

可是自由有什么用?

要是你没好钱没好房子没好吃的没好穿的没有金银宝石钻石而是镀金镀银假宝石假钻石的首饰。自由,能给你吗?

一比八。倒卖外汇的小子心真黑。一比八就是一比八。愿意你就来,不愿意你就走。无论如何他们还比那些冠冕堂皇地坑蒙拐骗你或坑蒙拐骗国家的有工资有级别有党票有中山装有剪彩有开幕闭幕的讲话的人正大光明。

一比八。她愿意,她不换外汇怎么能坐在这儿喝威士忌?不坐在这儿喝威士忌又怎么下她的套子?就算是投资吧,她早晚会赚回来。

蜡染的布袍子长及脚踝。浅棕色,上面却印有黑色的非洲情调的花纹。袍子的线条简单流畅,从头上垂直罩下。领子很低,袖口宽大,腰间松松地束着一条颜色相同的丝带。自己设计、自己剪裁、自己缝制。她的身量很高,穿这样的款式更是潇洒。因为料子很软,走起路来莲步生风,袍子也就软软地依在腿上,两条腿的轮廓也就隐约可见。一路便走出希腊、雅典的味道,也走出有些钱财的味道。

这是一件不那么正式,却又能在晚间应付较大场面的衣服。而且引人遐想。比方想到豪华宽大的床、床上柔媚的女人,以及总是残留在女人身上的夜的慵倦。

她举着酒杯,慢慢地吮饮。宽大的袖子滑落下来,露出了她黝黑发亮、结实而有弹性的胳膊。这是每天上午十点到十一点之间,只穿一件游泳衣在阳台上晒太阳的结果。

她知道西方人的口味。

活在这个世界上仅仅聪明就够了吗?

有个男人过来了。

那男人看上去不是银行就是某大公司的高级职员。她一眼就看个八九不离十。她又抿了一口酒。

他在找座位。

天公作美,今天的座位很紧张,香港一家公司的老板大宴宾客。

被宴请的那伙人,显然都是七十年代的剩货。

这从他们的吃相上可以看出。有一股知道时不再来的狠劲儿、不吃白不吃的无赖劲儿和挥霍别人钱财的在所不惜的残忍。

从他们的穿着上也能看出。虽然通俗得像是在过狂欢节,却件件都是名家名牌。显而易见,送上衣的是一个人,送裙、裤、皮鞋、手袋的又是另一个人。这份礼物多半不是特意准备的,而是从橱柜里找出来充数的。自家穿剩的,或是买的时候挺喜欢,过后看着又不称心了,只消用来对付、打点这批剩货。

这从他们的神态上也可以看出。既残留着昔日的飞扬跋扈,又有俱往矣的悲凉和绝不能暴露这种体味的振作。

接着她认出了其中的一两个,然而她从未见过这伙人聚在一起时的情景。真像步入穷途末路的狼群,让人毛骨悚然。

但就是这伙人,依然能在某种程度上左右中国的事情,因为他们的"叔叔""伯伯"闪转腾挪功夫好,过了一关又一关,而今可能还在岗位上。中国的事情,有时就建立在这些意想不到的支点上。

这就是那个港商、那些外商慷慨大方的原因。

看着这帮群魔乱舞,中国,真的无可救药了。

那男人像在荨麻地里穿行,力求缩紧自己宽阔高大的体积,小心翼翼地穿过那些餐桌和座椅,又如兔子那样频率极快地抽动着鼻翼,好似空气中有什么令人可疑的气味。

他是否已经娶妻?

这并不重要。一切都可以改变。只有无能之辈才会嗟叹相见恨晚。

她始终审慎地、毫无忌惮地当然也就像不包藏任何目的地盯着他。

对这种男人,既不能轻狂也不能畏怯。

她现在应该是个无处可去的孤身女人,因为无聊才坐在这儿浏览众生。

只有她的桌子还空着一个座位,这是她有意留下的。只准备让给那些经过粗略的筛选,认为值得进一步深入了解的人。

他们的目光相遇了。一个人这样盯视着另一个人的时候,他们的目光早晚会相遇。

她的目光果然与众不同。他在这种距离似乎很远的目光里,其实还读到了一些什么。所以才不揣冒昧地问:"小姐,可以吗?"

她无可无不可地说:"请。"

她垂下眼睛,把玩着手里的酒杯。估计时间差不多的时候,比方在他拉出椅子,坐好,双肘支在桌上这一串动作消停之后,便猛然抬起她的头。果然不出所料,他正盯着她瞧。

这女人味道真足。

最近一期《花花世界》杂志上有这样一段话,你愿意和一个处女睡觉,还是和有经验的女人睡觉?

有人回答:"我倒是愿意,可是现在在哪儿还能找到处女?"

还有人回答:"我可不愿意充当她在床上第一课的教师。"

他试探地对她微微一笑。她算不上是笑地牵动了一下嘴角,两只手冷静地放在豆青色的亚麻布的台布上。

"可以请您喝杯酒吗?"

"谢谢。"

以后的事诚如她所设计的那么顺利。他们甚至谈到了嫁娶。可惜那家公司在和中国方面谈判时,没有尽顺中国人的心意,凑巧那一天他们在旅馆里做爱,凑巧又被有关部门查获,结果是他被驱逐出境,她被拘留。后来那家公司终于略备与中方进行合作的经验,但是他再不能回来了。她始终对那家公司怀有毫无缘由的仇恨。

条条道路通罗马。

感谢命运的安排,当初她怎么就鬼使神差地学了英语这门万国语?

现在她是迷醉于中国古典文化、艺术、哲学的嬉皮而又不是嬉皮的青年。

穿牛仔裤以及长至膝盖的、色彩对比强烈的肥大毛衣。在一只耳朵上戴一只用宋代碎瓷做的大耳环。戴耳环的这一侧头发短如棕刷,露出青皮,没戴耳环的那一侧头发瀑泻而下,遮住一半面孔使一只眼睛神秘地忽隐忽现。用手抓食物,然后把油手在裤子上来回地抹,直到菲尔看见,露出责备的实则是怂恿的微笑为止。

"菲尔,好吗?"她举着一个似猴非猴的木雕在菲尔的鼻子前头晃动着。

"嗯,不错,很不错。"菲尔的眼皮轻轻往上一挑。逢到看见有味儿的东西,他的眼皮都会这么一挑,就像他第一次看见她的时候一样。

那一天,他在自由市场上看中了一个旧坛子。

这不是一般用来弥补北京人日常生活所需的自由市场,而是面向老外的几个有名的自由市场之一。

门道精明的贩子都知道在哪儿可以找到老外,奇货可居地把价钱吊起来。

她已然在那里转悠了很久。

在他看中那个旧坛子的时候,她也恰恰地对那堆破罐子烂坛子发生了兴趣,同时也就和他一起蹲在了那堆破烂的前头。穿一双绣满繁花的布鞋,一身黑色的中式裤褂背一个与绣满繁花的红鞋相应的布包。他忘记了不知怎么一来,他们就一块儿挑选,一块儿和卖主讨价还价,而且她似乎比他还不懂得怎么杀价……好像他们本就是一块儿来的,然后他们本就应该地一块儿回到他的寓所。

进了客厅,举起一杯消热开胃的啤酒时,她突然想起这事的荒唐:"啊,啊,我怎么跟你一块儿到这儿来了?"她举着啤酒,没说走也没说不走地站着。

他哈哈大笑。很喜欢她站在那里的样子。糊里糊涂,并被这糊里糊涂弄得茫然而又不甚心甘。

她和那些不遗余力地包围他的中国女人不同。她们太精于算计,想方设法地想要把他套进她们的套子里去。

菲尔讨厌婚姻,不论是和一个西方女人,还是和一个中国女人。

而他们一路上讨论得十分热烈的是为什么现在中国人都去追赶西方的时髦,而不注重本民族的文化艺术。比起中国,西方只能算是尚未开化的蛮族。菲尔虽然研究数学,对中国的民间艺术却有浓厚的兴趣。"像你这样喜爱并且了解中国民间艺术的老外真是绝无仅有。"她及时地说。同时带着一副还在严格地衡量这么说是不是有些过头的样子,菲尔因此觉得她的评价尤其诚实。像她这种不以西方人的态度马首是瞻的中国人更属凤毛麟角。

她又问他是否去过"德陵"。

"没有。"他说,"他们带我去的地方,尽是那些类似'洛可可'的地方。还有那些红色的、蓝色的、金色的龙,摆弄得丑恶极了。也许日本人喜欢这种东西,他们除了钱什么也不懂。"

她深为他不曾去过"德陵"惋惜。"那里不但游人少,而且有古罗马遗址的风情。当你置身于那一丘废墟之中,似乎可以听见岁月如苍凉的风,在你颈后飕飕地吹响……"这是她从一个老在写,老也发表不了的朋友的手抄诗集上看来的。

他们忘记了应该告别,或者找不到告别的间歇,当对方谈得兴味正浓,打断是没有礼貌的。便这样地一直来到了客厅。

"猜猜,多少钱买的?"

菲尔捉住她的手,就要说出一个一猜就着的数目,她却突然抓住自己的头发:"噢,我又把一张五十元钱的钞票当做十元钱的钞票给了小贩。"她懊恼地往后一挺,倒在菲尔那张从不整理的床上。

菲尔再次为她对生活的粗心大意所动,也许女人的可爱之处正在于此。"什么时候你才能变得清楚一些?哪一个男人敢和你结婚呢?不出两个月你就会把你丈夫的财产全部丢光。"

"是啊,这正是我最可悲的地方。"她做了一个灰心丧气的鬼脸。菲尔则仰天大笑,然后便搔她的痒,他们一齐翻滚在床上。他的手无意地碰到了她的胸,尖挺、丰满,可以想见它裸露在男人面前的时候所具有的战无不胜的力量。这和他在西方见到的大不相同。在西方,人们说中国女人的奶子如蔓藤一般垂吊在腰际。但她目前仅仅是他的好朋友,还不是女朋友。这两种关系在菲尔是很清楚地区别着。他要么不该有非分之想,要么概念明确为所欲为。

她知道这一会儿他想了什么,却做出浑然不觉的样子。"以后再去买东西,一定要约上朱丽,她特别会讨价还价,干这种事情一定要找她帮忙。"她依旧嘻嘻哈哈地揉搓着菲尔的头发。

菲尔仍旧举棋不定。在他没有作出决定之前,他决不会做什么。

现在唯一可以和她较量的人是朱丽。她实在太美了。她的美是在一眼就能看到的地方。如果一定要在世界上找一张最完美的脸,那就是朱丽的脸。而她的魅力却在暗处,除非上床,才可领略一二。情到深处才能探其所有。

她一定要击败这个上海妞。

在追掠西方男人的角逐场上,上海妞绝不是北京妞的对手。

北京妞首先占有地利这一条。在北京的西方男人不但数量远远超过上海,档次也比上海的高。所以她们的机会远远比上海妞多,她们对付西方男人的经验自然就比上海妞多。

一般来说,上海妞太小家子气,缺乏北京妞那种大刀阔斧勇于进攻的精神,和野性十足的刺激。虽然她们不乏诸如从后门拿到在公安局注册的、西方男人的花名册这一类的精明,可是她们绝对不了解不同层次的西方男人的胃口,只知一律沿用十八世纪的女人对付男人的办法。

虽然现代的西方男人已经具有更多的平等观念,受过更普遍的教育,但是女人在他们心目中的地位,和前几个世纪并没有根本的不同。他们依旧从女人的依赖里寻找男人的证明,并从这种证明里得到男性的满足。然而他们的表现形式已和从前大大的不同,比方说给女人送红玫瑰、唱小夜曲的事菲尔决不会干,他要当的是二十或二十一世纪的骑士。

反过来说,一个娇娇滴滴、百依百顺的女人的依附就太廉价,从这种女人身上,只能得到一个男人不但无能而且过时的证明。

"我把我那件灰色有浅黄条纹的衣裙送给朱丽了,我觉得它对朱丽比对我更合适。她穿上以后,更像一位文雅的女士。我非常喜欢她,希望你也喜欢她。"她看出菲尔的满意,"你要对她好一些,对所有的女人都要好一些。"

"哎,你不懂,不论她们给我做菜,还是给我织毛衣都是有目的的。她们想出种种借口到我这里来,一直坐到深夜,弄得我不得不藏起来。"他的口气有些不耐烦,他的脸却告诉她,他很为自己的魅力得意。

菲尔,菲尔,你其实并不了解中国。你以为穿一件对襟的中式小褂,买几个中国风筝,逛几次中国的庙会,会使用中国筷子,知道"德陵"在哪儿就算了解中国了吗?连中国人自己也未必透彻地了解中国。

你更谈不上了解我们这样的中国女人。对这些无时无刻不在想方设法把你纳入我们囊中的中国女人,即使你没有魅力,我们也绝不会放过你。魅力在这里不起任何作用,什么魅力也不如你是个西方的男人。"

"你怎么能这样揣测别人的好意?"她有些愤愤不平地说。她要让菲尔知道,她没有《丑陋的中国人》里所罗列的恶习。

菲尔果然因自己人格的不够完善显得尴尬。"我饿了,咱们做些吃的好吗?"

她吹出一声潇洒的叹息:"菲尔,我感到非常抱歉,我……我恐怕什么也做不出来。"

"稀饭你会做吧?我很喜欢中国的稀饭。"

"我可以试试。"她把握不大地说。她现在绝不打算在菲尔面前暴露她会做饭的本领。一个让他在饭店里破费的新式妇女,比替他省钱的贤妻良母更能得到他的欢喜。也许别的男人不是这样,但菲尔是。

他们在厨房里找米。

橱里、冰箱里装满了从友谊商店或各大饭店买回来的调料、罐头、方便食品……瑞士起司、日本方便面、北欧的熏鱼、意大利通心粉等等,几乎所有的包装都启了封。看上去真叫人心疼。都是用外汇买的呀!她要是主持这个家,即使少一半开支,还能赚不少私房。但她还是毫不犹豫地打开一包米,虽然她看见有两包打开的米就在手头放着。现在她必须这么做。

稀饭一定还得烧糊。他们只好去下馆子。一路上她不断地责怪自己。"我一定要向朱丽学会做饭。"她痛下决心地说。菲尔搂过她,宽慰地拍着她的肩。

"朱丽,亲爱的,你过来坐一会儿好吗?别洗碗了,你又不是我的女佣。"

"快来呀,朱丽,给菲尔发功呢,快来看呀。"有一个客人非常投机地喊着。

"依我看你的病好治……"发功的人紧闭着两只眼,双手悬空地平伸在距菲尔两只手上方约一尺的地方。

她很快地将这句话译给菲尔听。

"我有病?"菲尔难以相信。

发功的人不予理会,依旧悬着两只手,菲尔果然惊异地感到有两束热流直射他的手心,他的手心上像是贴着两只滚烫的栗子。霎时间这两股热流又传到他的小腹,在他的小腹汇成一股更大的热流直窜他的胯下。

这时发功的人才开口说话:"你们西方人一定要到肺烂了、肝硬了、胳膊断了才叫有病。我们所说的病,和你们所说的病不同。当然,信不信由你。你现在阴阳不调,必有大病附身,如能尽早完婚,定可免去此难。"

菲尔点头如仪。胯下仍是一片如燎的燥热骚情,他怎么还能不信?只是他那双轻信的蓝眼睛几乎使人觉得气功效果的权威性和大甩卖的群众性是没有什么差别的东西。蓝眼珠比黑眼珠到底略差一筹,有一览无余的先天不足。

气功界谈起此人颇多微词。旁门左道。一介江湖术士。她要的就是这个。左探右访方才寻得。几处要点略作交代。心照不宣。心领神会。几十张兑换券在那儿垫着,不怕他不尽力而为。

被请来推波助澜的客人,经过精心地筛选。此时及时地笑出煽动性的暧昧。菲尔有的是洋烟洋酒洋点心洋咖啡。能够出入一个老外的寓所并且和一个老外"侃"上一"侃",被眼下不少人视为最上等的沙龙生活和至少能炫耀一个月的话题。没准还能看上一段难得看到的录像。坐在低矮宽大不着色的北欧沙发上,跷着二郎腿,拿着一罐青岛啤。空调舒服得就像把你揭去了一层脏皮。这份享受和殊荣岂是那些挤在半公开半地下,由小夹道改建的臭气熏天的录像带放映室里,只能看看倒了不下五次的香港三流功夫片,外加一点刚走到床边就给你掐了的录像带的一般华人所能想象的?要是逗得老外高了兴,也许还能带你去建国饭店、兆龙饭店、昆仑饭店、长城饭店撮上一顿,那种经验更会让你终生难忘。

她笑得尤其忘乎所以,以至将手放在了坐在身旁的那位驻华使馆一秘的、某个令人想入非非的地方,她也未曾察觉。

在西方,即使是父亲的情妇,只要她愿意,你照样可以和她同床共衾而不会产生任何心理上的负担。愿意,或者不愿意就是最充分的理由。一句"我不爱你了"就可以把前情旧怨一笔勾销,任你寻死上吊。妇女联合会也好,女权运动委员会也好,人民法院民事法庭也好,没有人会为你发起一场围剿陈世美的战斗。

她爱菲尔。谁又能说她不爱?爱到可谓殚精竭虑的地步。但她也不能放弃多种准备的可能。万一菲尔不上钩呢,即使上了钩也可能给她来句"我不爱你了",也许还有比菲尔更好的机会呢……什么叫忠贞的爱情?世界上有那玩意儿吗?

她手掌下的那块肌肉绷紧了。从那块肌肉上传递过来的欲念,一下子就把她的血搅和得在血管里四处撞击、奔突,使她周身涌起一股渴望与兽一样恣意的冲动。她像是无意地加重了手上的力量。调情、让男人上钩,可能是最有趣的游戏了。但是她的注意力又被坐在对面的男孩儿所吸引。那是一个驻华使节的儿子,刚刚满了十五岁。如果她生育早,可能已经有了一个和他差不多的儿子。她的眼睛像舌头一样,知道该舔什么地方地舔着那个男孩儿。眼瞧着那个髭毛还没长满的孩子,在她的撩拨下,向淫欲里堕落。她喜欢造就那些情窦初开的男孩,有种和吃小牛肉差不多的鲜嫩感。

"朱丽,快来呀,菲尔要结婚了。"

朱丽笑吟吟地从厨房里走了出来。顺手把菲尔扔在地板上的夹克挂到衣架上去。像主妇那样给客人续过茶或咖啡、或酒、或甜食之后,便端端地坐到沙发上去。她不笨,知道菲尔对她的兴趣,便义不容辞地有了主妇的良好感觉。

她却端着一杯酒坐在地板上,长伸着一双没穿袜子的脏脚,十个脚指甲上应有尽有地分别涂着红、蓝、白、绿、银、黄、紫、黑、金、棕十种颜色的指甲油。"你们看,朱丽这条裙子多漂亮,旧货摊上买的。日本货。纯羊毛的,才二十多块。日本人的口味和中国人的口味差不多,所以朱丽穿上特别合适。"

朱丽勉强镇定着自己,使自己的脸不要再红下去;勉强自己做出一份与她的气质毫不相干的、管它是从哪儿来的、只要自己穿着舒服就行的洒脱;勉强振作起一份勇气,表示这样的赞美使她满心欢喜。

这赞美如白雪公主后母的那只有名的苹果,除菲尔之外,每一个儿童都知道。

朱丽长年累月省吃俭用凑合起来的、这身看上去还像回事的行头,和那些一件件仔仔细细挂在衣柜里的、看上去也像回事的行头,让她轻轻一口冷气,吹得原形毕露。连她每晚穿了这些行头,一一在镜子前头试来试去的乐趣、享受,也吹得一干二净,好不凄凉。最要命的是,她把朱丽苦心营造、垒筑起来的,关于身份、价值什么的底座给吹塌了。

其实谁也没有觉得,其实朱丽觉得、人家似乎也觉得确实有什么不一样了。

好像愁闷、单调、灰色的冬天,突然被一场大白雪照亮了,人们从沉闷、黑暗的房子里跑出来,在不无夸张的亢奋中堆起一个雪人。接着更亮的太阳出来了。

朱丽好像就是阳光照耀下的那个雪人，她还是她，不过渐渐地矮了、缩了。

好朱丽，你为什么不说我刚被遣送回国时，如何在你面前抖搂从西方"跳蚤市场"上弄回来的二手货？那些衣服在服装市场尚未如今天这样开放的时期，让我扮演了好一阵子×籍华人、海外侨眷，大出风头、招摇过市。因为你还有那么点儿廉耻心，你不愿意在老外面前和我大打出手，反唇相讥。你还要表现上流社会妇女的文雅，可是菲尔不喜欢仕女，在场的、喜欢仕女的外交官，又都有了正宗的，而不是半道学来的仕女为妻。对不起了，朱丽，我要是客气，菲尔就是你的了，可我再上哪儿去找这么合适的一个洋傻帽儿？所以她绝不手软地再来了一枪："朱丽，你让那件夹克躺在地板上是不是更舒服一些？"朱丽果然像挨了一个枪子儿似的缩了缩脖子。

"真的，朱丽，这样太累。你累，夹克累，我也累。你把房间收拾得这么干净，让我觉得自己脏得像只苍蝇，或者像块臭肉了。"

朱丽简直要流泪了。

气功师傅诱发了菲尔对中国宗教的迷恋。如果正本清源，也许这两种事物有出了五服的血缘关系。除了到处收罗香炉，念珠，长得一个样并且分不出男女的石印玉皇大帝、王母娘娘、灶王爷、土地爷、财神、门神诸神之外，便是朝拜各地的寺庙，不论道教佛教一概兼容并蓄于菲尔的泛爱之中。

大殿前差不多总有一副大彻大悟的对子，好比：

　　天下事了犹未了何妨不了了之
　　人间之法无定法方知非法法也

这种对子让菲尔感到有如醍醐灌顶,如不立刻剃发为僧,简直就无法判断他的智力是否正常。

她是无论如何不会让他如此这般地冒傻气的。

菲尔不难对付。他的兴趣很容易转移。

当初曾是朱红的,几经劫难、浮沉地凋谢了颜色的柱子;被朝圣者的膝盖和头骨磨砺出坑洼的方砖;空阔肃穆的禅房;被使人窒息的香火熏成褐色的幔帐的黄色皱褶……无一不包藏着命运的答案。

一般来说,人们几乎难以逃脱寻求这一答案的诱惑。

何止里根、南希每临大事求助于星相学家,如果你有一个精通看卦相面的朋友,他一定还会告诉你几个令你大吃一惊的名字,这些名字将来出现在悼词上的时候,一定还会被冠上伟大的马克思主义者这样的定语。你又有什么理由奇怪研究数学的菲尔求签问卜?

"签上说些什么?"

她不译,只是压低了声音哧哧地笑得蹊跷。

菲尔抓住她的臂膀,似乎签上的话会在她哧哧的笑里溜掉。"你一定要译给我听。"

"说……说你身旁的这个女人,就是你命定的妻子。"她挣开自己的臂膀,似乎极力要脱清和他的关系,"这可是你让我译的,"她甩了甩被菲尔捏过的臂膀,更加突出了她被菲尔所勉强的意味,跟着表示了有节制的不屑,以表明她无意于这种暗示的态度,"你还相信这种玩意儿?"

菲尔讪讪地、自嘲地一笑:"我不过觉得很有意思。"仿佛一个满腹经纶的人,突然在众人面前冒出一个白字,说他不过是一时的疏忽。

"菲尔,你要明白,我可没有一点儿想跟你结婚的意思,"她依旧不依不饶地强调着,"不过这并不是说我们有一天不会不在一起睡觉。"她的情绪来得快,去得也快,来去都在十分恰当的火候。

菲尔有些恍惚地笑了起来。人在猜测不可知的未来的时候,常会现出恍惚得、专注得近乎痴呆的笑。

"你笑什么,这有什么可笑的？我说的是真话。"

"我是在想签上的话,也许我们真会结婚吧？"

"胡说八道。"她夸张地大叫起来。

"你这个人,怎么没有一点儿幽默感？"

她真走运,菲尔既不是汉学家,也不会读汉字,也不会说汉语。

如果菲尔仔细想想,这里和家乡那座有着六百多年历史的哥特式的教堂并无原则上的区别。那镶嵌在教堂四壁的每一块颜色如时日一样古老无华的岩石,以及岩石之间的每一条缝隙；那成排成行跳跃闪动的烛光,如一个个燃着的心脏那么让人心惊；那管风琴拖泥带水的轰鸣,如天上来风掠过你或是发烫的,或是一堆灰烬的灵魂……何尝不包含着命运的答案？上帝和如来说着同样睿智而又令人颇费猜疑的,解释至今、领会至今也未曾解释、领会清楚的警句。他们站立在苍穹之上,鸟瞰、倾听着世人夜以继日、无休无止地争论、解释、领会、阐述、论证他们的每一句话,以至以他们的名义互相残杀。

问题是菲尔长大以后再也没有进过那个教堂,他拒绝。

…………

那个晚上的感觉,一直留在我的心里。我知道你和不少女人有过这方面的经验,我更和不少男人有过这方面的经验。如果你是一个不可靠的情人,我大概比你更不可靠。

菲尔正是因为缺乏自信所以才争强好胜,只有不断刺激他的竞争意识,才能使他保持持续的力量。

但是和你做爱的快感,却是我从任何男人那里也不曾得到的。

他那两手勉勉强强,不过天底下的男人古今中外地都有这种通病,无不认为自己在这方面的能耐举世无双,登峰造极。没准有一天这也会成为竞选总统的标准。不过她更确信她给他的感觉才是世界第一。

你说你不是不干,而是看准了再干,这倒是你的真心话,因为你从不骗人。

所以才好骗。

当然亨利比我更了解你。

她恨死了亨利这个吝啬而奸诈的犹太佬。他们夫妇的友谊对菲尔有举足轻重的影响。亨利太太讨厌她讨厌到了歇斯底里的地步,为了阻止菲尔和她的关系,竟然用刀子去割腕上的静脉。如果这个世界上还有一个让她不得不佩服的人的话,必是这个女人无疑。这是唯一一个能看透她的人。

而且这种信一定要多写几封,让它"无意地"掉落在像亨利这种老向菲尔进谗言的人的手里。

但女人凭直觉活着。

菲尔就喜欢这种酸而玄的词儿。

我错就错在太骄傲,不肯承认自己在追求你。

菲尔不喜欢自轻自贱、没有独立意识的女人,可是他又不能说不爱她,西方男人一般不大愿意在没有指望的关系上下功夫。其实我无时无刻不在渴望和你在一起,唯恐失去你。

千真万确。

　　菲尔的父亲是四星将军,算得上是洋高干子弟。母亲是××大公的唯一合法继承人,他们家的收藏只要拍卖一件,就足够菲尔和她舒舒服服地过上几年。好比他现在脖子上挂着的那个镶钻石的圣像。

我发现用心不能和你生活在一起,就用脑子。这完全是下意识的。

　　这个词用得完全没有必要。但是可以给她增加一点文化味儿。

但我又发现只能用脑子工作,不能用脑子生活。

　　再来点狗屁不通的所谓哲理当作料。

我曾把爱情和金钱等同起来。心想,我对金钱从来都是无所谓,结果总是有钱花。

　　天知道!

如果对爱情也抱着无所谓的态度,那么爱情也会来的。但是对你的爱,完全地改变了我。

我爱你。

虽然校方因为我和你的关系准备将我开除公职,党委会也准备开除我党籍,但是别担心我会饿死,我准备到街上去开个煎饼铺子。你不是很爱吃吗?

现在他们已不准我进实验室,公安部门也开始跟踪我。每次和你约会归来,教研室主任都要找我训一次话。但我绝不后悔,为了爱你,我愿意牺牲一切。我对你别无所求,只希望你也爱我。但不强迫你。你对我不负有任何责任。

　　唯有说菲尔不负有任何责任,他才非要负责不可。至于公安部门盯梢这一点,更会激起任何一个习惯于民主、自由这一类字眼儿的西方人的义愤,还不用说她马上就要被开除公职,没有饭吃。

我的行动已经不能自由,这就是你最近多次约我而我不能赴约的原因。事到如今我们只有分手。心里真像刀割一样地难受。但我还是感到庆幸,我在世界上,到底找到了一个值得我爱的男人……

这当然是一封情书。她如释重负地写完最后一个字。

她敢说写情书是世界上最乏味、最令人困顿疲倦、最消耗生命的一件事。世界上最终会消灭这种玩意儿。如果现在谁还热衷于这玩意儿,他的心智肯定不够健全。

这当然是一封情书,上面还应该有泪。她这辈子也没流过泪。她实在想象不出她在襁褓中用什么方式表示饥饿和疼痛。

她用牙刷蘸了点水,往信纸上甩了一甩,脑袋歪来歪去地欣赏了一会儿,不错,很像那么回事。

她没有欢喜若狂。就像留学的时候被遣送回国;和老外睡觉被派出所拘留也不曾感到没脸见人、此生休矣一样。

当她偶然回想起这些往事,她更看重的是自己每临大事的泰然。好像一个老兵,坐在冬日的暖阳下揩拭刀剑的锋刃,会情不自禁地叹出"好刀、好刀"的感慨。

不过这种时候不多,大部分是在了却一桩大事之后,好像又添了一件收藏,需要把储藏室里的物件,重新调整一下位置。好比现在。

是真正的过五关斩六将。

菲尔、朱丽们、亨利们、公安们、政工们、校领导们……长舌妇的喊喊喳喳根本不在话下。而这里面让她最上心、最费气力的是菲尔,因此她甚至有些恨他。

她抱着双肘,倚身在水磨石的窗台上,看他伏着高大的身躯,坐在有棕色花纹的塑料贴面的桌子前头,听她口授申请结婚的报告。她忽然觉得他的脸好像和水磨石的窗台、有棕色花纹的塑料贴面的写字台融成了一片,再平常普通不过地没有了意思。

那一次真是差点儿要了他的命。菲尔想。在五十九号公路上。他驾驶着麦加林的那部破车。

"你是不是活腻了?"麦加林说。

"算了吧,你不想想是谁在开它。"如果麦加林不是阻止他,而是说"这部车完蛋啦,除了菲尔,你们谁也不能让它起死回生",他一定不会去开那辆破车。

那个斜坡来得很突然。又有一个因为修路要求绕道而行的路障。对面却来了一个和他一样半疯的车手。明知应该刹车,与明知麦加林的刹车不灵的念头结成了一个硬块,紧紧地塞着他的脑袋,不要说思想、智慧、理智这一类的东西,就是空气在里面也找不到一条缝隙。

她的怀孕真让他措手不及到顶,和驾着麦加林的那辆刹不住车的破车的感觉差不离。他怀疑售货员错把糖精片当做避孕药卖给了他。

不过……这很难说,可疑之点非常多。

"菲尔,你听见我说的话了吗?"

"你说什么?"

"我说你父亲竞选成功,当了总统。"她笑得很冷。

"你等着瞧吧,早晚会有这个结果。"菲尔瞟了瞟眼睛,仿佛就此可以把搅在一起的过去和而今分清,"好,我们继续写吧。"

"你写上:'我之所以爱她,并要求和她结婚……'"

电话铃偏偏在这个时候响了。

他爱她?菲尔想不清楚地想过多次。如果讨论爱像做爱那么清楚和容易就好了。还有什么他之所以爱她,更是一个中国人才会讨论的、自欺欺人的问题。不但中国人,就是人类,也还没有进步到有能力讨论这个问题的时候。不如把这个问题具体到一个极其物质的范围,即他的良心绝不允许他听任一个女人,因为他的缘故被开除党籍、开除公职、中断学术研究而不去保护她。目前在中国,你只有娶了这个女人而别无选择。

"是,是我。爸,有什么事吗?"

"汤米到北京来了,他想见见你,现在就在客厅里坐着。"

"我没有时间。我和菲尔正在填写申请结婚的报告。"

"汤米的样子看上去……"

"怎么?"

"我觉得他好像病得很重。"

"这跟我有什么关系?不,爸,我没有时间。菲尔在中国的任期已满,我们必须尽快办完结婚手续。"

"可是,我怎么和汤米说呢?"

"爸,您当了几十年的局长,我不相信您连个'她不在北京'也不会说。"

"他看上去真是可怜。"

"爸,这就是您老也升迁不了的主要原因。"她还想就此开导父亲几句,想想未必有用,也就作罢。

"如果你有事,我们明天再写也行。"

"不,"明天?夜长梦多,"不过是一个不大相干的人请我吃饭,我不想去。"

汤米可怜!汤米可怜过她吗?要不是汤米犹豫再三,如何会有后来的遣送、拘留、留党察看的处分?

汤米也许可怜。但如果她怜惜了汤米结果会怎样呢?汤米能保证她打入上流社会?能保证她有阔绰的日子?即使离婚也可以靠赡养费过太太的日子?……

"好,咱们继续写。'我之所以爱她,并要求和她结婚,是因为在和她相处的过程中,被她热爱祖国、不追求和崇尚西方的社会制度和物质生活所感动……'你笑什么笑,难道我不是这样的吗?'她热爱自己的专业,并且渴望得到进一步的提高和深造……'"

菲尔索性丢了笔,大笑起来:"我好像变成中国共产党的一个支部书记,或者是你有江青的才能。"

"菲尔,你现在真的有些了解中国了。"

"……和煦的春风,又绿了大地。我们刚刚相聚,却又依依叙别……

"我们荟萃于神州大地,弄潮在昆明湖上,书窗前我们编织友情,学海里我们同舟共济——没有种族的芥蒂,没有庸碌的残迹——我们在这里秣马厉兵,我们在这里发轫四方……

"我们将驻足于大洋彼岸,探求在异国他乡;我们将散布科学的火种,我们要谱写友谊的乐章——用我们的聪明才智、用我们的青春韶华——数载后我们邃密群科,长城下我们凯旋旌扬……

"我们是一代天骄,闪烁着时代的丰蔚,开拓历史的航向。我们欢聚,如百花吐艳;我们笑别,似雄鹰翱翔……看看当初的倩影,我们多风流倜傥,诉诉归后的情思,掬一捧晶莹的汗水,飘散着硕果的芳香……"

当她用鼻音、儿音很重的美国南部口音,将某研究单位的中国同仁写给菲尔的临别赠言朗朗地译完之后,菲尔问:

"什么意思?"他真的不懂。

"没有什么意思,"她刻薄地咧了咧嘴,"我想他们目前正热衷于一本流行的中国当代小说。"

"我想这是真正的狗屁不通。"

"怎么是狗屁不通？流行的东西大部分就是这个样子。好比五六十年代'垮掉的一代'和今天的'朋克'。你能说他们狗屁不通吗？"

"这和'垮掉的一代'，以及'朋克'不同，你这样类比真是对'垮掉的一代'和'朋克'的污辱。你懂'垮掉的一代'和'朋克'吗？你没有在那种环境里生活过，是无法理解他们的。而这个，完全是……"在英语中，他几乎找不到与这种文化现象相贴切的词汇，"完全是串种！"菲尔想不到自己竟说出这样一个词儿。人一着急就可能反常，或是恢复原来的面貌，他不知道自己目前处于哪种状况。

"算了，不谈他们了，没什么意思。"

"你还是吃一点吧。"

她懒懒地拿起叉子，不胜其负担地叉起一只蜗牛。她现在可以经常出入长城饭店了。菲尔说，这里的法国菜做得不错，侍应生的服务也很周到。想当初她在这儿开盘的时候，只能要一杯软饮料，一块三明治，一块蛋糕或一杯咖啡，充其量也只能要一杯酒，从来不敢看菜单。真正地俱往矣了。她甚至有些伤感。

她又呷了一口白葡萄酒，那口酒，暖烘烘地抚过她的嗓子、食道，活生生地流进她的胃。她的胃好像被一只暖烘烘的小手轻轻地揉搓着。

她很想慢慢地辨味、体味一下这种伤感。此时此刻，吃，并不显得那么重要，何况来日方长。"我简直没有心思吃。"她说。

侍应生无声无息地走过来，从堆着冰块的钵里拿出酒瓶，将菲尔和她的酒杯斟满。绕在瓶颈上的那块防止斟酒时酒滴顺着瓶颈洒点的白餐巾很正式。她喜欢这种正式，一种货真价实的正式,而不是她过去常常精心谋划的道具。她早累了,腻烦了。如此,她还做得那么完满、缜密,足见她的意志。

乐声低回,四壁生风,烛影摇曳。暗淡的烛光,在她涂过眼影的眼睛上又染了一笔虚幻。谁也不会料到她心里想的,和这经过三番五次加工出来的神情如此天上地下。

"是的,你差不多什么都没有吃。"

菲尔伸出他的大手摩挲着她的手臂,与其说是为了安慰她,不如说是为了享受她。西方人永远不能明白,亚洲人身上为什么不长毛。他的妹妹每天都要用刀片刮腿上的毛,或腋下的毛,就像男人每天要刮胡子一样,否则就无法待人接物。

她从来不刮任何毛。她的皮肤又滑又凉,她的身子又柔韧又机灵,挨着她就像挨着一条在你身上千折百转的蛇,几乎每一平方厘米都着着实实地粘在你的身上,让菲尔又惊心又入迷。

那天晚上,月色本来就清凉如水。菲尔仰面朝天地躺着,她则披散着长发,伏卧在菲尔的身上悄悄地谈话。渐渐地,她的全身像是断成无数段落,在他身上或颤动,或扭动,或摆动得此起彼伏,又像一块沾了水的肥皂滑来滑去。她干得那样专心致志,好像在用她的肉体,打磨着他的肉体,直到把他磨灭为止。菲尔觉得自己被情欲熬干了,挥发成一个个膨胀得几乎破裂的、通体透明的泡沫。就在此时,好像有人调错了颜色,月色陡然变为一片银蓝,而月亮又将一片凉森森的银蓝聚为一束,单单地照在她的脸上、她的身上。周围的一切,隐入了黑暗,她的脸、她赤裸的全身,便明灭起青蓝色的磷光。他明明白白地看见纠缠在他身上的,不过是一条粗大的白蛇,白蛇的头上,还蠕动、伸缩着无尽的小黑蛇。他浑身一惊,冒出一身冷汗,没了形骸。

从那以后,菲尔老觉得她有一种非人的魔力,使他想起希腊神话里的鹅,或是马,不过它们都是雄性。

他碰到了她腕上的翡翠手镯。他送的。这种首饰衬她的皮肤再合适不过。中国人讲究戴翡翠首饰一定有他们的道理。

当时她无论如何不肯让他付款,终于把他拖离友谊商店。"或者我自己买,或者买不起就不买。我绝不花你的钱。"她一甩脖子,几乎是傲慢地说。他不得不独自去了一趟友谊商店。她至今在经济上和他一清二楚,好像一个女权主义者。

"我要再好好地看看这一切,以后再想看就不容易了。"除非作为一个君临这块可恨的土地的上宾,除非作为一个阔太太回来旅游,让她能够拿着大把的钱来耍弄中国人,她是再也不会回来了。

菲尔难得地将脸上的线条一一地扯得周周正正:"是的,我理解。"

这些日子,她天天拉着菲尔去"再看看这里的一切"。她明知菲尔自己还有很多的事要办,光他那些中国工艺品就足够他装箱、清点,可这关她什么事儿,就是全都扔下,对西方人来说,还是太便宜了。她需要菲尔知道并敬仰她的"恋土情结"。

菲尔搂着她的腰,缓缓地走过大街小巷、饭馆商店、名胜古迹。她倚在菲尔的肩头,费力抬着一双分量似乎不轻的眼皮,让那勉强露出一半的眼珠,不情愿地落向这里、那里。

他们非常引人注意,有些人即使已经擦肩而过,也要回过头来再看一眼。毫无疑问,他们打量的绝对是她而不是菲尔,但如果没有菲尔,他们也不会打量她。他们心底肯定藏着同一个问题:看看弄上老外的这个女人到底有什么稀罕的。但是作为一个女人,她恰恰希望的不是男人,而是女人的青睐。中国男人有什么意思?一个个小黄脸,一天到晚像是因为忙着算计弄得心智衰竭。她却能从女人的艳羡里,得到一种复仇的快感。到底是什么仇恨,如果深究起来,恐怕她也说不清楚。

她生怕人们以为她不过是旅游局的一个导游,或哪个接待单位的译员而不是菲尔的太太,所以对菲尔使用了往常她十分不屑的办法。好比一只香蕉,她咬一口,一定也要菲尔咬一口;或爬上圆明园的废墟之后,又不敢往下跳,一定要菲尔把她抱下来;或在饭店里吃饭的时候,一定要菲尔把他盘子里的那道菜喂她几口……诸如此类。

菲尔是她的道具。

奇怪的是,菲尔十分乐意,这与菲尔时常宣扬的关于女人的审美观点似乎毫不相干。

总而言之,她充分地享受了作为一个中国女人,却当上了一个洋太太的趾高气扬。而这种感受,只有在中国才能得到反馈。在西方,除非你嫁给查尔斯王子,否则谁也不会关心你是否嫁了一个西方男子。

她胸前挂着菲尔的相机。在任何用品的牌号方面,菲尔沿袭了家族的传统口味,字号要老,价钱要贵,日本货是不予考虑的。日本人总给人一种鬼鬼祟祟的印象,即使有钱,也像是靠盗墓发的横财。使用日本货也就给人一种降低身份的廉价感,只有中产阶级或平民阶层才用日本货。

她不断地举起相机,对准满是黏痰的地面;对准拥挤不堪,因为超载肚子塌得像要产子的黄花鱼的公共汽车;对准打着领带,西服领子不合适得像个套在脖子上的牲口套子、蹲在王府井大街上吃包子的外乡人;对准虽然得天独厚地位于"科学城",却始终得不到科学垂顾的,那条发黑、发绿、发臭的臭河沟;对准东、西直门附近,只有在描写黑咕隆咚的苦井万丈深的旧社会的电影里才能找见的破胡同……她就像那些专门到中国来寻找阴暗面的西方人一样(她现在感到真的就是,而不是就像),对准他们对准过的一切。但是,连这样的西方人,现在也不多见了。她有些遗憾。这种特殊的优越感恐怕很快就会无处可寻。

不过，连缜密如数学一般的菲尔也没有发现，她其实没有真正地按过一次快门。这一切也不过是为满足某种心理需要的演出。

柯达牌的彩色胶卷，十几块兑换券一卷。等一等，她现在去花菲尔的钱还为时尚早。而且为买一卷彩色胶卷向菲尔要钱，和买一件貂皮大衣向菲尔要钱，在菲尔并无多大区别，对她来说却区别甚大。

"主任，您看过她给咱们教研室的来信吗？"

"没有。"教研室主任一脸拒腐蚀永不沾的决绝。他恨透了，也瞧不起透了那个伤风败俗、蹲过局子、闹得满世界腥臭的女人。为了她那世界性的贡献，校党委和公安部门不知找他谈过多少次，好像她是他调教出来的一般。真是岂有此理。

"听说她给校党委、政工组以及各个教研室都写了信。"

那封信写在印有一座富丽堂皇的建筑物的明信片上。

"我是在瑞士给你们写信。目前我正随着我丈夫和我丈夫的父母在这里度假。这是我平生第一次滑雪，光滑雪的行头就用去了几百美金，还不算其他的开支。我们住在希尔顿旅馆，正是你们在明信片的另一面看到的这一座。它在世界各大城市差不多都有分店。

"我不断地摔跤，但是摔得非常高兴。摔倒之后，我久久地躺在雪地上，不想起来。面对阳光，仰望苍穹，觉得自己似乎就在天上。

"因此我特别惦记、想念你们。主任的住房是否得到调整？党支部书记的级别是否如他所愿地定了下来？提工资的消息是否得到落实？物价飞涨是否已经得到控制……

"你们若有机会到我们国家来，欢迎到我家做客，随便住多久都行，我们家有好几处房子。

"附，地址和电话。

"……"

主任没有看信，但记下了地址和电话。接着他去了厕所，无法自制地呕吐起来。

四

大家都满意地松了一口气。下榻的旅馆是五星级旅馆。如果除去二胡事件,算得上是开市大吉。

几乎是急不可待的。

一俟负责接待工作的莫利小姐将他们安排停当,一俟服务员将行李放下,转身出门,房间里只剩下他一个人——

团长很快地将房间里一切可以打开的门,一律地开了一遍,好像里面一定藏着上一位客人遗忘的东西。又将一切可以揿动的按钮,一律地揿动一遍。于是房间里华灯齐放、音乐轰鸣、水管子哗哗地流淌……

副团长的目光首先落在茶几上。茶几上放着一个烟灰缸、一瓶鲜花,还有一篮水果。白吃,还是自己付钱?

他拿起放在烟灰缸里的火柴。火柴盒上果然印着文字和号码,想必就是旅馆的地址和电话了。

他打开火柴盒,像翻开一本玩具活页夹。二十根火柴,如两排头戴红盔的木偶兵,下体相连地排列在一块薄木片上。他掰下一根,划着。不,他现在不想吸烟。只是试试在这儿,在这个旅馆里划着这根儿火柴的感觉。然后把那盒火柴装进口袋,以防真的有一天走失。

写字台上撂着一摞图册。本市地图、名胜古迹介绍、旅馆服务项目（在餐厅部分，附有标示号码的图片，即使不懂任何外语，也可以按照看图识字的办法定菜单），最下面一本，如国书一般堂皇的软皮夹里，夹着信纸、信封、明信片和一支细长的圆珠笔。他拿起圆珠笔，在粗厚如麻布的信纸上画出一串串流利的曲线，然后按着他在国内下榻各大宾馆的规矩，将圆珠笔插进西服上衣的口袋。

接着他为冰箱里诸多格子的诸多铁罐、瓶子、塑料小袋踌躇。最初的冲动是每样来一个尝尝，继而一想，付款单位尚未明确，不能贸然从事，先拈出小包一个初试锋芒。原来是一包巧克力豆。他一连吃了几颗，感觉上和国产的味道差不多，并无外国月亮圆等辱没民族意识的想法。只是食指与拇指上沾着的那层巧克力亟待抹去，他的眼睛朝四周一扫，竟无一块纸片、抹布、手帕之类的东西供他揩手，只有身后的窗帘近在手边，他连想都没想这样做是不是合适，便把巧克力抹上了窗帘。金、棕两色交织的窗帘闪着丝绸般的光泽，华丽、厚重，手感良好。他抖过来抖过去地看了又看，连连叹道："好东西，真是好东西……"

洗过手之后偶一抬头，与墙壁同宽的镜子里，赫赫地映着一个司马南江，顶灯和灯光如他从来缺少的慰藉，抚过他的脸颊，于是脸上那些被岁月驰骋、世事践踏过的痕迹不再强烈得分明。面对这样一个忽然变得陌生，而且比原来显得不那么遭罪的脸，司马南江心里涌起一些苦味的温柔，和一种不被什么追起或压抑的无措……

供水管上有一个旋钮，上面又是外文又是箭头。但这并不能使秘书却步。天底下的旋钮不管怎么复杂，不外靠手左拧右拧。往左行不通你就往右，往右行不通你就往左，只要不是一左到底或是一右到底,到了极端就回头,总会有所发明、有所创造、有所前进、有所突破。理论上虽然如此,但他还是一味地坚持到底,便有了另一番英雄气概。

他把旋钮上下左右地鼓捣一番之后,终于找到了一个合适的水温。哗哗地放了满满一盆,便跳了进去,平躺下来。他放松四肢,身体就有些漂浮起来,他轻轻地握住浴盆旁的扶手,一心一意地体味着全身的困顿在热水里消融的乏软,渐渐地睡意朦胧起来。直到莫利小姐来电话,请他们下楼,他才从那消磨人的乏软中挣出。急急地将梳妆台上大大小小的盒子、纸包摸索一遍,一个写着 Shoe Polisher(锃亮的金属包装盒)的小盒里弹出一块海绵,想必此物用于搓澡,便拿着肥皂往上猛打……

活动日程安排得很紧,仅当天就有四项。

中午十二点至十二点十五分科学技术部部长会见司马南江先生一行;

十二点三十分国家科学院院长,依林侯爵在自己古老家族的古老城堡里(莫利小姐介绍说,这城堡至少有五百多年的历史,他的先祖不是在罗马人打法国人,就是在法国人打土耳其人,或是在土耳其人打奥匈人的战斗中屡建战功)宴请司马南江先生一行;

下午两点三十分司马南江先生一行参观科学技术博物馆;

晚上七点三十分司马南江先生一行在国家音乐院听著名钢琴家×夫人的演奏。

团长虽然不懂外语,但司马、司马还是听得出的,而且似乎不绝于耳。好像团长不是他,而是司马南江。

莫利小姐剪男式短发,着男式西装,穿男式平跟皮鞋;汉语讲得非常流利。这使团长感到一份意外的收获,好比多了一张嘴、一双耳朵。她一上来就给他们来了一个汉语四声："妈、麻、马、骂。"个个字正腔圆。还没等他们的惊讶从心里走到脸上，她先朗声地笑了起来。但是除了司马南江，其他几位，仍是尊其瞻视的样子。

"您在哪儿学的汉语？"司马南江自愧弗如。他是南方人，始终说不好普通话。他的同事老跟他开玩笑："你欺（吃）不欺鞋（蛇）漏（肉）？"

"北京大学。"莫利小姐挺溜（liù）地说。

"啊，有意思。"司马南江双目炯炯。仅凭一声"北京大学"就让他立刻折（zhē）回了与他千丝万缕剪不断的北京，触发了炎黄子孙那份过剩的认同。

莫利小姐说旅馆离科学技术部很近，不知大家愿意步行一下浏览市容，还是愿意乘车。不过乘车也许比步行还慢，因为停车的地方很难找，即使找到一个停车处，从那儿到科学技术部的距离，可能比从旅馆到科学技术部的距离还远。经过差不多二十分钟的讨论、酝酿（因为不便，没有举手表决），终于决定步行。

莫利小姐的步子很大，让人充分感到是一位现代女性，信心十足地行进在一条现代马路上。她不得不时时地停下来恭候除司马南江之外的各位。

副团长有气喘病，如此大步流星地疾行，在他寡味的脸上皱褶出殉难者任人宰割的无告和绝望。

团长多次带队、带团地到过许多国家，胸有成竹地背着手儿，悠着步子慢慢地踱，好像刚在月坛公园练完太极拳。

他像一个楔子或是水底的一块礁石，稳稳当当地行走在人行道的中间。迎面而来的人流，像一群没头没脑的鱼，急急地游来，不得不在他的面前急骤地分成两路，继续朝前赶去。

他们究竟忙的是什么?!

鸽群如灰色的骤雨,呼啦啦地飞起、落下。或像首长一样挺胸叠肚,在一切游人必须止步的地方任意漫步。

到处都是雕塑。长着翅膀的马、被人骑着的马、拥着女人的马、与武士决战的马,裸体的、半裸体的执剑执戟的伟岸男人和闲散的半倚半躺的丰腴女人,屁股蛋儿滚圆的天使(或许吃了太多的黄油、奶酪、巧克力),头上长着好几个犄角的、张牙舞爪的兽人比比皆是。

街心的喷泉,或像瀑布一样,从这一处或那一处的雕塑上跌跌撞撞地跳下,饱含着令人感伤的生命的喧哗。或如水箭,直射碧天。忽来忽去的风将它的水雾,星星点点地吹洒在行人的身上、脸上(副团长免不了担心西服的平整是否将受到影响)。

空中的太阳,恰如其分地热着。

鲜花店里的各种花朵,像急着出嫁的姑娘盛情地开着。

绿树接着绿树,摇曳出一片又一片息事宁人的爽意。

路旁的咖啡座悠闲得令人想起珍珠港的偷袭。让人产生一种不管是谁,再来偷袭,恐怕还会马到成功的忧虑。

商店很多,空空荡荡,几乎看不到什么顾客。商品更多,多到你担心它们会不会全部卖出,而不是供不应求。仅帽子一项,花色品种就有上百种之多。

多少钱一顶?啊呀,折合成人民币就难免让人一惊一乍。团长虽然没有来过这个国家,但很熟悉这个国家的货币和人民币的不论是官方的还是黑市的比价。

东华门附近就有一个民间的、倒卖外汇的地下交易所。连老外都上那儿去卖外汇,他们一点也不傻。有关方面知道也不抓。为什么?还用说!

他们只能浏览一下堆放在超级市场门外的减价商品。团长从一堆什物中抽出一支玩具手枪。青年时代戎马倥偬,如今见了飞机大炮(哪怕是玩具模型)仍会怀旧。

全团人马一旁恭候。

团长久久地把玩着那支手枪,连连称赞"果然不错,果然不错",他对枪支的热烈爱好使他对玩具手枪也和见了兵工厂的产品一样动情。他眯起一只眼睛,将玩具手枪对准空中一个假想的目标,一梭又一梭地射击起来。头上那顶无时无刻不戴着的、江西土特产公司经销的、仿巴拿马式的草帽斜向了脑后,露出了象征智慧的开阔的脑门儿和脑门儿上细密的汗珠。

莫利小姐频频看表(仅仅是为了准确地掌握时间),却没有显出丝毫的厌烦。一副司空见惯、当然如此、准备打持久战的模样。和中国人打交道是上帝对你意志的考验。她的意志不但坚强而且十分耐磨,执行计划又斩钉截铁,这二者能天衣无缝地结合在一起,不能不说是人才难得。因为,你若是耐磨,往往就把握不住计划的顺利进行;如果只考虑计划的实施,又往往失去了耐性。好比出发前关于步行还是乘车的问题,虽然讨论了将近二十分钟,却没有影响日程的安排,她对这种情况早有思想准备,而将时耗估算在内。

所以莫利小姐赢得了政府部门、各大公司、学术团体的信任,常常被请来接待重要的中国客人,周薪约四百至五百美元。更难能可贵的是她能明白中国人到底是什么意思。如果你问中国人,今天晚上你们想吃中餐还是想吃西餐,他们一定会说"随便"。碰到这种模棱两可的回答,西方人往往不知道该怎么办。西方人习惯于明明了了,中国人却喜欢闪闪烁烁。这时莫利小姐就会带他们去中国馆子。虽然中国人不会像西方人那样欢呼雀跃、连呼OK,但只要一看他们进了中国馆子那种如鱼得水的样子,你一定会怀疑中国人都有"自虐狂"。

"好了,"她拍拍手,"我们可以走了,否则就太晚了。"

团长意犹未尽地放下玩具手枪,莫利小姐始终为团长准备了一个大人为儿童准备的笑容,多少有些溺爱的成分。但是她并不建议他把那支玩具手枪买下来,她知道中国人通常把外汇用在什么地方。

莫利小姐边走边聊。她不能让客人感到冷落。

"去年我陪一些政府官员去中国旅游,在杭州游西湖的时候,我听见围观的人一直跟在我的后面,猜测我是男人还是女人。猜来猜去没有结果,我只好回过头去对他们说,我是女人。他们吓了一跳,没想到一个老外会说汉语。"

司马南江笑了。副团长觉得他笑得似乎太响。

莫利小姐又说:"参观完兵马俑,已经是下午时分。道路两旁出售自制工艺品的农民却一个劲儿朝我大叫'鼓捣猫溺'(good morning)。我看中一件绣着五毒的百衲衣,用汉语问他多少钱一件,他却对我说'你说好马吃就好马吃(how much)'。你说可笑不可笑?"

司马南江不可遏制地大笑起来,副团长发现他的牙齿似乎也太长。

"在北京,还有一个卖牛仔裤的小伙子,见我会说汉语,问我能不能给他找个外国老婆,如果我能帮忙,他愿意送我几条牛仔裤。我说你一门外语都不会,找个外国老婆怎么办?他说找个像你一样会说中国话的。我说这样的妇女很少。他说,你不愿意吗?我说,不,我不愿意。你看这种事情多么离奇。现在的中国人和我在中国念书的时候不大一样了。只要看见一个老外,他们的眼睛在一秒钟里就聚满了各种目的,有时候我觉得他们只用眼睛就可以把我撕得粉碎。中国人为什么变成了这个样子?有人说是开放以后受了西方的影响,是吗?"

秘书转动着一双并不像莫利小姐所说的聚满着各种目的,而是空洞洞的眼睛,不知问谁也不知问什么似的问道:"是这个情况吗?"

团长已经觉得这番话是极不友好的信号,便针锋相对地说:"当然是这样。"

司马南江的心情一下变坏了。好像莫利小姐说的那些现眼的事全是他干的。"西方的影响并不是最主要的,封建主义自身就腐败透顶。对外开放的同时也开放了自身。过去,中国人的各种欲望都被压抑着、束缚着,就像把魔鬼装在瓶子里。现在瓶盖打开了,自然和装在瓶子里的时候大不一样。你们的瓶盖打开得比我们早,资本主义有二百多年的历史了吧?所以你感觉不到一种突变的冲击……别把中国人看得那么坏,也别把中国人看得那么好,你就不会感到奇怪或失望了。"他这辈子写检讨写得太多了,动不动就追本溯源。

副团长立刻反驳说:"这样说恐怕不合适吧?"确实没有声严色厉,可是每个字儿都像刚从冰箱里拿出来的。

"到了,到了。"莫利小姐如释重负。她的一段本想锦上添花的废话,却造成了这样的效果,不能不说是她多年接待工作中少有的失误。只是因为司马南江的脸上,透着一种全世界的知识分子都共有的,智慧得近乎呆傻的智慧,凭着这种智慧造就出来的语言,他们可以进行谁都明白、谁都不会误解的谈话。可他毕竟是中国人,对不对?

会见在科学技术宫的礼宾厅进行。这是一座巴洛克式的建筑。天花板上的绘画,以及厅柱上的浮雕无不体现着巴洛克式的奢华、辉煌和累赘。四壁上的镜子又将这一切无穷地扩大。

深红色的丝绒窗帘,让粗大的丝绦绾着,如舞台上的帷幕,呈扇形地分别垂吊在窗子的两旁。宽阔的窗台上,一盆盆鲜花,如各位崭露头角的新星,耀目地灿然开放。

大厅的正中,孤零零地站着一个文艺复兴时期的桌子,金贵、显贵地装饰着这个大厅。经历过各种盛大的场面,接待过各种名垂千秋的人物,现在正准备接受东方来客的仰慕。

一张张精力无穷、血气很好的脸,板板正正地放着,使人不得不猜想,在板板正正之后,那无穷的精力如何发泄?

人们压低了嗓音说话,得体地运用面部的五官,做出种种微妙的、不承担任何责任的、任对方怎么揣测理解都行的动作,无声无息地走在满铺的地毯上,等候着一个仿佛隆重的时刻,使也许没有什么实质内容的事情显得有了内容。

装潢得如武官一般矜持的侍者,手托银盘,为宾主一一奉上一杯葡萄美酒。大家举杯肃立,听部长先生致欢迎词。

"……我们为能够接待司马南江先生这样一位著名的科学家而感到十分的荣幸。您的著述、创造,早已为西方同行所熟知……"

著名科学家?我怎么不知道?研究所里从来没有反映,团长想。"文化大革命"期间大家全在"五七干校"劳动改造,团长和司马南江就在一个班组劳动。他连一个水泵都安装不了,还说什么著名科学家!

副团长却什么都没有想,他睡着了。听着、听着他就突然坠入了梦乡。

有时候,睡觉可能也是一种病。

这几年,他的觉往往来得突然。他也曾竭力地抗拒,可是他怎么也摆脱不了那一片把他拖进混沌的灰黑。

一路上,除了吃饭、上厕所这两头,他一直在睡。但那是坐着,无论如何更容易睡着。现在可是站着站着就睡着了。可以称得上是无时差、无条件、无地点、全天候的睡家。

他的两腿微微地弯曲着,整个身体松垮下坠,像个装得不太满的麻袋,疲软地堆在无所倚靠的大厅里。他脸上的肌肉,疲惫而无奈地耷拉着,似乎这睡眠让他极其劳顿与痛苦。看到他这副样子,谁也不能不同情地想,可怜的人哪。

他的腿弯曲得更厉害了,身体更难以平衡,渐渐地向一旁倾斜过去。手里的酒杯也跟着一同倾斜,杯里的酒眼看就要洒到铺满大厅的猩红的地毯上去。

司马南江几次想要上去把他摇醒,又考虑这反而更会引起人们的注意,同时又担心他醒来尴尬,由尴尬而生不快,由不快而生其他。只好任他将那杯酒,结结实实地洒到地毯上去。

"……鉴于司马南江先生对这一学科的卓越贡献,我们决定授予他太阳勋章……"

大厅里不多不少地响起了几下掌声。既不热烈,也不冷落。仿佛经过精确的计算和测量。

掌声把副团长惊醒了。但他并无大梦初醒的懵懂,一醒过来就能接得上茬儿、点头、微笑什么的。好像他从来没有睡过,好像没有莫利小姐的帮助,他也能听懂部长先生的讲话,并深谙其中的妙处。

莫利小姐将部长的讲话一句不落地作了翻译,同时还解释了太阳勋章是该国科学界的最高奖赏,是许多科学家所企望的殊荣。她拿过司马南江手中的酒杯,提醒他现在应该走上前去接受这一馈赠。

部长先生转向司马南江,板板正正的脸上,适时地显出恰如其分的喜悦。他双手撑着勋章上的绶带,好像一个耐心的、有经验的牧人在等待时机,好把缰绳套在一匹难以驯顺的好马的脖子上。

在场的中国人全都愣住了。

他们对于这种突如其来的、没有思想准备的事情缺乏应对的能力。

虽然出发之前,他们集中了整整一周的时间,学习、领会、消化有关的外事纪律以及中央现时的各种大政方针(以备对方提问,好在他们只出访两周,估计这段时间内,不会有大的变动);请各方专家介绍了该国的政治经济(诸如绿党或是社会民主党在议会中的比例以及他们的黄金储备等等)、风土人情(包括见面礼节究竟是伸舌头还是摸鼻子)、与中国的外交关系史,乃至与中国友好或不友好的国家的外交关系史(这个情况不大好掌握,因为以此站队、划线的标准,变化不但很快也很大,涉及范围又浩瀚庞杂。大至国际争端,小至一个名字十分拗口,领土面积二十二平方公里的什么国家的一个税收免检法)、地理历史(是否出产与中国有贸易前景的金、银、铜、铁、锡以及它的第几世皇后曾杀父弑君篡夺王位)等方面的情况;模拟了可能遇到的种种棘手的场面以及应付这种场面的办法,诸如政治挑衅,别有用心的人企图制造两个中国的阴谋,有人策反叛逃(这一问题的讨论,只限于正、副团长的级别)等等,却偏偏没有料到是从这样一件谁知道是好是坏的事情上发端。

这一手与其说是可喜可贺,还不如说是闷头一棒。

正、副团长甚至感到大事不妙。他们不但没有机会向国内请示汇报,甚至向大使馆请示汇报的可能都没有。这一事件的后果和责任,责无旁贷地落到了首先是团长的头上。那些丧尽天良的人,居然还对他带团出访说东道西。

司马南江忧愁地想到它得不偿失的灾难性的后果。

冷场。

定格。

聪明伶俐如莫利小姐者一时也傻了眼。中国人层次更深的心态她就无从得知了。

部长先生不解地望着莫利小姐,以为自己说错了什么,期望这位译员能够一显神通,化险为夷。她只好用手推了推司马南江的后背:"请快去吧。"

他低眉垂目,生怕自己不够谦虚谨慎。

可是团长仍然觉得司马南江欠了他一个请示,请示谅解、勉为其难之类的眼色。副团长觉得司马南江的步子比往常大,似乎有些急不可待。秘书则想,这小子真是名利双收,回去以后可有了涨工资、提级、要房子的资本,明明让外国人捧晕了,却装模作样地把脑袋往裤裆里扎……

就在此时,司马南江发现,他右脚上的皮鞋前掌突然开裂。

这是刚上脚的新鞋,血淋淋的七十块钱。"新履"皮鞋厂第三十八代最优产品。上好的牛皮面依然油光可鉴。就是每走一步,鞋掌和脚底就"吧叽"一下拍出一个惊天动地的声响。司马南江顿时汗流如雨。

如果在首都体育馆,观众热烈的掌声、高音喇叭的乐声、节目主持人永远像对百万雄师发布进军令的、气吞山河的嗓音,会将一切窘人的难堪掩盖起来。而在此地,这种仪式简直就像墓地上的葬礼,肃穆得连一声叹息也掩盖不了。

此时此刻,太阳勋章或是这勋章将改变的一切,全都显得无足轻重了。要紧的是在众目睽睽之下,如何走完前头那十几步路。

接下来就是研究如何解决皮鞋裂口的问题。

除了这双皮鞋,司马南江没有带备用的鞋。当然,还有一双拖鞋,放在旅馆的浴室里。但是,他能穿着拖鞋到依林侯爵那历史悠久的城堡里去赴宴吗？哪怕是到丈母娘家赴宴也不行，顶多能到他家那个路口的小吃店里买油饼。

莫利小姐安慰道："别着急，即使在第一世界，也有修理皮鞋的地方。"

虽然时间相当紧张，但她从容镇定地指挥着众人。决定由她带领其他人先行，将司马南江交代给一个出租汽车司机，先把司马南江带去修理皮鞋，然后再把他送到这个城市人人皆知的侯爵城堡。

修理皮鞋的店铺很小，窝藏在一条狄更斯笔下的胡同里。倾斜的、花岗石砌的路面弯弯曲曲。湿淋淋的仿佛刚刚驶过水车。墙皮剥落的老房子上有窄小的窗，每扇窗外环着木制或铸铁的圆形围栏，如一排排小小的竖琴。临街的阳台上也装着同样的围栏，不过是一排大一些的竖琴，铸铁的花饰街灯穿凿在这些房子的墙上。阳台上有晒太阳的老人、猫，以及使这老胡同明媚的花。

穿行在这些胡同里，司马南江有一种是耶非耶回归故里的感情。

现在你还能找到这样的房子吗？六块水泥板一拼，就是人们赖以生存的空间。

再也不会雕饰了，再也不会有飞檐了，连这修理皮鞋的小店也快没有了。

小店的橱窗里，放着一双双整旧如新的鞋子。看样子手艺不错。弓腰从低矮的窗里望进去，室内并无一人。推开拱形的小门，门上的挂铃便叮叮咚咚地响了起来。这时从内间走出一个魁伟的汉子，有两块营养良好的红阔的脸庞和好像不是在作坊，而是整日在田野里劳作的粗硬皮肤。

他的眼色精细，认真地打量着司马南江的脸，好像在查看一只哪里需要修补的皮鞋。

司马南江说明来意,将皮鞋脱下递了上去。汉子说很荣幸有机会为中国人贡献他的手艺。他把鞋子翻来覆去地看了又看,用嘴唇和舌头咂出一个脆巴响亮的不满:"这鞋子用的倒是上等的牛皮。不过太浪费了,在我们这里,起码可以再揭下一层,"他抬头看看司马南江,接着又残酷无情地说下去,"甚至两层,做出两双或三双皮鞋。可是你们粘皮鞋的胶实在太糟糕了。这是胶吗?简直是润滑剂。润滑剂恰恰是不能用来粘皮鞋的。"

司马南江说他不研究皮鞋,而是研究化学。

那汉子像判断真货还是冒牌货地又把他上上下下地打量了一番,说:"可以理解。"

可以理解什么?!难道化学家就不需要补鞋了吗?

他差不多以一种急切的心情,期待着与依林院长的会面。

为了什么?

为二胡燃起的浪漫情调不但渐渐地息止,甚至还滋生了一些厌烦。当依林院长接过那把历尽千辛万苦、惹是生非的二胡之后,司马南江真是一身轻松。就跟那把二胡不是他花钱买的;他不曾在各大商场的呢绒部(差点儿没让呢子味儿熏死!)跑来跑去地耗费时间、精力(比起钱来是那么的不值钱!)地进行衡量、比较,为的是省下几个置装费来买这把二胡。他忽然怀疑起自己品格的某些方面,比方说他是不是有出尔反尔、逢场作戏、朝令夕改诸如此类的毛病?

依林院长一脸迷惑地托着那把二胡,不知怎么拿着才顺手,好像从来没有见过这玩意儿。

他忘记了那场音乐会,以及音乐会上关于二胡的谈话了吗?

团里各位则如隔岸观火。并且为二胡的再次罹难而兴高采烈。

好像冥冥之中有人为他们雪了心头之恨。

太阳勋章最终地把这个访问团一切两半儿。

这个团虽然是因为司马南江才得以出访,但是他们恰恰不是因此感念他,而是因此仇恨他。特别在司马南江修补皮鞋的这段时间里,他们甚至产生了司马南江是否去和特工部门挂钩的怀疑。他们明知这是不可能的,却又巴不得如此地希望着。

有人接过了依林院长手里的二胡。他情不自禁地搓了搓手,好像那把没有二斤重的二胡,压得他血脉不畅。纯粹是为了周到,他表现了应有的惊喜,发出了适度的感叹和热诚的感谢。

人生匆匆。有无数比二胡更重要的事情。你能指望一个只有一面之交的西方人(哪怕在那次会面里,他无数次地拥抱过你,分手时挥洒过惜别的泪,好像你一定会收到他寄来的一张机票那么热诚地邀请你到他的国家,或到他个人的家里去做客)把你的二胡,天长地久地记在心里?你不仅对依林的企望过高,恐怕对人生的期望也过高了。想着、想着,司马南江的脸上便挂上了一个通达的笑,有了这样的笑,便不那么容易被伤害了。

庭院的廊檐下蹲着几门老炮,它们过去如果曾经打中过什么,可真叫奇怪。过去的一切似乎简单到复杂,现在的一切似乎复杂到简单。一缕泉水从一头铜狮的嘴里潺潺地流出,自然也是锈蚀了的。绿色的藤叶攀满了残败的石墙。这古堡给人的印象是一口倒扣在地上,几百年也不曾挪动过的钟鼎。他们穿过宽阔而高大的甬道。即使是正午时分,甬道里也很幽暗。阳光在穿透厚石墙上的窗户时,似乎耗尽了它的光焰和力气。乃至进了大而无当的餐室,更像进了地窖一样的阴凉。你的脚不论

083

踩在哪儿,都有一种生怕把什么踩塌的担心。餐室正中,四不着边地放着一张约十五米长、五米宽的餐桌。

座次依照西方人的标准排列。司马南江在依林院长右手的第一个座位上找到了自己的名卡。他不免局促。站在那里不知坐下为好,还是不坐下为好。他觉得……不,他不觉得什么。他只是突然之间丧失了可靠的记忆。他实在回想不起来,进门的时候是不是抢了他人之先,因为他当时正在听依林院长讲话,忘记注意这一点。不过事到如今他只好坐下,因为,不坐下也是不好的。

每个人的面前放有一个印着家徽的菜单。菜单下端,签有厨师、领班侍者的名字。花体,如女人一簇簇飞扬曲卷的头发。右手列队般地排着三个高低不等的酒杯和一个胖墩墩的饮料杯。

"请问您喝点什么?"满头银发、身穿燕尾服、戴白手套的老侍者在秘书耳旁低声问道,殷勤恳切,又不曲意逢迎。

他哪里像给人端盘子端碗伺候人的。倒好像他们应该倒个个儿,由他来给他端盘子端碗才合适。本团秘书向担任本团翻译的司马南江望去,可是因为桌子太长,鞭长莫及。他又转向莫利小姐,莫利小姐正在和团长谈话。

"您到敝国以后有什么感想?"

团长仅仅考虑了一会儿,却好像考虑得十分辛苦。"我感到有些不适应。"

"哪一方面不适应呢?"莫利小姐认真起来,生怕自己没有尽到责任。

"嗯……这个,说不具体。总之是思想不适应吧。"

莫利小姐好像明白其实什么也没明白地"噢"了一声。因为"思想不适应"可作多方面的解释。好比对共产主义是否仍是人类通向理想社会的唯一途径,或放之四海而皆准的真理的忧虑;好比从出生起就密封在保温箱里如今突然被从箱中拎出放进了狂风骤雨;或从出生起就驾一叶小舟,在惊涛骇浪中为保住身家性命使尽浑身的解数,如今突然风息浪止倒觉得没法活了,不会活了;好比在对西方社会的发展速度表示惊诧的同时又始终对这一状况保持了难能可贵的、符合传统的警觉……如此等等,莫利小姐如何可以明白。这样微妙和深奥的感觉,至少得有几十年的修炼方可领会一二。

秘书只好无所依靠地反问道:"嗯?"

见过许多场面的侍者,如今也有了难以应对的时刻,他尴尬地耸耸肩,好像秘书没有听懂他的话是他的过错。但他是训练有素的侍者,知道此时不便再问,再问则似乎唐突或有意刁难了。

眼疾耳快,面面俱到的莫利小姐立刻赶来照应。

喝点儿什么?

"威士忌?"秘书问道,你也可以说他回答道。

在电影里,凡是有身份的洋人或中国人都喝威士忌,包括国民党的高级官员或东西方特务。

"他问的是您喝什么饮料。比方说矿泉水、橘子水、茶?"

威士忌算不算饮料?他说的有什么错?秘书想。

见他面有不解,莫利小姐补充道:"午餐时我们通常不喝烈性酒。"

"那就喝茶吧?"他说。好像他在征求莫利小姐的意见。

他在家不是喝茶就是喝白开水。橘子汁太贵,只能优先照顾孩子或病人,他们需要增加维生素(谁又不需要呢)。他很怀疑橘子汁里到底有多少橘子的汁。橘子又少又贵,新鲜的都很难买到,还能挤成水卖而且价格比橘子还便宜?很可能是人工合成的橘子精再对上一些糖水而已。只有二道贩子和洋人出没的大饭店里才有真正的橘汁。至于矿泉水,咸了吧叽喝不来。

茶送上来了。用一个大银盘托着。大银盘里套着一个小银盘,小银盘里放着一杯红茶、一小盅牛奶、一小缸方糖、一牙夹在一个银夹子里的柠檬。弄得他简直不明白是他要喝茶,还是茶要喝他。

依林院长端起斟满酒的第一个酒杯,说道:"祝好胃口。"却不说欢迎光临、不胜荣幸、健康长寿、聊备薄酒、不成敬意等等,因此这个宴会开盘开得似乎相当冷落。

偏偏这时团长对着成行列的酒杯、饮料杯,亮得让人发冷的银制餐具,傲岸地印有古老家徽的菜单,挺括得拒人千里的台布、餐巾,打了一个声震寰宇的喷嚏。谁能控制打喷嚏、打嗝儿、放屁这样的事呢?党的外事纪律也不行,具有高度党性原则的大脑也不行。它们不受任何意念的控制,憋都憋不住。往往突如其来,连个思想准备的过程也没有。

喷嚏在大而无当、石壁累累的餐室里引起了巨大的回响。由于来得突然,依林院长的手不禁一抖,酒从他的杯里溅了出来。他放下酒杯,赶紧埋头喝汤。众人也就跟着喝起汤来。餐桌上便更显得冷落,只听得一片稀里呼噜吸汤的声音。副团长吸得额上甚至冒出了细密的汗珠。真是奇怪,为什么喝汤时不能呼噜出声?中国人这样喝汤喝了几千年,也没有把中国喝亡。中国共产党这样喝汤喝了几十年,照样喝出一个新中国,照样建设具有中国特色的社会主义。为什么以不呼噜出声为喝汤的标准模式,而不以呼噜出声为喝汤的标准模式?外国人还不会用筷子呢,有文件规定他们必须会用筷子吗?

于是在等下一道菜的时间里,副团长觉得到了应尽一下客人的义务的时刻,便和莫利小姐拉起了家常,"今年多大年纪了?嗯?"

莫利小姐一愣,但还是作了回答。

"结婚没结婚呀?"

"没有。"这回她脸上显出一丝莫测高深的笑。

"每个月挣多少钱哪?"

"我就知道你该问这个问题了。"

"哦?"

"我在中国读过书,又经常到中国去,知道中国人喜欢问哪些问题。"

侍者们开始撤第一个酒杯,并且在第二个酒杯里斟上另一种酒。站在团长身后的侍者在给他撤第一个酒杯时问道:"这杯酒您还喝吗?"

团长自觉还是懂得一些英语。他总是随身携带着自编的"谐音英语会话手册",好比"三克油喂你妈吃""好狼""南渤湾"等等。这时便点点头,说道:"也死。"

开始上菜了。

六个侍者鱼贯地进入餐室。每人手里捧着一个直径约一尺半的银盘,银盘上扣着一个很大的"钢盔"。他们将这"钢盔"在每人面前放了一个,然后便垂手而立。

司马南江不免思量,这一大"钢盔"的菜,如何吃得下去。只见领班使了一个眼色,几个侍者像听到口令一样,同时揭开了扣在银盘上的"钢盔",里面原来还套着一个白瓷盘子,这盘子的直径少说也有九寸。一块像豆腐干那么大的鲟鱼,出人意料地、娇小玲珑地躺在由柠檬、蘑菇、调料精致装饰着的白瓷盘子的正中,依林院长像唤来一阵风雨后的巫师,在享受观众的惊叹、欢呼、喝彩那样地微笑着。

秘书面对那块鲟鱼伸着脖子想了一会儿,就近拿起了该是第二道菜用的刀叉去切鱼,又用刀子把鱼送进嘴里。

莫利小姐几乎没有很好地品味那块味道鲜美的鱼。她很担心刀子会割破秘书的舌头。好在那块鱼不算大,两嘴就吃完了。

然后上第二道菜。

一大块货真价实的烤鹅。

切鹅的刀子在吃鱼的时候用掉了,用掉之后又被撤了下去。现在他只好用切鱼的刀子切烤鹅。那刀子显然不是烤鹅的对手,总是扑空的刀叉在盘子上磕出乒乒乓乓的声响。烤鹅好像在调侃他的失误,在盘子里滑来滑去。直至滑出盘子,掉在雪白的台布上,老实了,不动了。秘书很不服气地用手把它捡回盘子里,继续和它乒乒乓乓地干下去。

副团长的胃却是健康的。除了他,这道菜大家差不多都没有吃完。

侍者撤下烤鹅的残骸,又开始撤第二个酒杯,并且在第三个酒杯里斟上香槟。在撤第二个酒杯时,他又问团长:"这杯酒您还喝吗?"

团长又似听懂了地点点头。"嗯"了之后忽觉不妥,又补充了一句:"也死。"

那侍者只见团长一律地"也死"却并不见他喝,面前便红红黄黄地绚丽着一列杯子,不但扰乱了这个家族传统的进餐方式,也使他那无可挑剔的服务水准受到了威胁,他只好翻起眼睛,听天由命地对着天花板,不再看那令他窝心的台面。

副团长打了一个满意的、差不多像团长的喷嚏那样声惊四座的饱嗝儿。嗝儿里复合着鲟鱼、烤鹅、奶油、洋葱、美酒等等的回味。他伸出右手,从脖子开始,顺着食道的走向捋了捋食气,然后双手向身体两侧斜伸上去,扭动了几下腰肢,觉得除腹部以下,各处经络都有通畅之感。便开始用小拇指上的指甲挖耳朵、挖鼻孔、剔牙缝……总之,从脸上所有的窟窿里往外掏东西,并且把这些东西弹到地毯上去。在忙完这一切之后,从口袋里掏出香烟,先让团长,后让秘书,再让莫利小姐,他们或摇头,或摆手,或婉言谢绝。他把一支香烟在桌上磕了磕,点着,眯着眼睛深深地吸了一口。对莫利小姐说:"你也算是中国通了,知道中国有句俗话吗?饭后一支烟,赛过活神仙。"

莫利小姐说:"当然知道。连怎么骂人我都相当熟悉。有一次我在北京乘公共汽车,车上人很多,我又拿了不少东西,下车的时候我说,'请,谢谢,让我过去。'谁也不理我,我突然想起我编纂的一本《汉语诟詈辞典》,便一句接着一句地背了出来,人们纷纷给我让出一条路,我像女皇一样通行无阻地下了车。不过现在还不算吃完,还有一道甜点呢。"

副团长望着莫利小姐褪尽了唇膏的嘴,突然就明白了化妆和不化妆的区别。

依林院长想,现在该轮到和团长说几句话了。要当好主人,就得有一个不落的本事,哪怕你不喜欢这个客人,至少也要有一句"见到你真高兴"这一类起码的应酬。更何况他要取得此人的好感,以便司马南江的全部著述,由依林出版社顺利地翻译出版。莫利小姐一再告诫他,对团内不请自来的各位,万万不可等闲视之,他们才是这个团的真正主人。弄得不好,轻则你花钱费力他白吃白喝白玩一通还骂你个狗血喷头而去。您不是还想出版司马南江先生的著述吗?(她文雅地看着他,一双眼睛像计算机屏幕似的,显现出这笔不付版税、世界发行的买卖清捞净赚的几位数字。中国人怎么就察觉不到她那双眼睛里的阴冷,真是活见鬼。依林先生并无半点不安,须知中国人翻译出版各国刊物书籍照样不付版税。)重则给你制造一个事端(尤其在国际性的会议上),发出一个抗议,对一个国家科学院院长来说,其损失不亚于一个企业的倒闭……

"我希望您喜欢今天的菜。"依林院长用餐巾轻轻地在嘴上沾了沾说,口气里不无讨好的成分。世界已经布尔乔亚化,古老的家族们也不得不布尔乔亚起来。用餐巾轻轻沾过的嘴,如今只好和根本不用餐巾,一任调料、菜汁浸润的嘴对话了。

"嗯、嗯。"团长说。

嗯、嗯是什么意思?到底是喜欢还是不喜欢?

"司马南江先生研究的课题,可以说是目前世界上最尖端的课题。我很高兴中国在这方面走在了世界的前列。我很想知道中国在研究这个课题上,投入了多少力量。比方说有没有一个专门的研究机构;多少研究人员;经费是不是充分……"作为一个科学家,依林院长把一切精神财富看做是人类共同的财富,并无相忘于江湖或相忘于道术的陋习。

"这个嘛……实现四个现代化,是我国的基本国策。科学技术现代化,是四个现代化的内容之一……"上甜点了。团长对甜点表示了很高的兴趣,以至依林院长不得不反省自己是否有些地方失礼。

从古堡出来之后,他们像被幽禁了许久,突然发现天上还有太阳,四周还有绿树,足下还有草地……而且别来无恙。尤其是脚下那片弹性很好的草地,简直让人想立刻躺在上头翻个筋斗、打个滚什么的,如果不在上面干点什么,真是可惜了它的阔大、平展、厚实。似乎受到了突来的、同一的灵感的启发,他们不约而同地、争先恐后地、生怕少啐一口便吃了大亏地往草地上啐起痰来。

那一连气的啐啐之声,使司马南江不忍卒听地掉过头去。

依林院长对啐痰缺乏感性认识。在西方,几乎听不见、见不到有人啐痰,便觉得中国人的痰也很神奇,说来就来,说有就有。不过他会马上吩咐下人,彻底地给草地浇一次水。

参观科学技术博物馆由使馆文化处的一秘,以及莫利小姐陪同。

他们的神态,一律活泼、机智、舒畅、松弛了许多,就连副团长的步履也轻快起来。在依林院长的古堡里,他们全有一种被凝固了的感觉。不是因为光线的晦暗、滞重,不是因为从每一块幔帐、窗帘、丝绸椅垫、壁毯或每一条桌子、柜子缝里冒出来的,熏得人不知身在何处的旧味儿,而是因为那一套繁文缛节的架势,以及那架势后面包藏的祸心。告诉、教给你怎么做一个上等人。既然你还需要别人告诉、教给你怎么做一个上等人,那就是说你还不是一个上等人。它激起一种让告诉、教给你怎么做上等人的人,反过来给你舔皮鞋的复仇感。这祸心因为年深日久,已经和那些幔帐、窗帘、丝绸椅垫、壁毯或从每一个桌子、柜子里冒出来的旧味儿,和铸着、绣着古老家徽的银盘、银叉、银刀、银勺、桌布、餐巾什么的混为一体,连科学如依林院长者也无法掰扯得清楚,以及保持应有的警觉,否则他是决不允许这种情况存在的。他没那么傻。

一秘是一位面色苍白、沉默寡言的瘦高个子。戴一副透明塑料镜框的眼镜,像个刚从大学毕业的学生。团长干是觉得不够分量,不够热情:"你们大使知道我来了吗?"

"报上去了。"一秘说。

"你告诉他,有些情况我要和他交换交换意见。"

"可以。"

团长很不满意这个回答,拿眼睛把一秘瞪了又瞪。一秘只顾聚精会神地握着方向盘,跟紧莫利小姐开的那辆车。团长很想找个借口,煞煞这个既不会高兴也不会不高兴的一秘的威风,可惜实在无处下手。

"这里有红灯区吗?"

"就在国家音乐学院附近。"一秘的眼睛依旧注视着前方。

"那么'跳蚤市场'呢?"

"在教堂附近。"

"好,我们不去参观科学技术博物馆了,去'跳蚤市场'。"

秘书的喉结动了一下,像对美味期待已久地发出"咕"的一响。这几乎就是他无论如何也要争取出访一次的全部目标的三分之一。除司马南江之外,他相信团长和副团长同他的愿望没有丝毫的差别。

改革开放以来,左邻右舍、机关同仁时有放洋一圈者光荣归来。人们提起海外,就像提起保定、天津卫。虽然不像出差那么容易,但也不是可望而不可即的梦想。

三百六十行,行行都想得出出洋考察的过硬理由。还不算对方出资邀请的开会访问、讲学交流。人事处的王处长,就是刚从朝鲜人民民主主义共和国考察思想政治工作归来,朝鲜人民民主主义共和国没有"跳蚤市场"。一切社会主义国家都没有。但是不论出访社会主义国家,还是出访非社会主义国家,可以购买一件或几件减免关税的家用电器的待遇是一致的。机关大院传达室的老李,春天刚从美国考察安全防御措施回来。除了抱回一台减免关税的大彩电之外,还背回来两麻袋裘皮大衣、皮鞋、手袋、服装、日用百货。全是从"跳蚤市场"上觅来的。老李的爱人第二天就穿了一件来上班。虽说穿着那样的大衣应该坐小汽车,蹬自行车有点不伦不类,但是大街上有的是穿牛仔短裤的姑娘,足蹬一双性感的黑色镂空长筒袜,或者穿一件十八世纪的夜礼服,却蹬着一双长筒皮靴……中国,眼下就像老李的爱人一样,穿了一件裘皮大衣,蹬在一辆让连阴雨弄得满是泥泞、满是锈迹的自行车上。

老李的爱人,满脸光辉地抖着那件大衣说:"八成新,十美金。要是到百货大楼去买件新的,我一年的工资不吃不喝也不够。"不仅弄得女人们瞪大了眼睛,弄得男人们也瞪大了眼睛。

"样子是不是太老了?三十年代的电影明星白光、李丽华就穿这种样子的大衣。"有人表示了美中不足的遗憾。

又有人说:"样子这东西,几年兴过来,几年兴过去。好比女人的裙子,一会儿长了一会儿又短。在箱子里搁几年,没准再拿出来又成了顶时髦的。"

"还带回来什么好东西了?"

"没了,没了。"老李的爱人左推右挡。对大多数还没有出过洋的同志,她有一种歉疚感。她毕竟是个共产党员,受过吃苦在前、享乐在后的传统教育,虽然这件事和吃苦在前、享乐在后也许风马牛不相及。想到这里,大衣初上身的兴奋、愉悦,似乎不那么完满了,脸上的光彩似也收敛了许多。

"我不信,听去机场接机的司机说,整整两麻袋呢。"

"没了,真的没有了。"

围观的众人,似乎余兴未尽地渐渐散去。

但是有好长一段时间,老李的爱人不再紧锁眉头。据说她和各方面的关系都得到了相当程度的缓和、平衡和改善,连紧张到一年多都没有走动的小姑子,也恢复了亲善关系。远至七大姑八大姨也很满意,无论如何,这是那两大麻袋的功勋。

所以从一上飞机,飞机还没有开始起飞,秘书就根据他的财政收入,开列亲朋好友的名单,编制财政开支预算,省得回国以后人家来看望你的时候,因为你的考虑不周而坏事。听说有人回国之后就因为丢了张三落了李四,弄得从头扒到脚还得罪了人。好像他不是刚刚开始旅程,而是旅程已经结束。对很多出访代表团的成员来说,出访的正式活动实际不在国外,而是在上飞机之前和飞回来之后。

那是一张两页纸长的名单,斟酌再三,不断精简。留下的绝对都是硬碰硬的角色。除了"跳蚤市场",还有哪一处更符合少花钱多办事这一原则精神的地方呢?

"这样做恐怕不太合适,主人已经把日程安排好了。"一秘终于转过脸来,对准了团长说。原来他并不年轻,脸上已有许多成熟的皱纹。

"我是中国人,为什么要受洋人的支配?同志,不要因为在国外生活久了,就把洋人的话当圣旨噢!"他终于抓到一个教训这个老不看着他的一秘的机会。

"外事纪律上写着不允许去'跳蚤市场',特别像您这样的身份。"他偏偏不和团长纠缠,像一部储存文件的电脑,显示、消失,显示、消失。不过在一秘看来,这种规定大可不必。上"跳蚤市场"有何不可?贫穷并不是耻辱。他知道此地一位著名的嚎叫派诗人就常常光顾"跳蚤市场",毫不隐讳地告诉别人,他的西服上衣就是在"跳蚤市场"上买的。他不愿意把钱浪费在包装他那不起眼的××上,他说。就算人们知道你去"跳蚤市场",说你穷,你没偷没抢没贪污没受贿没靠养汉子弄钱对不对?比起那些,穷也许还是一种光荣。难道你不去"跳蚤市场"人家就会以为你阔了,你不穷了?别打肿脸充胖子了。

"我们出来的时候,没有传达这一条纪律。"团长说。秘书的嘴唇,无声地跟着团长的嘴唇一起翕动着,好像一条离开江河已久的鱼。他在这里没有发言权,即使有发言权,顶多只能来个问句,一个只会表示问句的人,你能指望他有多少作为?只好眼睁睁地看着"跳蚤市场"成为泡影。他和别的秘书不同,毫无后台可靠。他不过以善于领会领导意图取胜,这一手看似容易实则难。他不能跟得太紧,像刚上了笼头的牛犊那么卖劲,那样会招人嫉恨——就显得你行我不行,就显得你积极我不积极——招人嫉恨脚下就会有人给你使绊子。但是你又不能过于消极,小心那些靠汇报他人过日子的人告你的刁状。你得学会关键的时刻在领导面前处理几个棘手的问题,让他信得过你的能力,以及你对他的忠诚。或是给他贡献几个点子,这点子既要富有成效又不能显得比他聪明,没有一个领导人喜欢别人,尤其是他的下级比他有脑子,能干。后来他发现只有用提问这一不肯定的方式来贡献他的点子最为合适。结论由领导做,让领导充分享受英明决策的成功感。遇上一个有良心的领导,他会心照不宣地记住你的功劳。好比这次出国,就是多年苦心经营的报偿。可是那种"关键时刻"好找吗?那种"火候"好掌握吗?人们只知道对他这趟出国冷嘲热讽,他们不知道二三十年下来,除了问句,他什么句式也不会说了。就是这样,最后还不知道能不能混上个处长干干。

"您可以去使馆看看这个文件。"

如此,团长方觉无话可讲,鼻子里只好一个劲儿地往外吹粗气。

"再说'跳蚤市场'星期天才有,今天不是星期天。"一秘说。

但是团长并未甘休,下了汽车便虎着面孔在展厅里独来独往地乱窜,也不听馆员的介绍讲解。秘书好像误入歧途一般呈现出一脸的迷茫。副团长兴味索然地走在前面,弄得一秘不知道照顾团长为好,还是照顾副团长为好。副团长一面走,一面还是用右手从脖子开始,顺着食道的走向,捋着他的食气,并且打出一个又一个复合着鲟鱼、烤鹅、奶油、洋葱、美酒等等回味的响嗝。只有司马南江仔细地去看每一件展品旁边的说明,并倾听着馆员的讲解。

一秘的脑袋"嗡"的一响,他听见,走在前面的副团长从腹内拧出了一个极响的屁。他很快地用眼梢扫了莫利小姐一眼,谢天谢地,她正在和司马南江讨论什么。看样子司马南江完全没有听见这个响屁,但这并不等于眼观六路、耳听八方的莫利小姐没有听见。一秘常常在接待国内来访团时和她打交道,此人莫测高深。可是副团长还生怕人不知道似的偏偏回过头来,做了一个令人瞠目的,与他的年龄、身份,特别是他的革命经历极不相称的鬼脸,接着又鬼使神差地笑了起来。好像他很为自己有幸在这个科学圣殿里,戏弄一下为人所景仰的文明文化而得意非凡。

就在此时,"咣"的一声巨响,令众人慌忙地回过头去。原来虎虎急行的团长,撞在了一块一尘不染得好似根本不存在的玻璃墙上,并且立时晕倒在地。莫利小姐力主急送医院,副团长从多方面的后果考虑认为大可不必。于是众人一齐动手拍脸蛋儿、掐人中、晃脑袋,终于把团长弄醒过来。他大劈着双腿,倚坐在司马南江的怀里,脑门儿上顶着一个眼见它忽悠一下就隆起的、暴着一道道青筋的、绛紫色的肿块,翻着眼睛似乎在继续生着撞晕以前的闷气。

五

这就是往昔的日子。

先是变成了照片,然后又变成了明信片。世界各地来旅游的人,无不前往一游,并且买几张明信片作为旅游纪念。

从空中鸟瞰下去,庄园深陷在延绵起伏的丘陵中。这一处丘陵的余脉,不慌不忙地搭在另一处丘陵的余脉上。在它们交接的地方,形成参差不齐的丘壑。远远近近,疏疏密密,照顾得相当匀称。森林、树木、草地如绿色的河流,毫无定向地任意流淌在丘陵、丘壑或坡地上,一直流进花园附近那汪深阔得令人忧愁的湖里。天上地下是一片透心凉的绿色。

耸立在丘陵四周那青钢色的岩峰,如他威严的祖先,骑着骏马,戴着甲胄,手握长戟,守卫着荣耀的门楣。

灰褐色的、粗糙的巨石垒筑的圆柱形城堡,已被岁月摩挲得消失了当年不可一世的锐气,但仍向天空,扬着它冷傲的、铁灰色的尖顶。

到了初冬,从城堡的小窗子里望出去,除了守卫在四周的青铜色的岩峰,四野全都变成一片苍莽的灰褐,和这城堡一样。仿佛一片荒凉的沙漠从天际那边流淌过来。忧伤而苍凉地漫进你的心，并重重地把它压满。

"在看过上帝的结构之后，你会觉得全世界的画家、雕塑家、作家什么的全是笨蛋。"爱尔卡从这幅巨大的照片前头转过身来，对魏特说，"魏特，你这张照片拍得真不错。"想起魏特什么都可以干得很好，又都可以干得很糟，她不禁笑了。对魏特你不可能不满心地欢喜。他一会儿一个主意，对每个主意都如痴如狂。绝对地严肃认真，绝对地全部投入。其结果又总是像它出其不意的开始那样出其不意地与他的初衷相悖。如果她回忆婚后的日子，除了四处飞扬的、引诱人去冒险的剪报（各式各样的骗子在那上面大展天花乱坠的天才）和从无间断的电话铃声，什么也想不起来。

那是因为他自小生活在那种韵味里，好像她不知道似的。对爱尔卡既不能指望又不能苛求。她聪明过了头，便不能享受人生中诸多由盲目甚至是由愚蠢带来的乐趣。她只能是一个既不远又不近的朋友。所以离婚比结婚对他们更合适。一个老练而又腼腆、自嘲而又自得的微笑，如远方一个微弱的闪电，无声无息地在魏特的脸上一闪而过。"不过我还是希望你再试一次。"这时，他那双容易兴奋、骚动不安的圆极的眼睛，重又活泛起来。使他看上去极像一只喜欢跳跃的鸟。

"我们不是已经试过了吗？"

"求你了，爱尔卡。"

你不可能不答应魏特，他那些异想天开的主意，每每都像把命押上去的、人生的第一次或最后一次的航行。"唉，好吧。"爱尔卡坐下，伸出自己的胳膊，"我给你做了很好的汤，"她扬起眼睛看着他，又强调了一下，"照着菜谱。你仍然到处在混饭吃吗？"

"除此你认为对我还有什么更好的办法吗？"

"嗯,是的。差不多是这么个情况。"

"我别无选择。或者是到处混饭的穷光蛋,或者是全国最富有的人。"

"你的官司有眉目吗?"

"还是老样子。"魏特为了证实自己才是那唯一的、合法的王室继承人,持之以恒地打了多年的官司。从他们恋爱的时候起,一直打到他们结婚、离婚,一直打到他们不得不卖掉如今已变作墙上那张照片的庄园。然而他仍然是个准王室继承人。也许还是中国人的办法好,只准生一个。

"怎么样,你是否感觉到一条热流沿着你的手臂移动?"魏特拿着一个六角形的、每个角上铸有日月星辰的金属片,并用六角中的一个角,对着爱尔卡的胳膊来回移动。

"不,对不起,魏特,没有什么热流。"她真希望她确实感到一股热流,她真希望他成功一次,哪怕一次也好。

魏特怀疑地盯着爱尔卡,又深思地点点头,好像证实她有撒谎的毛病,却绝对不去想他推销的这个玩意儿,像他干过的所有行当一样毫无结果。

"亲爱的魏特,谢谢你今天带给我的这个……这个玩意儿。不过我们是不是可以吃晚饭了?"

"当然,你知道,这差不多是我最喜欢的一件事。"

"真的?!"她歪着头,调侃地望着他。

"嗯……"魏特自己似乎也不那么自信。

魏特扫视了一下杯盏狼藉的桌子,在证实没有什么疏漏之后,对自己的成果似乎满意地点点头:"谢谢,爱尔卡,我很久没有这样痛快地吃了。"

"谢谢,魏特,你这样说我真高兴。要不要再来点酒?"

"不,够了。"

"我可是还得加一点。"她呷了一口酒,似乎不经心地问道,"可是,魏特,在这之后,你又将干什么?"

"我们何不成立一个文化交流中心呢?"

"好极了。"魏特并没仔细想过文化中心干些什么,只知道自己不曾干过,而且在报纸上常常见到这个旗号,眼睛便又活泛起来。

"我知道你会赞成。"理查德用他很长的食指,指着魏特,好像用一支毛瑟枪瞄准了他,一百个跑不了啦,"你喜欢文化,各种各样的文化,"这样说似乎不大贴切,不过"文化"现在变成了一个很泛的词,既然很泛,也就不妨很泛地用它,"可是你偏偏没有注意到中国的文化……"

"嗯,嗯,"魏特连连摇头,表示不能同意对他的这种判决,"我知道他们吃的文化非常发达。此外……"他不无遗憾地耸耸肩。

"这恐怕是你的偏见。他们缺乏文明,但不等于缺乏文化,你不要将文明和文化混为一谈。"

"照你这么说我们只有文明而无文化了?"

理查德豁达地摆摆手:"还是谈我们的文化交流中心。自从中国改革开放之后,他们对西方人的吸引力越来越大。你看见了吗?世界各国兴起了一浪接一浪的中国热。旅游的盛季快要到了,我们可以用义化交流中心的名义先办个短期训练班,教授中国刺绣、烹调、绘画、乐器。交流中心以后再干什么,等这次活动结束再研究。"

连一向喜欢出奇制胜的魏特也因这个计划意想不到地大发了劲儿:"烹调也许勉强。绘画、刺绣、乐器什么的恐怕不那么容易。"

"噢,**魏特**,想不到你还这么傻。这不过是满足一下他们的好奇心而已。过了旅游季节,他们早已回到自己的家乡去了,谁还会来讨论你的训练有没有成效呢?"

"我们请得起这样的大师和教授吗?"

"如果需要大量的投资你想我会搞什么文化交流吗?"理查德狡黠地一笑,他那结实的白牙,就在他那黝黑的、少肉的脸上一闪,好像夜间行车时,汽车的头灯打亮了高速公路上有警告意味的荧光路标,接下来果然是一派惊人之语,"在这里留学的中国学生,以及交流学者很多,各种专业都有。只要付不多的工资,就可以雇用到不错的,甚至是相当有造诣的教师。主要的问题是,我们应该在著名的风景区,找个便宜的、可供食宿的住处。我考虑过,我们不租用旅馆,而租用农家家庭式的营业房间。旅游者不但可以游览名胜,还可以享受田园风光,学到一些中国玩意儿。"

这真是一个周密的、令人鼓舞的计划。"你的意思是说从学员交纳的学费里获取利润?"

"噢,**魏特**,请不要说利润这样的字眼。我们是文化交流中心,和利润、税务全然无关。当然,我们应该把学费定得高一些。现在还有许多事情要办,我要通过一位朋友,他是一个汉学家,向政府有关部门申请成立交流中心的许可;做训练班的广告——主要对象是美国人,他们有钱,而且对待钱的态度也比较随便;印制你我的名片,至于头衔,我想暂时用王室继承人的名义……"

"你知道,这件事毫无结果。"

"那么再说,"理查德的口气很含糊,"至于我,自然是理查德博士。"他停了一下,见魏特没有什么反应,便继续说下去,

"这些用不了多少投资,但可供膳食的住处一俟有人报名,就得预先去订房间。我想你那里还有一些钱吧?"

"是的。"不过理查德什么时候成了博士呢?据他了解,理查德始终没有通过博士的答辩。

"这我就放心了。"理查德差不多真像博士那样潇洒地夹了夹胳肢窝,"现在最急于解决的问题是我们没有一个可供联系的办公室,也就是说通讯地址。申请入学的人总不能把信寄到我们私人的住宅。我想,爱尔卡的艺术系是一个最理想的、暂时的……"

"不,不要把爱尔卡拖到这种事情里来。"魏特原来还是兴致勃勃甚至是野心勃勃的脸突然委顿下来。这时他才明白,他也许真的爱过她,并且还在爱着她呢。

"爱尔卡,亲爱的,星期二下午你有空吗?"

"你知道,那个时候我在系里办公。有什么事吗?"

"没有十分重要的事。理查德想送你一束花。"

"谢谢。你现在又在玩什么?"

"见面再告诉你。再见。"

"再见。"

"一打红玫瑰,好像是在求爱。谢谢。请坐。"

"不,我们就走,还有别的事要办。"

三点整,爱尔卡桌上的电话铃响了。"我是纽约。请问,这里是××大学艺术系吗?"一个男人问道。那绝对是一条属于有钱人的嗓子。

"是的。"

"理查德博士在吗?我想和他讲话。"

"请等一会儿。您的电话。"

"真对不起,电话追到这儿来了。"

爱尔卡若有所思地说:"这束玫瑰花可真不便宜。"

如果不是应聘来这里教授中国画和中国烹调,他和妻子一生也不会到这个旅游胜地来。他在许多画报上、明信片上以及报纸上看到过关于它的图文并茂的介绍,中央电视台国际新闻的结尾也常常转播在这里举行的国际滑雪大赛。

现在当然不能滑雪,看不到国际著名的滑雪健儿的风采,但是他们已经乘缆车到山顶去过,看过滑雪的跳台,陡峭、雄伟得看上去就让人目眩神迷。

在不是滑雪的季节里,缆车费很便宜。但对中国人来说,还是很贵。无论如何这一辈子坐一次缆车,并且在各国名将曾在此一跳的跳台上站一站也是值得的。他真的觉得自己的一生,有些壮丽起来。因为有了这样的壮丽,难免反省起那些不甚壮丽的事情。

他算得是什么画家,业余画两笔竹子消遣而已。他是来这里攻读企业管理专业博士学位的。

给他拉关系的那位朋友出来已经半年,很有一些经验。"你别打退堂鼓。他们懂什么中国画?你能让他们十五天以后用毛笔画几根竹子带回国,就能让他们惊天动地一阵子了。先上中国商店买几支中国毛笔、几块中国墨,到了山上以高于原价的三倍、四倍卖给他们。别一谈钱就不好意思。在西方这是很正常的事。是你把东西带上了山,你付出了劳力。你付出了劳力他们就得付钱。别看西方人一个个装得像个绅士,谈起钱来一分不让,绝不客气,好意思得很。不过你要打听一下到底有多少人学画,别买多了。至于中国烹调课,我向他们推荐了你爱人。她不是在这儿陪读吗?老外最爱吃辣子鸡丁、炸春卷、饺子什么的。是中国人就会炒辣子鸡丁、会炸春卷、会包饺子。每菜必做示范操作,示范之后可以品尝,胃口吊上来之后分份出卖。美国人在山上憋十五天可受不了,正是你们赚钱的好时候。十五天之后让他们学会一个西红柿炒鸡蛋,或是一个炸春卷,他们也会乐得大呼小叫。临上山之前自然也要到中国商店把中国作料买齐。这个不必多买,不像笔墨,离了中国人他们买不出名堂。吃的东西人人都会买,世界上凡有麻雀的地方就有中国人,有中国人的地方就有中国商店,他们都知道。"

这个人的人品到底如何?连从大陆出来的留学生都看他不起。更不要说是洋人。他们说这位从首都大医院来此进修的医生,根本不好好工作、学习,每天到医院点个卯之后,就拿着几根银针卖针灸,给洋人治治发痧、神经痛、美尼尔氏症。每天上午光挂号费的收入差不多就合三百美金。结业之后回家转,外汇有了,金字招牌也有了。

不过洋人看得起又怎样,看不起又怎样?谁还指望洋人给你提级涨工资评职称选劳模入党立贞节牌坊?上至侍郎尚书,下至乡吏里长尚且有人干那丧权辱国的勾当,区区一个知识分子,不过赚几个外汇、图个虚名,就更谈不上辱没祖宗。

再说谁知道你的祖宗中过状元,还是当过进士?你们一律都是"中国人"。"中国人"离姓王或是姓侯还遥远得很。

剧作家极力推辞。这种事情含糊不得。虽然戏剧和文学可以归类于文化艺术的旗帜下,实则相距甚远。他教授不了文学,更遑论古典文学。游说者问,难道你不知道"关关雎鸠,在河之洲"?既然你能知道"关关雎鸠,在河之洲",就能教授中国古典文学。你以为你是给谁讲课?是中文系的大学生,还是攻读学位的博士生?就算你帮我的忙。

"关关雎鸠,在河之洲"。好在他虽然没有读通《诗经》的修养,总是随身带着一本《唐诗三百首浅释》。

他沿着森林中的小路冥想,感受着一种莫名的冲动。这是一个多么适合写作的环境,尤其适合浪漫的爱情故事。他预感到他终生不曾发挥出来的才华,定要在这里有所分晓。

安妮困难地瞧着那一段足足还有四磅的大腊肠。从超级市场上买来的时候就过期了,比起不过期的,等于白送。已经吃了四天还没吃完,恐怕还得吃两天。她切都切腻了,不知那些中国人怎么还没吃腻?

"先生,你认为这样的腊肠还能吃吗?"

"完全可以,安妮。"

"要是别的客人早就发脾气了。冬天的时候,我们每天都要下山到专门的肉食铺子去买新鲜的腊肠,客人们还抱怨品种不多,味道不好呢。"

"那要看他们付的钱多少,对不对?这个训练班每人每日食宿标准二十美金,好安妮,我们已经等于白送了。到了夏季,我们也和超级市场的过期食品差不多。你不会觉得我太苛刻吧?"

"不,先生,当然不。那么中午还是土豆汤和炸猪排?"

"除了这个还能吃什么?"

"那些美国人天天晚上下山去吃晚餐。"安妮一面说,一面把腊肠塞进切肉机。

"我们也要下山去了。"理查德说。

"至少买些肝酱、起司、沙丁鱼、啤酒、果汁什么的,我差不多已经贫血了。"

未来的博士夫人转过头去,她不想听教授刺绣的女士那齿音很重,没有抑扬,像沼泽地上的泡眼,节奏既快而又单调的、一句接一句的怨恨:"你看你看他们喝的是什么,可能是浓缩的橘子汁。噢噢,你嗅,嗅出来了吗?是什么罐头?真好意思,他们连让我们尝尝都不让。好像不认识我们一样,外国人真是小气死了。"

理查德和魏特吃得心安理得。桌子那一头的中国人爱怎么想就怎么想,他们才不在乎呢。他们是他们的雇员而不是他们的朋友。他们已经付了他们工资。要是他们觉得饭菜不好,可以像美国人那样,到山下去吃晚餐。或者,提高伙食标准。可是中国人舍得那份钱吗?事实上他们宁肯如此。那他们就管不着别人怎么吃,吃什么。

伙食当然是极坏的。剧作家经常在国外转悠,从未见过如此糟糕的接待。所谓文化交流中心,无非是一些文化骗子。骗有钱的傻瓜和没钱的傻瓜。他明知被骗,却又愿意被骗。因为这对他并不重要。

西方有什么好?!

他能和人掰扯得清吗?

他要的是一种名正言顺的流浪生活。要求政治避难和叛逃都是辱没名节的事。何况他的小说除了小小地布尔乔亚一下并不犯忌。官方从来没有弹劾过他,甚至因为他的作品不够获奖标准,多次以授予劳动模范的称号填平补齐。当然对民主自由的西方社会也就更没有意义。

有一次他百般无聊地重放了他所有作品的录像,发现"我好像已经认识你很久了"这句台词,不断被一见钟情的男主角或女主角重复,更不要说站在恋人的窗下,望着他或她窗口的灯光渐渐地熄灭,以及失恋的人在大雨中毫无必要地狂跑,恨不得让雷劈死这样的细节。但是他的剧本上演率、上拍率、上座率都很高。幸亏文化故国至少在一百年内还不会很快地文化起来,还会有很多振兴文化的志士仁人喜欢这些小恩小爱小喜小悲小情调小摆设。

写电影剧本比写小说省力又赚钱。因此他的家里总是高朋满座。喝酒、跳舞、听先锋4500、看录像、谈婚前婚外性生活的人道精神和在保健学上的贡献、谈塞夫的绘画……无一不是秀才不出门便知天下事的世界精英。他知道他一转过脸去,他们就会用他剧本里的台词儿调情取乐糟践他,可是他们绝不会放过一次挥霍他那些让他们一百个看不起的、重复的故事的机会。哪怕他们当中有一个人当面指着他的鼻子,真诚地大骂他一顿,说他不过是个庸才也好。可是不,他们无一不对他甜蜜地笑着,说他前途无量,才华横溢。他就是逃离家门,游走他乡,也还会看见差不多的面孔,说着差不多的话,干着差不多的勾当。

他的妻子好几次都想冲到客厅去对客人们说,滚——你们这些玩吃玩喝玩女人玩心计玩嘴皮子玩笔杆玩文字玩孤独玩清高玩深沉玩忧国忧民玩国民性玩文化玩现代意识玩感觉的舞文弄墨、酸盐假醋的臭瘪三。你们有什么真本事?会炒股票?不会。会炒房地产?不会。就是你们的小说,也不过是香港女人街,或沙头角地摊大排档上的货色。老百姓花钱养活你们这些蝇营狗苟的东西真是瞎了眼。狗舔屁股似的跟在洋人后头转,有个去哪个大使馆参加一次电影晚会的机会就美得不知自己姓什么叫什么吃几两干饭。洋人从牙缝里抠点东西给你们买张机票,你们就人模狗样地出去访问,其实不过像食客一样在这个洋人家里住几天,在那个×籍华人的家里住几天,以为这样就可以扩大影响走向世界得诺贝尔文学奖。呸!也不看看你们称不称得诺贝尔文学奖那点人格。诺贝尔文学奖评委会的那些老帮菜要是把诺贝尔文学奖给了你们不是瞎了眼就是别有用心!

有时他苦闷得想自杀。创作上没有希望突破,交朋友让人家拿他当猴耍,一半儿文坛得了假洋鬼子病,一半儿文坛得了阿Q病。他真想跟妻子谈谈自己的苦闷,她却嫌恶地对他说:"去,别拿你们那些狗事脏了我的耳朵。"

每每看见他,她那样子都像看见地板上突然长了一棵庄稼。他们每天不知要照多少面,她回回用这种办法有完没完地羞辱他。

她变了。

他多么希望她还是那个穿一身翠蓝色的尼龙西服、半张着嘴坐在"文学讲座"大厅里的文学青年,恨不得咽下去他们每一句不知被古人、洋人说过多少遍的话。

现在呢,她却把他们看个底儿掉。弄得他不得不奇怪地问:"那你为什么不跟我离婚呢?"

"唉——"她叹了一口气。这声叹息绝对能让剧作家、作家以外的任什么人无地自容。"因为你比他们稍好。"

?!

"你不过是个三四流的作家,这我在追求你的时候就了如指掌。"原来她那个半张着的嘴、小本子上的签名、请求指正习作、请求指导阅读等等不过都是他的自作多情,"不过这是才气、才分的问题,不是人格的问题,我只是恨你太窝囊,怎么就没有决心和这块臭肉决裂。"

说得轻巧。他除了会写三四流的剧本、电影电视剧本,还能干什么?!

他想远离这不能胜任的一切,通过朋友以及朋友的朋友,给他活动出访、讲学的机会。条件自然苛刻,不过他自有节约的办法。自己做饭吃每个月顶多六十美金,特别是猪心猪肺猪耳朵猪舌头猪蹄子猪尾巴猪肠子猪肚子,因为西方人不吃便宜得等于白给。他还学会了开汽车,从这一地到那一地,甚至可以睡在汽车里,吃在汽车里。风景固然值得浏览,更重要的是把那辆破汽车的门一关,立刻就能与世隔绝。几小时几小时地,或日以继夜地行驶在高速公路上,自有一种无家可归的流浪汉的快乐。像一条野狗自由自在地跑跑停停。

可是他真就那么快活吗?

在下午的文学课之后,他请求大家多留一会儿,看一部由他编写的电影录像。在放映之前,他将这一电影的文学剧本一一分送给在场的中国人、美国人,还有几个当地的乡绅:"请提宝贵意见。请提宝贵意见。"好像他们都懂汉语。

教授刺绣的女士说:"我要是他,一本也不送。谁看呀。这几十本书不少钱吧,还带剧照呢。也许是在出版社白拿的。"

不知是带子有毛病,还是理查德带来的录像机太破旧,总之那部电影的画面,一会儿是一片哆哆嗦嗦的彩色光影,一会儿所有的人全都变成了台阶,一会儿好像有成千上万架飞机大炮机关枪在里面狂轰滥炸,一会儿又只见人们张嘴,却听不见他们说啥。

急得剧作家只好亲自出马。或替剧中人哭或替剧中人笑,或替剧中人疯或替剧中人傻。替他们完成他们的对话。好在那些细节、台词他都记得很熟。

总之,那部电影结束的时候,人人大汗淋漓,一副受尽严刑拷打的模样。

未来的博士说:"瞧他那个身坯,活像个倒立的三角形。你能指望威廉·退尔写出一部优秀的电影吗?"

未来的博士夫人说:"像您这样的电影还想走向世界?好比'搞活''乱搞男女关系''五讲四美三热爱',这样的词儿,洋人懂吗?"

在场的美国人面面相觑,不知在场的中国人争论些什么,只见剧作家淌了一脸的油汗,讨饶地望着那些中国人。他似乎心里痛得想哭,却极力地向大家微笑。

夕阳那么凄婉地照着,树影变暗,峡谷里涌来了凉意,一天行将过去。

他想着他,还有他的同行们,津津有味、煞费苦心编撰的那些故事。这个男主角应该什么时候出场,那个女主角应该什么时候死去。A和B什么时候交叉,谁是谁的儿子,谁是谁的父亲,后来才知道他不是他的儿子而是他仇人的儿子……想尽办法让人们哭、人们笑或不哭又不笑,一面看一面骂你扯淡。然而世界也好,人也好,有什么变化,或根本没有变化呢?

风说哭吧。四周的松林也说哭吧。于是剧作家就哭了。

他放心地哭着,出声地哭着。好像他从来不知有戏剧或小说那样地哭着。没有人会说,嘿——老×哭了老×哭了老×哭了……

烹调课上得很热闹,实习作业尤其受学员的欢迎。品尝之后再行订货,教师课后现卖小炒。午餐桌上花样翻新,榨菜炒肉丝、海米瘦肉拌粉丝、红烧牛肉全是简单易行易学成本低获利高的品种。

学刺绣的学员虽然不多,但订货不少。学员里有不少有钱的老太太。有钱的西方人老了没事就旅行。绣一朵玫瑰十美金。一天至少可以绣十朵,每日一百美金,十五天可得一千五百美金。逢到绣得脖子酸眼睛花的时候,教刺绣的女士就躲在窗帘后面欣赏通往山上的小路。

餐桌上的形势发展十分微妙。没有一个中国人不匆匆忙忙地离开餐桌,又没有一个中国人在离开餐桌时不交换一下意味深长的眼色,单单留下与那秃顶的美国佬交谈得十分热烈的未来的博士夫人。他们讨论糖对西方人的牙齿,食盐对中国人的血压的影响。居心叵测地将两个挨着的座位留给未来的博士夫人和秃顶的美国佬,又带着一种煽动性的怜悯对未来的博士唉声叹气。

一九七七年随杂技团访问演出,从此再未归国的京胡乐师操着山东口音忧虑地说:"一大清早又钻了山缝,这要是弄出个孩儿来咋整?"

对这种有损未来博士夫人名声的言论,教授刺绣的女士立刻挺身而出,"你离开大陆十年了,对别人的隐私怎么还保持着国人的传统?"

魏特和理查德在向学员介绍任课教师的时候,居然把这个教京胡的乐师,摆在了她的前头。

但京胡乐师因为早已定居,经济观念已大不相同。昨天晚上,未来的博士对京胡乐师说:"真糟,不知道什么时候才送我们下山转一圈,我的烟已经吸完了。"京胡乐师立刻慷慨相赠一条"万宝路"。今天早上剧作家向未来的博士夫人借熨斗的时候,却明明看见他们放熨斗的衣柜里还放着两条"骆驼"牌香烟。

对未来博士的置若罔闻,教授刺绣的女士说,听说此人并无特殊才能,之所以长期在外进修,领取各基金会的奖金,无一不是未来的博士夫人运筹的结果。

未来的博士夫人回头一望,果然发现在教授刺绣的女士的窗帘的后头,藏着一对小而锐利的眼睛。

她能怕得了这个?!

别说她已经不打算回去,就是回去,她也奈何不得!这种人即使害人也害得没有惊天动地的气魄。

他们继续往山上走去。和他那条一离开人群,就显得聪明自在的狗。

山路上的碎石子,时而跳进她的脚心,她不时地跷起脚来,抖抖她的凉鞋,将石子抖落。

"我的狗很苦恼。中国人不是爱狗,而是玩狗。他们老是捉弄它,把它弄得兴奋过度,精神忧郁。刚才它就咬了京胡乐师一口。它的头部受过伤,不能再受刺激过度兴奋,它需要一种正常的生活。"

它在他们前头松心地跑着,时而停下来对某块岩石或某株花草进行一番严肃认真的研究,并且每每有将它们一一嗅得明了的收获。

"你知道,是中国人都会炒辣子鸡丁、炸春卷、包饺子。"她突然站住,差不多有点苦恼地说。

"这真的并不重要,"他拍拍她的肩膀,"大家玩得很快活。"

她想了想,便也快活起来。

她已经喜欢在早餐时吃一个火腿煎蛋、羊角面包,喝一杯咖啡。她根本不指望文化交流中心的魏特和理查德。

再往上走有一家很好的饭店,他请她吃过几次早餐。这种地方的饭店如何可以不好,它是为有钱人服务的去处。她知道今天他还会请她吃早餐。

咖啡座闲散得令人涌起满心的平和恬静,再也不想掐死谁,或因为被谁咬了一口而耿耿于怀,只想在这儿无休无止地坐下去。

不涂漆的松木桌子上铺着粗麻布,一个比咖啡杯还小的陶罐里,插着几朵蓝色的"勿忘我"。

她在晨光下眯着眼睛,享受七月早晨的明媚。

远处有狗在吠。他那条长得很像狐狸的狗,立刻跑上一处悬崖,随风转动着它的耳朵。

山溪从咖啡座下急急忙忙地流过,流向山下,流向河流,汇入大海。天真烂漫地奔向伟大壮烈的未来。

下面,不远的地方有一个小教堂。它玲珑的尖顶,伸向没有被城市挡住的天空,好像离上帝更近了。它的不同寻常之处还有不是绿铜而是红瓦,在青绿色的岩石垒筑的墙壁上,十分的悦目。

理查德、魏特、文化交流中心、烹调、刺绣、京胡、竹子,还有她的丈夫全都留在山脚下了。

她端起杯子,呷了一口咖啡,想,这才是起码的人的日子。从今以后,她要请他吃早餐了。

服务的姑娘像山里七月的早晨一样的清新。她放了不少小费在她的托盘里。"谢谢。"她说。她头一次感到,请人吃饭,给人小费,也有一种快乐。

这廊道曲折多岔得神出鬼没,弄得教授刺绣的女士老是疑神疑鬼地感到背后有人。她几次进进出出,蹑手蹑脚地探望每一处弯曲和岔口,到底也没弄清那后面有人没人地向理查德的房间走去。途中听得"砰"的一声门响,她立刻就往回缩。在自己房间的门缝后面仔细辨听一刻,才发现是打扫房间的女工。又稍稍地定了定心,才走出门去。

她抬着脚后跟,只用前掌着地,往前蹭着走去,果然走得人不知鬼不觉。

她固执地梗着脖子不让自己回头,好像不回头后面就不会有人盯着,好像一回头就能回出个人来。

可是她到底怕什么?人家看见又怎么样?她又不是去和理

查德睡觉。

她深知自己同胞那张什么都能制造出来的嘴,走遍天涯海角,哪怕他变成哪籍华人,即使这张嘴烧成灰也不会改变它的种性。她愤愤地想。完全忘记了她自己不过也是其中的一张。

也许这不过是一种人人都在所难免的循环,躲在窗帘后面窥视别人的人,说不定会被躲在门缝后面的人窥视。为了什么,或什么也不为,仅仅是好奇而已。

一个人应该尽力做到只去窥视别人,而不被别人窥视才能使自己处于主动的地位。这是她总结出来的若干人生经验之一。

她轻叩门扉,听得一声"请进",便闪身而入。好像那扇门是一把刮刀,把她方才那一身鬼气全刮掉了,她现在整个是一个温柔敦厚的东方淑女。心境竟然能把同一个人造就成另一个完全不同的人。

"请坐。有什么事吗?"理查德不大高兴有人到他的房间里来。在他的房间里,他显得生硬、不近人情,就连反应迟钝的人,也会感到不应久留,好像他的房间里藏着很多不愿意让人知道的事情。一旦出了房间,他是那么机敏、灵活,虽然还是不近人情,但却可以交往。

她感觉到了这个"请坐"里的推力、压力,顿时感到思路不清、口舌不利起来,只好匆忙开腔:"我们的合作即将结束……这次有机会和理查德先生认识深感荣幸。"理查德的脑袋在介乎点头或摇头之间动了动,"我觉得这个文化中心办得很有眼光,很有意义。"他不知道她真正的意思。事实上他们和中国人合作得不甚愉快,当然这并不妨碍他今后还可能雇用这些廉价的劳力。对她这几句显得有些突如其来的话,他首先戒备、心虚地想到推托或还击。他往后侧了侧脑袋,斜睨着眼睛等她往下说。"为此,我曾写信给我的丈夫。"她在这里,先谦虚地笑了一笑,"他最近即将提升为某省的副省长,主管文化教育方面的工作。"她又停顿了一下,以增强这句话的印象,她注意到理查德的身子微微往前一倾,"他表示今后愿意与您合作,为开展、促进我们两国之间的友谊和文化交流,做些实际的工作。"在把这些话讲完之后,她又试探地加了一句,"希望我们今后加强联系。"

"这个消息当然令人高兴。不过……更具体的想法,恐怕还要等您丈夫上任以后再来讨论吧?"

后面这句话弄得她十分狼狈。他把她看成什么人了?!虽然她不免心藏诡计,她丈夫即将出任副省长一职可是千真万确(除非他们整个网络失灵),绝无蒙骗的意图在内。便力图洗清他的疑窦,力求光辉一下自己的原意、本意,一瞬之间变得比理查德更加强硬地说:"那是当然。"然后以比惯常更为豪爽的姿态,从随身的塑料袋里掏出一套台布、一个景泰蓝的打火机。这些东西还是前几年价钱没让外国人买贵了的时候买的。现在就是高于这个价钱的十倍,也不一定能买到这样的货色。她有远见。相信自己的能力。知道将来她会常来常往于西方口岸。西方人的后门、关系学也许不像中国那么严重,但是一个好感一定是个有利的心理因素。事实上她有过这样的成功。

理查德甚至有些怜悯她。她对西方的了解还是太少。除了那些所谓的中国通,因为长期受中国文化、政治的熏陶,可能会沾染一些中国人的毛病之外,大部分西方人绝不会因为你送了他什么就报还你一个便宜。相反,他如果愿意帮助你,甚至连"谢谢"你也不必说。别说他是否能将一个所谓的文化交流中心,弄成一个真正的交流中心,即使有那么一天,他也不会出资邀请她来开展什么文化交流工作,而是选择那些具有国际影响的名流。她算什么？一个受他雇用的、会刺绣的、一般的中国知识分子,来此进修的一个大学讲师或是一个工厂的工程师。当然,如果她的丈夫果然做了副省长则又另当别论。不过他很中意那套台布,恰巧可以作为生日礼物,送给他的女朋友。

从理查德的房间出来之后,恰巧碰见游山归来的、未来的博士夫人和秃顶的美国人。他们的脸被山上的太阳晒得通红。美国人的秃头顶更晒得像块新鲜的猪肝。

教授刺绣的女士方才还是曲意求欢的脸,顿时肃然,好像当场抓住通奸犯,而被理查德的气势挤压得像是缩了水的身架,瞬时也恢复了原有的尺寸。"听说你们游泳去了？"搜索什么的目光,简直能穿透未来博士夫人的胸衣内裤。

"听说"是教授刺绣女士的法宝。她用"听说"二字造风造雨造事造谣,而又可以查无实据,而又投合中国人喜欢"听说"的癖好,并且将这"听说""听说"地传播下去,输入人们的记忆(也许还联合起与她类同的心理),用这"听说"将比她强的或并不比她强,也许只是比她多长了两根手指头.从而作为新闻上了电视镜头的人渐渐地风化。

你若是追问一下听谁说的,她一定比你还着急地想了又想,最后说："哎呀,你看,忘了。"

"听说"和"忘了"绝不会使人们对她的居心产生怀疑,难道她不是一个心肠再好不过,巴望着一切人(特别是女人)都上天堂的人吗？

秃顶的美国人顶害怕这张总是过分忙碌的脸,它让人和它一块儿喘不过气来,用他在这个学习班上学到的全部本事的二分之一,对她说了一句"你豪(好)",就带着他的狗儿回房间去了。

"你是真听说还是假听说？八成这听说是你造出来的吧？

游了怎么样,没游又怎么样?"早上的好心情一瞬间消失得无影无踪。不行,只要回到同类中间,还得掐,还得咬。你想住口都不行。不过她的办法实在不算高明,到了现在还想用这种口实整治人。对付别人也许还行,对付她可不灵。别说她从没想过要和那美国人睡觉,退一万步说就是睡了当场让她抓获,她也会威风凛凛地对她说:"这是我的房间,你给我出去!"

十五天终于过去。不知怎么计算得如此精确,别说一天,连一个小时也不能再多。各种压力,把人们已经压缩到了非爆炸不可的最后限度。人们好像中了毒似的彼此仇恨着。在等待把他们送回四面八方的大汽车的时候,他们当中甚至没有一个人再浏览一下四周的美景,听一听云雀的啼鸣,道一声珍重再见,像干完一锤子买卖挪窝的混子一样,毫无情义可言。彼此离得远远的,站在这一簇树的阴影下,或那一簇树的阴影下,喷射着自己的怨恨。

魏特对理查德说:"你是不是觉得未来的企业管理博士有毛病?我们让他来画竹子,他却给我们大讲莫奈、凡·高、伦勃朗。我查对过,他的讲义全是从艺术博物馆的说明书上,或者是大百科全书上抄来的。他还向我抱怨他的学时不够,要求增加学时。"魏特掏出手帕,揩了揩额头的汗珠,一副被人攥得很苦、逃窜无路的样子,"他问我今后还办不办这样的讲习班,如果办的话,他还想来讲课。再讲的话,我非被他讲疯不可。我想那些美国人多半是被他讲跑的。"

确实,在场的学员,只剩下那个秃顶的美国人,充其量还有他那条持美国护照的美国狗,就连那条狗,也不知是躲什么地躲着去了。

六

　　秘书的眼睛无处可放。

　　到处都是袒胸露臂的女人和穿黑西服白衬衣的男人。好像他们全服务于一家公司，人人都穿着那家公司的制服。

　　女人们或裸着一个膀子，或两个膀子全裸，或小背心只齐到奶头。那些背心，件件紧贴皮肉，将她们身上的起伏之处，勾勒得让人一阵发冷又一阵发热。

　　她们大多挽着一个男人的胳膊，在休息厅里走来走去，或在各处的楼梯上上来下去。不知他们有什么可走的。好比那个头发高高地绾在头顶、穿一袭绿色丝绸衣裙的女人，已经在楼梯上上来下去地走了三趟，好像在给哪家服装公司做广告。她那条肥大的裙子在膝部猛地一收，活像一个绿色的大灯笼。

　　有个人无意地撞了他一下，立刻转过头来对他说了一句什么，从他的样子来看，他猜想他是在说"对不起"。他又往墙根靠了靠，以免妨碍那些遛来遛去的人。他们一律沉默地靠墙站着，只是看着来来往往的人等。好像这是正戏开场前加演的一段开锣小戏，好像正餐前的开胃小菜。谁也不知道谁在想些什么，不过他猜想他们想的是和他差不多的事情。

他们的眼前晃着无数的膀子、后背和上半拉胸。他们的眼睛不是落在一条膀子上,就是落在一个后背上。那些膀子、后背和上半拉胸或瓷实或松垮下坠,或有毛或无毛,或细腻如凝脂或纹理粗重如酱牛肉。高档香水和臭胳肢窝混合成一种既把人呛得有些窒息,又刺激得让人有些兴奋的怪味儿。

小卖部前簇拥着喝酒的、喝饮料的、吃甜点的男人和女人。好像他们在家里没有吃过、喝过,或没有吃够、喝够。

总之是让人感到卖弄、招摇、装模作样。

莫利小姐穿一套缀有黑色亮片的黑色长裙,看上去果然女性化了许多。热心于介绍的莫利小姐说:"我要请你们品尝一种叫作布鲁贝尔(blueberry)的东西,这种东西中国肯定没有。"

他们确实没有吃过叫做"布鲁贝尔"的东西。这名字听上去很像布鲁塞尔,让人肃然起敬。因为人们总在那个地方召开那些不大解决问题,却又开得挺起劲儿的国际会议,让人想起非常复杂的国际事务。凡是天降大任于斯的男人,好比政治家、企业家、政府官员等等,都应该吃"布鲁贝尔"。也许这名字正是从某种国际例会中演绎而来。好比法国就有不少以宫廷人物的名字命名的菜或调料,他们大部分是首创那种菜肴或调料的美食家。

何况他们现在确实需要吃一点东西。

团长让司马南江探得每日伙食费实行各人包干之后,立即到旅馆附近的超级市场去了一趟。

他有一整套出国访问的生活经验。

在国外,即使一句外语不懂,也可以上商店去买东西。

商品全都摆在货架上,顾客自己随意挑选而不必与售货小姐多费口舌;包装上差不多都有一份看图识字的说明,此物何用、如何拆包、如何使用;每件商品上贴有价格的标签,供你在经济上再作一次选择。在出口处,顾客只需按照收款员的计价付款(计算机上有数字显示),如果你不想说话,也可以一句不说,或者说一句"三克油喂你妈吃"。

他将所有的货架浏览了一遍,体会到了即使不买(他没有把外汇花在吃上的打算,想吃回国就能吃,他还在位,从来不乏馈赠的山珍海味),观赏也是一种享受。

他看到一种印着牛头和狗头的铁皮罐子,猜想那一定是一种牛肉狗肉的混合罐头。牛肉和狗肉的营养价值都很高,而且这种罐头的价格低廉。包干给每人每天的伙食费,差不多可以买八十个,就算每天吃四个,到走的时候也吃不完,便决定先买两个尝尝。走的时候不妨带几个回去分送亲友,无论如何,洋货!此外他还买了一包方便面,可能是日本货,上面除了印着别的文字之外,还能找到几个很像中国字的字。

他回到旅馆,经过其他几位的房间时,侧耳听了听里面的动静,什么声音也没听到。也许他们出去弄晚饭了。

他关上房门就开始开罐头。这很费了他的一些力气。因为没有开罐头的专用刀。好在他还带着一把"万用刀",利用其中的一个利刃,将罐头一点点地撬开,有好几次那利刃从铁皮口上滑开,差点割了他的手。牛肉狗肉的香味从撬开的铁皮口渐渐地泄出,他挖出一块尝尝,味道果然很好,很合他的胃口。

他将电视机打开,面对电视机坐下,一小口、一小口地享受着牛肉狗肉的罐头。

电视里播放着一个不是这个时代的故事。音乐舒缓动人,很适合他现在的心境。在这乐声中,一辆双轮马车在田野上慢慢地驶着。一个男人和一个女人坐在车上,笑、看太阳、拥抱、接吻什么的。一会儿又有一个男人在黑咕隆咚的房间里朝自己开了一枪,居然什么话也没说,就死了,然后便是男人们和女人们跑来跑去什么的。没什么意思,不过那女人的腰真细,屁股也大。难怪那个男人老是把她的腰和屁股搂来搂去。

吃完罐头之后,他就设法吃方便面。他从旅行袋里拿出一个"热得快",在空罐头盒里加了一点水。罐头盒太小了,一包方便面无论如何放不下,只好将它一掰四块,先将其中的四分之一放在罐头盒里,再把"热得快"接上电源,插进罐头盒。他在出发之前打听过这里的电压等级,幸亏和中国一样。他离不开热茶,也就离不开"热得快"。第一次出国的时候,因为不知道国外的旅馆、饭店一律不供应白开水,真是难为坏了他。渴了怎么办?只好喝什么果汁、咖啡、红茶、矿泉水……根本就不解渴,他只好每天到洗澡间去喝自来水。以后再出国,他就带上一个"热得快"。和他一同出过国的人,大都分享过他的"热得快"的好处。

水很快就开了,应该把块状的方便面抖搂开,可是没有筷子,便急中生智地想起了他的牙刷,而且靠这一根牙刷,吃完了四分之一包的方便面。何其难也!这面条吃得极为艰辛,其余四分之三还未来得及煮,便到了听音乐会的时间。所以他现在有些饿。

副团长、秘书、司马南江三人,确实上街弄饭去了。他们很想找一家中国饭馆,吃碗肉丝汤面。听说这个城市有二百多家中国饭馆,应该是遍地开花的了。可是他们走了一条街又一条街,一家也没找到。好像它们不好意思见他们,也或许他们令它们难为情,全都藏起来了,不愿意见他们。

那些大饭店他们根本不敢问津。此时此刻,除团长之外,全团的吃饭重任,全落在司马南江的身上。先不说如何节省钱的问题,就是怎么点菜,也让司马南江感到难度不小。即使在国内,司马南江也没去过正式的饭馆,好比兆龙、香格里拉,只在电视上看过。有时外出工作,误了机关食堂的开饭钟点,他顶多到个体户的小饭铺里吃个炒肝尖,或是手工水饺、牛肉拉面,这样的菜码,连兆龙、香格里拉都不会有,何谈西方的饭店、hotel。

他们在一条街口,看到一处卖热狗、汉堡包、炸土豆条、可乐的售货亭,亭外围有一圈木板做台面,有几个工装打扮的汉子围站在木板台面上边喝边吃,很乐和的样子。司马南江觉得这里的情调很是亲切,又看了看牌价,价钱不贵。何况亭子里那个围着浆洗熨得干净挺括的白色大围裙、戴着一顶同样干净挺括、状如橘饼的白色帽子的壮汉,声音洪亮地招呼着他们:"嗨,请吧,请吧,日本人。来个热狗,还是汉堡包?"弄得正在吃饭的几个人全都扭头看他们。

"我们不是日本人,我们是中国人。"司马南江赶紧分辩。他死活不能让人把他当作日本人。他也说不出日本人有什么不好,但他就是不愿意有人把他当成日本人。

"噢,中国朋友,欢迎,欢迎。"壮汉十分活泼地瞟着眼睛。副团长微微地有些不快,好像那壮汉轻薄了他。

"你们愿意不愿意在这里吃饭?"司马南江问。他既没有感到壮汉的轻薄,也没发觉副团长的不快。

"怎么样?"秘书也应声问道。

"不行,不行。一个堂堂的中国代表团怎么能站在街头吃饭?人家不要笑话我们寒酸吗?"副团长生怕有人误会他和这个卖热狗的售货亭有牵连似的,立刻退得远远的。他斩钉截铁地否定了这个提议,警惕地向四周张望一番之后又说:"要是这里的新闻记者再给我们偷拍几张照片,明天早上一见报,政治影响就太坏了,我们回去怎么交代?"就是没有这些顾虑,副团长也不会这么干。即便在国内,他也从未站在街头吃过饭,更不要说站在异国他乡的街头。太不体面了,亏司马南江想得出。

司马南江只好带着他们继续向前走去。走着,走着,便来到一条沿河的小街,街头向街尾渐渐地斜去。所有的门脸一律窄小、破败,但很嘈杂、热闹。几个不三不四的男人举着酒瓶子站在河边,对着河里的一条小船嚷嚷。船上有一个只穿一件三点式游泳衣的胖女人,尖声尖气地笑着。她不停地划着桨,船却并不往前走,只在原地打转转。有个男人嚷着嚷着就越过堤栏,连衣服也不脱便扑通一声跳进河里,岸上立刻爆出男人们粗野的呼啸、口哨和掌声。

河水不深,只齐着那个男人的胸,他蹚着河水向划船的女人走去,一下子就扑在她的身上又啃又咬。那女人尖叫着、推挡着,小船在他们的撕扯中惊胆战地摇晃着。那男人始终不甚得手,便双手撑住船帮一跃,准备跃进船去,小船经不住这样的折腾,干脆倾覆了。那胖女人也就落进了水里,终于被那男人一把抱住。岸上的喧嚣便更加猥琐。余下那几个不三不四的男人,在光天化日之下,索性脱得一丝不挂,纷纷跳下河去,在河里打作一团。弄得水花飞溅,狎声四起。

秘书在几乎笑出声来之前,飞快地朝副团长瞥了一眼,只见副团长眉头紧皱,嘴唇紧闭,赶紧把笑声憋了回去。

司马南江一面微笑,一面摇头,很有兴味。

再往前走去,情况就越来越是险恶。隔三差五的门脸里头就站着一个半裸或全裸的女人。她们或是扭动肚脐以下的部位(不下若干年的工夫,绝对扭不出那股淫劲儿),或是用手狎弄自己身上那些让男人心荡神摇的部位,或是干脆伸出手来担一下过路男人的下部……

他们走过一个爬满青藤的房子,这房子的门户紧闭,使他们可以稍定喘息。房子的门楣上挂着一个廉价画师的廉价宣传品,一颗鲜红的心被包围在一群骚乱不安的字母中间。司马南江还以为是治疗心脏病的诊所,便停下脚步,读那牌上的字母:"请把你的剑插在这块土地上。"什么意思?他们面面相觑。那房子的门突然无声无息地裂开一道缝,一个衣冠不整的男人从那缝里踉踉跄跄跌出。再往门内一探,只见暗处亮着一块雪白的、双峰高耸的胸。他们忽然明白了这是何等的去处,像遭遇了白骨精似的往后一跳,一个长发披肩,红、黄、蓝、白地涂抹得如面具一般的脑袋,不甘示弱地从暗处猛地往外一探,又从两大片血红的嘴唇里,伸出一条极尽轻蔑他们的舌头。他们几乎全都感到那条舌头在他们的脸上刮了一下。

从此他们再不敢挨着那些门脸走路。"这究竟是什么鬼地方?"副团长有些战战兢兢地问,不知是吓的气的冷的热的高兴的冲动的。

"我怎么知道?"

渐渐地,街面上的小饭馆多了起来。有一家墨西哥饭馆引起他们的好感。门廊上挂着一串串的玉米棒子和蒜头,还有大大小小的烤玉米饼的锅子。从临街的玻璃窗望过去,餐室直接通着厨房。服务员也和大饭店里的大不相同,没有穿那种比他们还显着阔气的燕尾服,衬衣领子也不硬得那么趾高气扬。白衬衣,黑背心,黑裤子,外加一条很宽的红腰带。让人感到很家常。而且是清一色的男子汉,在终于冲出女人的陷阱之后,这尤其让他们感到松弛、安全。他们在门口商议了一会儿,决定就在这儿进晚餐。

室内的情调相当热烈,凡是目所能及的地方,只有红黑两色。桌布是红的,餐巾纸也是红的。服务员的头发、眉毛、胡子甚至比中国人还黑,并且油脂非常丰富的样子。面部肌肉变化多端,让人觉得必须小心谨慎,以免上当受骗。

司马南江把菜单仔细研究了很久,说:"最便宜的一道菜是十个美金,牛肉炖豆子,包括主食面包,我们吃不吃?"

十个美金?太贵了。这样一家小店,居然不自量地要十个美金,还是最便宜的。他一进来就觉得这儿像个骗子窝,现在则更觉得是进了黑店。他考虑着怎么才能堂而皇之地走出这个小饭馆。乖觉的服务员显然猜出副团长是这一行人里举足轻重的人物,便息止了面部的一切动作,静待他作出决策。

副团长不无遗憾地摇摇头说:"便宜是便宜,可是我最不喜欢吃豆子,因为一吃豆子肚子就胀气。"

司马南江想起博物馆里那个极响的屁,觉得副团长不吃豆子的道理是令人信服的。

秘书说:"我也同样不爱吃豆子。"

等在一旁的服务员,把他的脑袋一会儿转向这个,一会儿转向那个,虽然他不懂他们说些什么,但是看样子他们是不会在这儿用餐了。但是为了什么?他招待得不周?墨西哥菜难道不是世界上最好吃的菜吗?可是听听那位先生说些什么?

"对不起,我的朋友们不喜欢这里的菜。"

他不懂,他真的永远不懂这是怎么回事。

从那家墨西哥馆子出来之后,大家的情绪不知为什么低落下来,一路无语,连浏览街景的情绪也没有了。他们的耳朵似乎也都缩进了他们的躯体,专心致志地在捕捉一个不知响在哪里的(血液里?脑袋里?心脏里?)意义不明,却又不容含糊的声音。好像他们有责任必须弄清似的。

下雨了。起初还是星星点点,突然就变得如同瓢泼。他们不得不奔向近处一个廊檐下避雨。这廊檐窄长,直通一个藏在幽暗的、不干不净的深处的门厅。他们在廊檐里站定,抖落头发上和衣服上的雨水,然后,看天。企望着阵雨迅速地过去,可是它丝毫没有即将过去的意思。副团长便毫无指望地转过头来,开始注意门廊两侧,玻璃橱窗里的商品。只不过是些女人的内裤、胸罩,还有几个半张着大嘴的塑料的女人头。他想这大概是出售女人用品的商店,但是,突然,一个男性的生殖器官赫赫然、傲傲然地直指他的眼幕,其后便是这东西以及女人那东西的丛林。他头晕目眩。回过头去,见司马南江和秘书一样地目瞪口呆。他们像听到口令似的一齐掉过头去,两眼直直地对着大雨滂沱的街道。脖子偏偏很快地就僵直得很累,偏偏地就想往两旁转动转动休息放松,可是它们偏偏地不得转动。

这个下午,他们真是倒霉极了。

豪雨终于过去,当他们终于行走在大街上的时候,他们的关节、肌肉无不感到生命的意义在于运动。他们似乎很快地忘记了廊檐下人人都有的、却又不足与外人道的角落。走着、走着,副团长忽然冒出一个百思不得其解的问题:"你们说说,那家伙到底是人的还是驴的?"

秘书转而问司马南江:"你说呢?"

"什么?"他早把那个性商店给忘了。

"就是那个东西。"秘书做了一个全世界都通用的手势。

"啊,那不过是性商店的宣传广告。"

他们看见了一家卖土耳其烤羊肉的小店,小店的店口悬挂着的巨型锥形羊肉串,散发着土耳其香料的特别香味,令人馋涎欲滴,他们又确实饿了。在经过这样一个惊心动魄的下午之后,可想而知,消耗是很大的。他们决定每人买一个土耳其式的三明治。

戴一顶土耳其小帽的(陈毅外长出访亚非拉时戴过这种帽子)小店伙计,手指上有令人怀疑的黄渍。他像剖鱼肚子似的,懒洋洋地剖开三个棱形的面包。他们本以为他会从那慢慢在火上旋转着的、往下滴油的羊肉锥子上,给他们削下几片热烘烘的羊肉,谁知他把接在羊肉锥子下面的盘子里的碎肉敛了敛,分别夹在他们的面包里,又拣了几片生菜叶子,塞进了面包。好像他们不打算付他钱,反倒要他付他们钱似的。他们感到这个和他们同属第三世界的土耳其人,竟然比别的世界的人更歧视他们。这太没有道理了。

司马南江说:"对不起,请你给我们换成热的。"

那土耳其小子一副听不懂英语的样子,瞪着一双茫然的眼睛,又是缩脖子又是耸肩膀。司马南江又加上手势说了一遍,他还是一百个不懂的样子,并且摊开双手,露出无辜的傻笑。那笑容天真无邪得可爱,他们只好捧起面包就走。

"回旅馆吃去吧。"副团长指挥道。

他们明明顺着原路往回走,却走来走去地迷了路。幸亏副团长口袋里装着一个上有旅馆地址电话的火柴盒,边走边拿出火柴盒向路人打听。他们都很愿意帮忙,有些人甚至还带领他们走过一个比较复杂的地形,此时此刻他们感到了那《二十二条军规》的英明、正确、伟大。"到了。请吧。"最后一位带路人说。

"再见,太感谢你了。"

"不必客气,再见。祝好运气。"

可是这完全不是他们下榻的那个五星级旅馆,而是一个同名的下等旅馆。

他们的运气,绝无好字可言。

回到真是他们下榻的那个旅馆之后,他们甚至来不及抱怨或者惊喜,便赶紧回到各自的房间,吃他们的土耳其式三明治。当他们把又硬又凉又膻的羊肉干而远非他们在羊肉锥子上看到的又软又热又香的巨型羊肉串咬到嘴里之后,他们忽然觉得,卖巨型羊肉串的那个土耳其小子的笑容,不但不天真无邪,很可能还是狡猾奸诈、奚落捉弄的。副团长拉开冰箱,喝了一瓶啤酒,肚子里才觉得舒服一点。现在他已知道,在旅馆里一切开支,全由对方支付。

他们也都以期待的心情,等待着莫利小姐的"布鲁贝尔"。

可是这个"布鲁贝尔"真让他们失望。一盘堆着奶油的、黑紫色的果子上,还浇了一杯热巧克力。又酸又苦又甜又热又凉。完全是女人吃的东西,哪里是什么天降大任于斯的男人吃的?

一俟在椅子上坐下,副团长又立刻进入了梦乡,管他音乐声起还是音乐声落,更何况下午的一番辛劳。更何况乐声使他像置身于容易入睡的摇篮之中。只有在掌声热烈响起来的时候,他才会睁开眼睛,也跟着热烈地拍几下巴掌,然后再接着睡。

团长觉得弹钢琴的夫人一定很有劲儿,否则不会在钢琴上砸出那么大的声音。

秘书对音乐一窍不通,但他却显得兴味盎然。特别在一曲终了,夫人谢幕的时候。她那件礼服的前襟,刚刚齐着她的乳头,如果她不笑不动,它们还能勉勉强强地在衣襟里面呆着。可是她一躬身向观众致意,剩下的二分之一便急不可待地从衣襟里倾出,这时观众的掌声就更加热烈,几近疯狂。你不知道这是因为她的演奏成功,还是为了那一双始终想一露风采的双乳。弹钢琴的夫人,总是用一个手指,轻轻地按着双乳中间那一小块丝绸礼服,不知是意在引导观众,还是以退为攻。于是谢幕的时间就格外地长。在谢幕以外的时间,秘书就对着他面前的一个光脊背发愣。他觉得这块脊背实在没有赤裸的必要,那块脊背又宽又大又平,青白的肤色不但没有一点光泽,还长着大大小小、赤红色的疙瘩。

莫利小姐的掌声,有男人式的热烈。你不知道这是因为赞美、起哄,还是她有同性恋的倾向。"你觉得怎么样?喜欢吗?"她问司马南江。

"这真是有点对牛弹琴了,我对音乐既不懂,也没有兴趣。"

她使劲儿地眨巴着眼睛,好像让司马南江这种不顾一点情面客套的回答弄愣了。要是问另外一个中国人,好比团长副团长加秘书,不管他们懂不懂或喜欢不喜欢,他们准会说:"嗯,'也死'吧。"

"可是在这里,你不论对谁说你听过了×夫人的钢琴演奏会,他们都会显出此曲只应天上有,人间哪得几回闻的仰慕,而且这会大大提高你的身价。你不妨试试。"

"不,我不想试试。"

莫利小姐反倒显得亲近起来。

副团长在最后一排座位上坐下,这位子便于观察别人,而不被别人所观察。

等心跳的速度慢慢恢复了正常之后,他的眼睛也就习惯了影院里很弱的光线。在影院门口那一阵犹豫、痛苦、恐惧弄得他精疲力竭。最后作出进来的决定。其艰难的程度并不亚于在人生十字路口上的抉择。

他没有急着去看银幕上那一定会令他过瘾的镜头,而是习惯性地先熟悉一下周围的环境,以便在突然遭到意外时,更好地保护自己。在这远离需要防范的异国他乡,他还需要保护自己什么呢?他也说不清楚,也许只是习惯使然。

他把西服领子拉了起来,以求尽可能高一些地挡住自己的面孔,又把身子往下滑了滑,使自己龟缩在椅子前后的靠背中。

奇怪的是电影院里人并不多,顶多二十几个,稀稀拉拉地坐着。几乎没有一个适龄的风流少年,或一个穿着整洁的职员、教授、银行家、公司经理模样的。这真让他感到出乎意料。他从后面看到的,多是头发花白稀疏蓬乱的后脑勺。他们差不多都是衣衫不整、又穷又脏,也许失去了配偶没有能力再娶,也许丧失了性能力而又不能像佛门弟子那样对此采取四大皆空的姿态的小老头,还有几个缺胳膊短腿,即使有性能力却无法过性生活的人。

他敢断定,他们一定都有手淫的毛病。

于是他嗅到,处处,椅子缝里,花白的后脑勺,不整的衣衫,人们的髭毛,整个空间,不怀好意地游移抖动着的光束,乃至情调、气氛、色彩,无不散发弥漫着不洁的、潮乎乎黏腻腻的生殖气味。这哪里是影院,简直是一个让这些可怜无助的人,平衡他们对肉欲的渴望的心理诊疗所。

作为一个男人,他懂得男人处在这种境地的可悲可怕可恶与可怜。

好比今天他自己,不知是因为那个老想把两个大奶掏出来当众舞弄一番的、弹钢琴的风骚娘们儿,还是因为性商店里的那些陈列品,把老老实实静卧在那里的那股力,搅和了个群魔乱舞,在他的血液身躯头脑思想里为非作歹,四处奔突而又没有出路。弄得他心猿意马,坐立不宁,否则他决不会冒着风险来这里看性电影。真是色胆包天!

听完音乐会回到旅馆之后,他先洗了个澡。对着洗澡间那阔大的镜子,他没有像女人那样照自己的脸蛋眉眼腰肢双肩和双乳,而是欣赏自己那男人的物件,很客观地给它作了如许的评价和结论,就像给逝者写盖棺论定的悼词,来不得半点虚假、杂念,不管你是五毒俱全,还是十恶不赦,对死,还是会由恐惧而生敬意。

雄赳赳!

气昂昂！

威风凛凛！

他不服气地想："那是人的还是驴的？"

觉得今夜真是委屈了它的伟岸，便有些渴望他那毫无风情的老婆。

他在床上躺下、起来，起来、躺下，如此反反复复不能入睡。他把空调器的旋钮拧到头，想以降低房间的温度来冷却自己的躁动，谁知房间里却越来越热，他像进了桑拿浴池，从头到脚大汗淋漓。他乒乒乓乓地打开所有的窗户，一片灯海映入他的眼睛，它们不吵不闹不热不冷地亮着清辉，便身不由己地出了旅馆，奔那灯海走去。到这灯海里才知道，每盏灯下都藏着一个暗礁。性电影院门口的灯光，尤其安静得凄惨，像一个年老色衰的妓女，有的是工夫去倾听每一个小偷醉汉流氓无赖王八蛋失意者对全世界的诅咒（除了他们自己），并承受他们最后那点畜生般的自信。

他忽然有点明白了性电影院和性商店的人道精神。

他被自己的这个想法吓了一跳。

银幕上的活儿，比他家里那套万历版的《金瓶梅》还来劲儿，还过瘾。他一辈子也没这样痛快淋漓地放纵过他心里的那股邪劲、淫劲，他真想像银幕上的那些狗男狗女一样躺到地板上去，大放淫声，像牲口那样乱干一气，那他这辈子可就没有白活了。

好像有人在他脑顶猛击一掌，团长从入口处走了进来。他几乎像一个失恋的人，重又见到他所爱的恋人一样，除了那个人之外，周围的一切全都黯然失色，不复存在。随即他又吓出一身带有生殖味儿的冷汗。他想立即夺路而逃，可是这个电影院真是缺德透顶,入口出口全在一侧,他只要一站起来,就会和团长撞个正着。

完啦,他绝望地想。真正地邪不压正。刚才他在意淫中出现的种种幻象和快感,此时全都化为乌有。他将脑袋往下一扎,等候着仿佛是世界末日的到来。

他听见团长窸窸窣窣地走近了。团长可能怀着和他相同的心理,也看准了最后一排座位。他甚至想在与他相距不远的一个座位上坐下,可是,像给什么蜇了似的,转身迅速地走开。不用说,团长看见了他。

团长又摸摸索索地向出口走去:再往前跨一步就要走出的时候,他站住了。他要干什么?他仿佛站在那儿想了一会儿,便迈着坚定的步子走了回来,堂堂正正地在中间的座位上坐下,抬起头来,对准银幕。

这时,他明白了团长站在出口那儿想了些什么,便也放心大胆地抬起头来,继续在意念中做那肆无忌惮的畜生。

过了不久,团的秘书,依样重复了同样的过程。除了司马南江,全团人马全在这里聚齐。他的心情也就更加坦然。

他不知道其他两个人是什么时候离场的。反正这种电影循环放映,一张票可以看到影院关门的时候。五块美金当时让他心痛得吐血,现在看来也值。

不过他没等影院关门就退场了。虽然彼此心照不宣,但还是不照面为好。

七

他站在门槛上,像个查电表的。穿一身暗色的制服,蓝或是黑?背一个似乎很重的帆布包,戴一顶周正的干部帽。

屋子里光线很暗,她看不清他的脸。她的房子朝北,背阴、逆光。

她多次设想过他们的这次会面。在相隔几十年之后;在他们有可能超越一切客观的障碍来考虑建设共同生活的时候;而且她始终如一地爱着他(现在的他,抑或是过去的他,分割得清吗?)的时候;据他说他也是始终如一地爱着她的时候。可能会有千百种缠绵悱恻的场面。可是对着一个来你家查电表的人,你恐怕只能说:"你怎么不先打个电报给我,我可以到车站去接你。"

她觉得这景况十分怪诞。这一句话竟然就把断了几十年的时间接上了,就把九死一生的劫难,生离死别、悲欢离合、肝肠寸断一笔抹掉了。

他果然一脚迈进门来,好像不过去了一趟王府井。这一趟王府井不是花了几十年的时间,而是花了几秒钟的时间。在这几秒钟的时间里,他们突然之间就掉了牙、塌了腮、白了头发、皱了面皮、驼了背,得了椎间盘突出老年性哮喘,刚吃饱了饭,愣说从早上饿到了现在。

他笔直地站着,两手的内掌紧贴着大腿的外侧。是一条训练有素、立正听训的好狗。

她这一生每一件重大的事好像都在光线不好的房子里发生。

他脸上那样子是庄重,还是猥琐?很难区别,全看观察者怎么解释。也许可以说差不多。差不多其实就是差得很多,是天壤之别。

她的眼睛好像被一粒滚烫的金砂烫伤了。她闭了一会儿眼睛又睁开。眼睛里还是一阵灼痛。

苏州的老房子本来就暗,家具也暗,一律的紫檀木。又是黄昏。他坐在她的对面。同样看不清他的脸。因为房子暗,反而觉得他那套西服一身爽目的白。

那时她十三岁。照大人的吩咐,她叫他"表舅舅"。

小表姨妈是姆妈的表姨妈的女儿,表舅舅是小表姨妈的表哥。真正地拗嘴、搅脑子。

反正她只管叫"表舅舅"就是。

这样的表舅舅和巷子里卖豆腐的三爹爹没有什么两样。半个城里的人和他们姓着同一个姓,总可以叫得上阿奶、阿婆,表姐、表表姐、表妹、表表妹,本家的哥哥弟弟姐姐妹妹。他就是替父亲向这样的亲戚分送礼品来的。

姆妈说:"他们刚从英国回来。"

差不多二十年之后,那个从英国回来的老外交官死在中国共产党的监狱里。公正地说,他的死,死得其所。

那个四体不勤、五谷不分、身无一技之长的前国民党外交人员,解放之后就变成了无业游民。在当尽金银首饰、家具衣物、瓷器碗盏之后,还是饿到奄奄一息的地步,他等不及镇反、肃反,将最后几个铜板买了一副信纸信封一张邮票,写了一封反对共产党的匿名信之后又去自首,公安部门根据坦白从宽的原则,准备从轻发落,他自己却死活要求坐牢。念他态度良好,便照顾他的个人愿望,收他进了监狱,这才免于饿死街头。

那时候连"胡风反革命集团"尚未出品,对付政治斗争所应具备的刀功剑术,连乐此不疲的共产党人也尚未达到炉火纯青的地步,更不要说一般的中国人。那个悠闲了一辈子的人,却会想出这样一个高招,只能用先验论来解释。如果用唯物论来解释,怕是永远解释不通的。

她在厢房里看见他进了二进的门,脚上搭配着一双白皮鞋,立刻感到自己脚上的布鞋很不体面,棉纱袜子也太皱,便反身跑进卧室找她的白丝袜和白皮鞋。偏偏也要白。偏偏找不着。

小表姨妈催命似的叫着她。她突然怕起来。怕她冲进卧室,问她为什么要换袜子换鞋。

这也许就叫一见钟情。

她只好应声去客厅。一时间便聚起了好几位表姨表姑表姐表妹,他们家的女孩子太多。客厅里便一片花团锦簇,更显得他那一身白得照眼。她想,完全是因为房子太暗的缘故。

"这是表舅舅。"姆妈说。他从椅子上站起来,欠了欠身子,一脸的庄重,倒好像她是他的表舅舅。

在她漫长的追求不得之后,她就追求了革命。一九三七年入党的丈夫喜欢把屋子弄得很黑。床却很大,三面镶着镜子。总是把她剥得一丝不挂。三面镜子里映出一个铺天盖地的人肉战场。"你真嫩。"他说,舔着嘴唇,好像刚啃完一只童子鸡。"这是我的福气。"他说。然后让她穿上旗袍到小酒馆里去对暗号"茴香豆有哦"或是"来三两花雕"。三两半不行,二两也不行,一定要三两。

她很高兴,觉得自己很能干,便容忍了床上的三面镜子。因为她无法将三面镜子和革命分开。她要革命就离不开党的领导,而党的领导离不开三面镜子。在她那不长的革命经历中,她接触到的唯一领导人就是她的丈夫。"为了安全,地下工作以单线联系为好。"丈夫有丰富的地下工作经验,把屋子弄得很暗可能也是其中之一。

革命之余,常以伟大人物的人生经验对她进行开导。

"妻不如妾,妾不如婢,婢不如妓,妓不如偷,偷得着不如偷不着。"他念念有词地说,"精辟,精辟!充满了辩证法的精髓。虽然说的是女人,但体现了一种永不满足的反传统的精神,也就是不断革命的精神。"丈夫以豪迈的姿态将桌子、大腿击得叭叭咚咚地响。

她对这番理论将信将疑,觉得这种解释牵强附会而又无懈可击,这种怀疑一切的哲学态度,使她后来的命运跌宕起伏,并真正地成为一个革命者。

好在丈夫是革命党,家里既不养妾,也不蓄婢。对一个清寒的革命者来说,也没有嫖妓的物质基础。至于两厢情愿的偷得着或偷不着,由于地下工作女性很少,生活动荡,只能成为一纸空谈。只有革命在全国取得胜利之后,才有了实际上的意义。所以这一番伟大人物的谆谆教导,正如丈夫所理解的那样,暂时只能体现着一种永不满足的反传统精神,或者是不断革命的精神。她觉得这两种精神其实差不多,不过她丈夫喜欢把一切都弄得铺天盖地。

她在对暗号的过程中,或是带一个穿长衫的到剪子巷十号,或是带一个着短打的去码头,从未发生过失误,也就不觉得地下工作有什么危险,竟有些像少年时代的捉迷藏。

唉!

那样的日子,是应该"革"掉的日子。那么多养在深宅大院、吃饱喝足除了捉迷藏,就等着嫁一个好比刚从英国回来那样的男人的人。

她们抓住了这个偶然落进她们单调的生活里的表舅舅。

"捉呀,捉呀。"

他只好奔波在几个院子里的树丛、花丛、金鱼缸、假山、曲廊之间。把她们撵得四处乱跑,发泄出娇俏的尖叫。

她老觉得他的眼睛其实只盯住她一个人的背,却又并不捉她。她藏得不隐秘,跑得不快,希望被他捉住,让他那双有力的手,握痛她的臂,也让她发泄出娇俏的尖叫才好。可是他偏偏不捉。

"不玩了,不玩了。"她不高兴地说。

"不玩捉迷藏又做什么?"

"吃西瓜。"

便叫佣人拿来冰镇西瓜,照苏州大户人家的习惯,一剖两半,每人捧了半个吃。

"倒霉!我的西瓜不甜。"乖张的小表姨妈说,用眼睛睃视着别人手里的西瓜。

其余的人纷纷把自己的西瓜,往怀里拉拉近,搂搂紧。

"我的很甜。"

"我的也甜。"

一共八个人,她不明白小表姨妈半个不甜的西瓜从哪儿来的。

小表姨妈比来比去的眼睛,最后就落在表舅舅的西瓜上。

"我要吃你的。"他就顺从地和她换过。

这使她感到非常的不公。她早就厌倦了她们这一窝女孩子那种倚女卖女的赖皮劲儿。便把自己的西瓜往表舅舅面前一推:"喏,你吃我的。"

他没有吃,却很感意外地望着她。周围的表姐表妹表侄女表外甥女没有一个不想尽办法占男孩子的便宜。"你真怪。"他半晌才说。

后来她就有了十八岁。在十三岁到十八岁的时间里,她常常听见"你真怪"。

"你真怪。"他说。那时候她十八岁,脚下那道桥正好九曲十八弯。

桥下的水,波光闪烁,映在表舅舅的瞳仁里,使他的眼神也如水上的波光难以捉摸。"我是你的舅舅呀。"

"你算我的什么舅舅!喏,看,"她指着远在岸上一爿点心店里那个当垆卖茶的女人说,"她还可能是我阿奶呢。"她咄咄逼人地把他推向两段栅栏的对角,"我要你回答,你到底爱不爱我?"

他像一只被困的兽。"我是你舅舅。"这对她来说差不多像是抵赖、推托。

"这不是回答。"

在十三岁到十八岁的时间里,她差不多已经知道了表舅舅永远不会有一个男人的回答,做一番男人的作为。可她还是要问要肯定要确认要证实。一个聪明伶俐的姑娘一旦堕入情网,就和一般的通俗女人没有什么两样。

也许她想和命运一争雌雄。把这个已然被命运捏咕成这样的男人,再按她的理想捏咕回来。她那时还不懂得,女人一旦肩负起这样一个所谓的男人的改造任务,将有一生一世吃不尽的苦头。死去又活来,直至把一个轰轰烈烈的女人,撕碎、磨平。这样的男人是一种不可救药、不可改造的东西。一旦遇见一个慷慨的女人,就会出于本能地、浑然不觉地、一生一世地躺在她的身上,吸她的血吃她的肉抽她的筋扒她的皮。可是她们贱,她们离不开男人,哪怕是这样一个男人,哪怕是一个比这种男人更糟的男人。

这又好比是上贼船,上得,下不得。

"我真怀疑你还是不是个男人。"她抓住他的胳膊,不动声色地拧着。她长了一双与这种家庭的女人很不相称的大手,而且手劲很大,拧在身上虽然很痛,却由痛极而生陶醉,陶醉而生销魂,销魂而生毁灭的欲望。她说得对,他算她的什么舅舅?

她从他忽而发黑、忽而发绿、忽而发红、忽而发蓝的眼睛里读出他的犹豫、恐惧、软弱、疯狂和欲望,便以为有了希望。"你怕亲戚朋友的非议?"

"不……是,哦,哦,不是。"

像往常一样,这是一个没有结果的讨论。没有。他没有力量结束他以为是罪恶的爱,也没有勇气冲破外界的和自身的樊篱。自欺欺人地告诉自己,也许随着时间的流逝会生出一个万全之计。他有时竟厌烦地想,一个痴情的女人的韧性简直让被她爱的男人感到可怕,逼得他们走投无路。爱情为什么一定要有结果呢?这恐怕就是男人和女人对待爱情的根本不同。

"好吧,如果你无法克服对飞短流长的恐惧,我宁肯放弃和你结婚的要求,只求和你生一个孩子。"在长达若干年的、没有结果的讨论之后,她不得不出此下策。大凡女人在得不到她们所爱的男人之后,便要得到具有她所爱的那个男人的血脉的孩子,作为这种爱的补偿和代替。

这几年来一直其重无比地压在他心上的负担,轻而易举地卸了下来,眼前也忽然清朗了许多,就连对她的爱似乎也强烈了许多。她刚才拧过的地方,更像是辣辣的火苗在烘着他,这感觉

139

扩展得越来越大,以至遍布全身。他突然之间就有了巨大的力量和勇气。

"你说话呀。"

他不说什么,只是像抢掠那样捉住她的手,疾疾地穿过亭台楼阁,假山真水,害得她不得不拖住他:"慢点走呀。"

他的胳膊肘碰到了她结实而有弹性的胸脯,脸色就由红变了青。

在他的住所里,他急不可待地脱下她的衣服。像一匹雄狮,重重地把她揽在他的臂膀里。

她闭着眼睛,等待着那个时刻,一个像他一样健壮的孩子将要住进她那黑暗温暖的子宫。

可是他却说了许多令她惊讶万分的、轻浮、下流的话,那些话夹杂着从他身体里喷射出来的火焰,直灌她的耳朵。这和从不正面答复她的他,白衣绅士的他,简直判若两人,她始终不明白一个人怎么会有这样的不同。

眼看就要到达癫狂的峰顶,他突然浑身大汗地疲软下来,一动也不动了。他仰面朝天地躺了下来,绝望地望着屋顶,把一个巴巴的、久已期待于他的她,丢在了一旁,任她不明不白地独自熬煎。

"你怎么了?"她伏身望着他,小心翼翼地问。刚才吓了她一跳的、差不多是荒淫无耻的脸,突然就有了殉道者的萧瑟和寡欲。

他心如死灰地不知在悄声问谁:"我为什么偏偏是你的表舅舅?"

每一个夜晚都让他感到难熬、可怕、可憎。他又听到了那耗子似的脚步声,接着就是猥狎的喘息和破床的下流的呻吟。他用手指堵住自己的耳朵,但那震颤却无可逃避地从下铺传递到上铺。可悲的是他又似乎期待着每晚的这一幕,如一个病入膏肓的瘾君子。他的心智、他的人格、他的教养此时全都苍白无力地让位给一种无法遏制的欲望。他尽力回想伦敦寓所里的草地;高尔夫球场上穿白色衣服的少年;精装的洋文书和线装的四书五经二十四史资治通鉴;燕窝鱼翅人参养荣丸;直到出嫁也不知道男人都长着那么一个下流的物件,嫩得如水晶梨一般的姐姐妹妹(自然还有叫他"表舅舅"的她);父亲用来代替不满与批评的那声低低的、让人听了无不立即反省的、威严的咳嗽……都没有用,他的手,不由自主地伸向胯部。

狄德罗曾描写修女的同性恋,令他读时作呕。在监狱里他终于懂得这是强壮的男人,在漫长的监狱生活中的唯一出路。

一九五一年他因偷听敌台(?)进了监狱。在一个男人精力、欲望最旺盛的时候,在破床下流的呻吟漫长的诱惑下,他宁肯手淫也不愿接受男人的身体,他始终克服不了两个男人肉体接触时的恶心,如同他当年克服不了表舅舅与表外甥女乱伦的约束。

他常想,世界上有那么多监狱,有没有人想过怎么解决这样的问题呢?也许犯人活该如此。

他又想,有朝一日,他从监狱出去,还能不能和女人在一起?有个想猥狎他的犯人对他说,长期手淫的人不是早泄就是阳痿。听得他心惊胆战。

可是他还能活着出去吗?即使出去,还有女人愿意跟他吗?要是她们知道除了刑满释放,他还有这种下流的习惯,加上阳痿和早泄?

偶然想起那个下午,他便无穷地懊悔。他已经明白"表舅舅"真的不是不可逾越。

革命改变了一切。

他不知道外面已经变成了什么样。树叶还是绿的吗？而花的颜色是不是还红？

但是他不敢对革命说，他对女人肉体的渴望不但没有改变，反而由于被禁锢在看不见女人肉体的地方而变本加厉。

革命不允许他说这个。还没被改造干净的廉耻心也不许他说。

他夜夜失眠，特别在破床的呻吟中。

"别开灯。"他惊慌失措地喊。

他不希望她看见他的脸，这张脸此时一定荒淫无耻到了极点。他也不愿意看见这个女人的脸和身坏。

他堕落了。唯有从这堕落中，他才捡回一个男人的自信。

这是一个老男人的初夜。土坯房外的夜空闷热、低垂，突然会响起几声枭的怪叫，使这本来就黏稠的夜，又加进了几分恐怖。远处，一颗不祥的流星划过天际。谁死了？

就在这个夜晚，他低贱地把自己的童贞交给了黑暗中，这个比他更低贱的女人。人们说她是一个下贱的女人。她的眼睛里有兽的明了、直白。一头兽，它只要吃掉你，而不在乎你是否刑满释放，是否有那个下流的毛病。

想必他不是唯一的一个，直至老迈还保持着童贞，如幼稚的婴儿。

身子下的女人，无遮无拦地将她的快意宣泄得淋漓尽致。她的手、她的肉体很有经验地帮助他恢复了他以为完全失去的机能。于是便对她产生了一种感激之情。

他甚至想要流泪。

这个黑暗和那个黑暗有什么不同？

它是无能者、下流坯、无法诉诸世人的痛苦者以及一切见不得人的勾当者的天堂。

她就是黑暗。

人间幸亏还有黑暗。

他果真有过那片纯情的初恋吗?

就在他完成了童男向男人转变的瞬间,他突然爆发出大笑,如兽的低嗥和咆哮。他越过了他以为无法越过的障碍。命,我和你,谁赢了?

他要和这个女人结婚,这真是容易极了。他永远无须回答"你爱我不爱"。身子底下的这个女人永远不会这样地问。永远无须想他这样做是不是乱伦,永远无须因他那下流的毛病而自惭形秽,当他和这头兽、这个下贱的女人在一起时候,他感到了从未有过的泰然自若。真的,人何必活得那么累呢?

"……只求和你生一个孩子。"

他绝不会和这个女人生孩子,一个也不会生。该生的孩子早已在几十年前的那个下午流产了。

她慢慢地合上了他的日记。听着他在隔壁的房间里对他的学生们说:"好,打开你们的笔记本,我们来听写下面的英文单词……"

"天空……天空,白云……白云,太阳……太阳,月亮……月亮。"

一律都是干干净净的字眼。

可是这本日记里的生活真是肮脏透顶。

窗子很小,嵌着木条。窗外是黄泥的小路、黄泥的山、黄泥的地。到处是生命力极强的黄泥,将一切湮没了的黄泥。在远古的时候,这里一定是一条苍莽的河。在这一层开垦过的黄土下面还有什么?还有什么?谁能告诉她?

"森林……森林,青草……青草,花朵……花朵。"

南辕北辙。

她要找回来的就是这样一个人吗?

曾经出生入死,老练地在街头、在公园、在酒馆对暗号、送情报的她,居然还想找回一段"革"掉的生活,以及生活在那种日子里的旧情人。革命到底真实地存在过吗?

她真没想到,革命把他"革"得如此肮脏透顶。

那条铁路很荒凉,两侧尽是黄沙和荆棘。每个车站都孤零零地站在一望无际的黄沙里。

在那片黄沙里,她始终不明白为什么他是她唯一的爱?而且一爱几十年。

几十年,太长了,也太重了。她深深地喘了一口气。看着莽莽无尽的黄沙,觉得大也伤情,小也伤情,远也伤情,近也伤情。

于是觉得这就是命。

她爱表舅舅(这个该死的称呼),但是仅仅一个称呼就把他们拆散了。他对她的爱,连一个徒有其名的称呼也抵挡不了,可见他抵挡不了日记里的那些事情。必然的。

后来她只好爱了革命。为革命她容忍了镜子。不过她对镜子既没有抗拒,也没有厌恶,甚至没有力量拒绝那种任肉欲恣意泛滥和宣泄的诱惑。也许日记里的事于他,和镜子里的事于她是同样的。但在有了镜子里的事之后,她更渴望她唯一的、最初的爱。为什么?难道是为了使镜子里的享乐更臻完善、完美、完满吗?他怎么想?那么爱是什么?感情又是什么?是物质还是精神?

生活可以凑合,爱也可以凑合。以次代好、以劣代优,知足常乐地过下去。

那为什么她要抛弃镜子里那几十年的生活,千里迢迢地到这荒漠里来找他?让他埋在这荒漠里,或是让他和日记里的那头母兽一同回归为兽岂不更好?

但是她爱他。

爱是什么?

又回到原地来了。

真是难懂极了。因为难懂,竟在某个小火车站上脱了火车。

火车开走了。把在站台上踱步的她,留在了这个只停两分钟的小站上。她并不感到沮丧,好像这个小站对她再合适不过。在匆匆忙忙、糊里糊涂的一生之后,人有时候真需要在这种小站上停一停,愣一会儿神。

站长,也许是值班员是一位粗壮的汉子,披着一件老羊皮的军绿色大衣,在候车室里进进出出。他总是带进来一股凛冽而干燥的寒气。到了深夜,候车室里虽然只有她一个人,他还是把取暖的炉子烧得很旺。铁炉子很大,几乎齐着他的胸。每次拉炉门加煤之后,炉膛里便翻腾着烈烈的火焰,和浓浓的黑烟。她躺在候车室的长椅上,看着那火焰和黑烟,浓烈一番之后,便静静地炽热地燃烧,忽然明白了人有时候也需要燃烧,别光说是为了别人,其实也是为了自己。

她终于把他从那片荒漠里弄了出来,回到了北京,来查她的电表。

在沉默了差不多三天之后,他才开口说话。一鸣惊人。"我们那里虽然一脉黄土,但只要浇水,菜花长得能有西瓜那么大。而且西瓜非常甜……"

她飞快地看了他一眼,他两手扶膝,四平八稳地坐在那里,垂着眼皮盯着桌子。他把一切都忘了。

西瓜很甜!

他已经可以坐着说话,不再立正,一副劳改犯听训话的样子。目光也会左顾右盼了。但是他的目光里,有一种她很不熟悉的野性。特别是在他吃饭的时候,眼睛不是看着自己的筷子碗,而是一面狼吞虎咽,一面在桌面的几个菜盘子上贪婪地探来探去。偶然抬头,看见她不吃不喝,只是不解不无遗憾地看着他的时候,他会愣上几秒钟,然后请求谅解地一笑,却无半点害羞。埋头再吃的时候,可能会有几秒钟的正常,然后又恢复了狼虎的模样。

她暗暗地想,共产党真厉害啊。

过去她总以为,有些东西是可以改造的,有些东西是改造不了的。好比一个人的气质、风度、风韵等等,现在她明白她错了,没有什么是不可改变的。

他提出窗帘旧了,应该换换窗帘。有一天从街上回来,抱了一堆大绿大红。让她想起他日记本中的生活。

他很为他们的结婚而兴奋。每当他心神飘摇、目不转睛地盯着她那皮肉已经松弛的胳膊、腰腹、脖子等处的时候,她老觉得他不是在瞧,而是像一条公狗在嗅一条母狗。

在采购结婚用品时,他从不和她商量,一律地俗不可耐。好比看上去十分廉价的、四周簇拥着一圈荷叶边的、合成纤维的床罩;描金边、镶着金色把手的组合柜等等。那些切成七零八落的木格子里有古董可放吗?不但她们家的古董早已被她的父亲当光吃尽,她们家的东西也早已在几十年的烽火里流散,被烧光抢光偷光。即使还有,放在这描了金、镶着金色把手的组合柜里,称吗?

居然还买了一盏玻璃流苏、装饰着金属圆球的大吊灯。回家一比,在不到三米高的统建楼里,这盏吊灯,一下子就从天花板垂到了他们的大腿弯儿。

她真没想到他的趣味到了这步田地。而且兴致勃勃。

她放古典音乐,做口味清淡的菜,用心调配自己服饰的色泽,等等,以为这会对他有所影响。

白搭!

他根本不听古典音乐。买几盒相声磁带,一个人听得津津有味。凡是听到一个人七绕八绕终于让对方把自己叫了爹,或是一人扮男一人扮女地谈恋爱他就最起劲。

拿了酱油瓶子就往菜里倒,把每盘清清爽爽的菜弄得黢黑。"不够咸吗?"她问。

"哦,不,这样经吃。"

"这么多菜还不够吃吗?"

他眨巴着眼睛,显然不明白她的话里还有别的意思。至于她穿什么,在他都像一个什么都不穿的女人。只是对她而已。如果来了客人,尤其是女客人,马上一脸清心寡欲的苦相。真心实意。不是装的。

后来她放弃了所有的计划,随他去了。她何必再把他改造回来呢?再来一次脱胎换骨?那于他是太辛苦了。他的日子已经所剩无几,不是来日方长,而是来日苦短。只要他在离开这个世界之前,还能过几年随心所欲的日子,这就是她对他最恰当不过的爱。

她不再指导他这样该买,那样不该买,兴致勃勃地陪着他去置办结婚用品,见他喜欢什么也就顺着他的兴趣说喜欢。双方都在努力,希望找回青春时代的感觉,以弥补他们几十年来的损失。他不说累,她也不会说累……如此,他倒慢慢地恢复了自信,说出"我们到底可以长期生活在一起了"这句因为各式各样的原因,被耽误了几十年的话。他们双方都感动得要命。差不多像初婚人那样兴奋、激动地期待着结婚的日子。

客人很多。虽说这几十年里死的死,逃离中国的逃离中国,他们的表这个表那个还是那么多,她甚至觉得几十年的革命,无非就是把这些人从苏州的老房子里"革"到北京来了。

"你这套房子还不错嘛。"他们真是由衷地羡慕。好像他们一辈子也没见过好房子是什么样,或者他们全都忘记了他们小时候住过什么样的房子。

"房子是借三弟的光。前年他从联合国回来探亲,为了统战三弟,就给我落实政策。"

"你不像我们当了一辈子臭知识分子,总是革命老干部了,起码三室一厅吧?到头来还得借资产阶级三弟的光。哈哈,你那些暗号白对了。"

"改造几十年,你这张嘴还是这么刻薄。"

"八姨妈好吗?"

"就要从香港移民到加拿大去了。"

"为什么?"

"一九九七年嘛。她说不走的话,不是让共产党整死,也得让共产党的贪官污吏把她刮穷。反正早晚有一天,共产党得想个高招儿把她和她的财产消化掉。三十六计,走为上计。"

"我们不是都活着?"

"比死好不了多少。"有人看了他一眼。显然他就是这群比死好不了多少的活着的人们的样板了。

谁也没注意,他的脸就渐渐地青了。他忽然觉得在这些人中间很没趣,或是自讨没趣。尽管他们也从生活的轨道上脱过轨,好像和他还是不同,便借口拿酱油回到厨房。没想小表弟就着撤下来的冷盘,在厨房里独酌独饮。厨房很小。小表弟甚至不能找个地方,放张凳子坐下,撤下来的盘子也七歪八斜地摞在洗碗池里,可是他却喝得有滋有味儿。他从小便迁,所以一辈子没倒过大霉,也没走过鸿运。

"他们……"往嘴里塞了四分之一块松花蛋,"呃,"打了一个大嗝儿,"还在那儿纵论……呃,天下?窝里的本事。一进办公室,个个都是优秀的、听党的话的知识分子。呃——还写入党申请书。年年写。呃,八姨妈的女儿,写了二十七年了。我要是共产党,要么就不整这些人,要整就把他们整得永远缓不过来气。如果当初不是'工人阶级领导一切'而是'知识分子领导一切',你以为中国的情况和老百姓的情况就会好一些吗?呃,不,中国没有知识分子,全是农民。穿干部服的农民,拿笔杆的农民,穿军装的农民……或者像哪个大人物说的,他们永远是附在什么皮上的毛……呃。"他又撕了一块盐水鸭塞进嘴里,"菜是你做的?不是,我想就不是。你一辈子倒霉,晚年却有后福。呃,好好过两年吧。一切都是过眼云烟。"他潇洒地挥了挥手里的那根鸭骨头,好像从此就挥走了一切阴暗的影子那么豪迈,便端起酒杯,一饮而尽。酒滴顺着他那油光光的、让他联想起耗子一样的尖嘴角上流下来,玷污了他那银灰色的人造毛的西服领子。他还有记忆,这件西服从料子到做工,只配闸北日租界里的小开。从前,他们这样的家庭是绝不会穿这种东西的。可是表弟,还有屋子里那一群而今的知识分子的精英,全都穿得有滋有味儿。真还不如他身上这套,照她的话说,像是查电表的中山装。

他们全都人造了,廉价了,照共产党爱说的,没落了。

接着小表弟极其诡秘地靠近他,低声地向他提出了一个像身上的西服一样人造、廉价的问题:"喂,你……那个事情,你还行吗?"

哪个事情?根本不用多想多问。凡是中国人,都能从中国人说到这几个字的神态中,准确无误地猜到。特别是他,在那种性要求受到严酷的禁锢,因而便泛滥出正常状况下泛滥不出的淫荡的地方呆过之后,他就更加明白中国人在说到这种事情时的复杂心理。

在那些夜晚,在破木床们下流的呻吟中,他常想那些床们可能是繁殖色情狂最好的温床。

他本人在这方面的经历,不恰恰证明了这种公式的合理性吗?

但是在这里比不得在监狱。在监狱里可以恣意泛滥的心思,在这里得掩掩藏藏。这肯定是所有的上等社会和下等社会最重要的区别之一。他一回到这个所谓的正常生活里,就无时无刻不感觉到这种区别。过去他要掩盖自己的不行,现在他却要掩盖自己的行。

"你呢?"他反问表弟。想着自己老来毕竟大有长进。将这难以启齿的问题,轻而易举地踢回给了表弟。

表弟显然没有思想准备,半装出来的酒疯,让这回球吓醒了一半儿。"我?""我"字后面有一个"容徐图之"的长长的停顿,"这么大年纪还干这个?"

他心里一惊。没有注意到这句话里,明明有一种心虚的抵赖,如同一个天天逛窑子的人,声明自己绝无逛窑子的劣行。他只晓得自己的长进,没想到表弟也会长进。他们不是同样挣扎在同一块天空下,或者同一个地平线上吗?

无能迂腐如小表弟者,也绝不会承认他现在还有每天晚上把老婆干两次的精力。他其实并没有什么坏心,只是习惯使然,认为即使对亲兄弟承认这种事情,也是辱没斯文。可是他又有一种享受别人宣泄这种事情的心理,至于那个别人是否辱没斯文,可就与他无关了。

如果他能预见到这一句不过想从他人的口中,得到一些小小的性刺激的话,会给对方带来什么样的后果,他一定不这样问,也不这样说了。

好像还嫌主题不够明确,小表弟又加了一句:"伤身体呀,比不得小伙子喽。"

小表弟用这两个古老的、不得超越的命题,断了他想把自己潦潦草草走了一个过场的一生,做个结尾的后路。

"你怎么了?"小表弟不明白他怎么突然之间,就不中用了。刚才在餐桌上,他还觉得他好像没出土的一段丝绸,虽然古老得不知日月,糟朽得碰它不得,但还保持着未被风化的色彩、形状,现在却像被人刨了出来,着了空气地散了神韵。

她偎依在他的胸前,感觉到他的手忙脚乱,和他妄图调匀呼吸的努力,不禁懒懒地生出一丝怜爱。

始终没有进一步的动作,好像他正背着一个其重无比的石磨,从遥远的黑暗,慢慢地爬来。

她很想帮他一把,怪可怜的。拥抱了他,也亲吻了他。他的回答是压抑和无力的。

他累了吗?

只好闭着眼睛等待。如十八岁的那次等待。不同的是她现在什么也不想,什么也不求了。一切好像都已如愿以偿。除非她已经七十岁。谁听说过一个过了七十岁的女人还能生孩子?连和他生个孩子的想法也不能有了。她在黑暗中无意识地微笑了一下,这微笑甚至毫无感伤之情。

时间过得很慢,他爬得好像辛苦极了。他该不是从坟墓里往外爬吧?她心头猛然一惊。

紧接着她感到大腿上一片潮湿。这时,他全身的力气和精神也猛地一松。他不但完完全全被那盘石磨压趴了,而且也随着那盘石磨坠入了无声无息的、永久的黑暗。

她和他此时都已明白,他作为一个男人的一生,到此结束。她听见他如释重负的轻叹。

他叫她的名字,声音里有一种久已生疏的东西,仿佛早已撕碎的温柔重又回来。

"嗯?"她答应,平静得让他听不出一点哽咽。

"我……真对不起你。"

泪水顺着她的脸颊流下,被她用睡衣袖子挡住了。"我们终于在一起了。"她拍着他的身子,像拍一个婴儿。

她仍爱他。也许她爱的不过是一个回忆。一个不容选择、不容反悔、无缘无故的回忆。好比一个上了年纪的人,固执地寻找儿时一种吃惯的,其实未必好吃的家乡小吃。

她看到黑暗中有一排白牙,一个胜利的、稳当当的微笑。问:"我和你到底谁赢了?"

八

他们还是在铺着褐色的大理石的大厅里集合了。因为他们都没有睡好,此时甚至变得十分相像。蒙古种的扁脸越发青黄,眼囊下垂,眼圈发黑。心事重重。各怀鬼胎。

他们刮过了胡须,换过了衬衣,整理过头发,振奋起平素的威严。正经至极。尽力使他们在这个早上的会见,如同他们在国内早上八点在办公室的会面一样无疑。

司马南江虽然是知识分子,睡眠却一向极好,绝无知识分子几乎人人都有的、失眠的劣习。他的妻子常常为此抱憾夫妇生活中没有夜半无人私语时的闺中乐趣。每每早上酣睡醒来,他总是为自己的精神饱满惭愧、不安。好像他占了什么人的便宜。

他昨夜没有睡好,纯属受人株连。

半夜一点钟,有人敲他的门。开门一看,门外站着一个光着脚丫儿、头发精湿地贴着脑门儿、睡衣精湿地裹着身子的人。那人的神气就跟让歹徒劫持当完人质之后,又给扔进了水塘,九死一生地刚从水塘里爬出,想要报警却找错了门一样。

"请问……"司马南江几乎认不出这就是本团的副团长,"哦,哦,是您。快,快请进。出了什么事?"

"不啦,不啦。"副团长软软地晃了一下似乎被抽了筋的胳膊,然后用这条胳膊扶住门框,支撑着他那似乎同样被抽了筋的身体。他吃力地翻起一双布满红丝的眼睛,求助地望着司马南江。"你到我房间里看……看。"

晚上十一点,副团长看完性电影回到旅馆之后,本以为经过某种心理平衡之后,就会恢复正常,他像心情正常的时候一样,不轻不重地关上了房门。哼着小曲《南泥湾》脱去西装,摘下领带,换上睡衣,还从冰箱里拿出一瓶易拉罐的可乐,一包花生米。他的肚子今天下午老有一种不充实的感觉。

小曲儿虽然哼得走腔走调,但基本原则精神还在。你不能要求人人都有郭兰英的水平。

他被有关部门召集组织参加了老干部合唱团,人家动员他的时候说,这是一项重要的政治任务,尤其在文艺界已经堕落到寡廉鲜耻的情况下。后来谈话人又改正了这个调儿,说在文艺思想严重混乱的情况下,坚持《在延安文艺座谈会上的讲话》精神,是一个老同志的义不容辞的责任。不会唱不要紧,唱得不好也不要紧,只要站上台去,占领这块阵地。有人会唱,或者还有别的壮大声势的办法云云。他想了想有些歌星恨不得脱了光屁股的骚劲儿,弄得男人恨不得跑上舞台,把她摁在舞台上当众×她一盘,便同意去占领阵地。只张嘴,不出声。

演出那天,电视台进行了实况转播。他指示老婆孩子一定收看。演出结束回到家里,全家人兴奋地议论了很久,他们全有一种感觉,觉得他今后如果再上街,街上的人肯定都会认出他来(实际上却没有出现这种情况)。但是他们的侧重点却有所不同,老婆最热衷的是电视给了他七次特写镜头,她的目光里,增添了新的内容,好像又发现了他的一些伟大之处。儿子女儿却说美中不足的是他的脸染得过浓,像京戏里的媒婆(这种角色,大部分由化妆极为夸张的男性扮演)。还有人家张嘴的时候他合嘴,人家合嘴的时候他张嘴这样步调不够一致之处,以后要注意改进自己的形象云云。

但是在他不演出的时候,便照样收看那些让他恨不得摁住一干方休的歌星。不论是阵地,还是他的脑子,仿佛轮流地租给了这两拨人使用。

哼着小曲,他便前前后后地想起了这些。想到那些歌星的时候,心里便又骚动起来,心里一骚动,就觉得浑身燥热。他先到浴室用冷水冲了冲头,不行,不解决问题。又把身上的衣服扒光,不行,还是觉得全身像是被什么箍着。他又把空调器乱拧了一遍,室内的温度更高了,简直就像一个烤面包炉。猛然想到何不大开房门,冲破这禁锢自己的烤炉。大开房门之后,又发现还是一个赤条条的自我,赶紧又把睡衣穿上。如此反复折腾下来,半夜已过。这一天过得实在辛苦。不论是被纷乱的印象弄得已然麻木的脑子,还是消耗过度的身体,都需要休息。但是他却丧失了全天候的优势,不管是站着、坐着、躺着、开着房门或不开房门、摄氏四十度,他全睡不着了。便只好不顾影响、不怕暴露(什么?!)地去求助于司马南江。

给副团长调好空调的温度回来,刚刚睡着,就被电话铃叫醒了。他在这里无亲无友,就算认识莫利小姐、依林侯爵、科技文化部长,他们也不会半夜三更打电话给他,除非他们疯了。他想一定是有人搞错了电话号码,便将电话的听筒拿起来,按了按话筒下的叉簧,把话筒放下再睡。不到一分钟电话铃又响了。他只好拿起话筒,用英语说:"对不起,我想你是打错了电话。"

电话筒里却传来一个似乎濒临死亡者的喘息,司马南江一个激灵就从对睡眠的渴望中跳了出来。

"喂——"一个泣不成声的嗓子,哆哆嗦嗦地勉强凑成了一个句子,"你是司马吗?赶快到我这里来一下。"电话就吧嗒一下没有了声音。

哪个人的"这里"?"这里"是哪儿?司马南江有点让这个声音吓蒙了。

显然有人遇到了危险。行刺?抢劫?他很着急,憋了一身舍己救人的劲儿不知往哪儿使。但这只是几秒钟的事情,他马上就明白了电话是团长打来的,便翻身下床,连鞋也没有穿,连门也没有关就跑向团长的房间。

团长的上半截身子躺在床上,下半截身子耷拉在床沿下。被子、枕头、床罩什么的东一块、西一块地丢在地板上。才几个小时不见,团长的脸就好像瘦下一圈,两腮塌陷,两个眼珠子像不合槽的滚珠,深深地掉进了眼窝。胡须像几场秋雨后的杂草,很茂盛地将下巴黑黑地糊住。肚子也瘪下很多。过去他老觉得团长挺着肚子,很像一架竖起来的直升机,现在肚子瘪下一些之后,仅仅像个吃得还是很饱的蚂蚱了。从一架直升机落魄成一只蚂蚱,无论如何是令人同情的一件事。

他抱起团长耷拉在床沿上的双腿往床上挪,想让团长躺得更舒服一些。他刚想问团长发生了什么事,只听得团长喉咙里咕噜一响,便勇猛地从床上跃起,直奔洗澡间。其动作勇猛神速实在令人难以想象是出于一个体力如此虚弱之人。

司马南江赶紧跟进洗澡间,只见团长的头往浴盆里一低,便从喉咙里喷射出一柱黄绿色的、发出酸臭的水来。洗澡间里本来就有的那股酸臭味就更浓了。浅蓝色的浴盆里,以及浅蓝色的瓷砖墙上,溅满了这种黄绿色的汁液。马桶盖、马桶圈以及马桶的内壁也溅满了同样的汁液。

从电影院回来之后,团长的肚子里,便渐渐地响起滚雷似的鸣叫,肚子很胀,也许在电影院里就开始胀了,不过他那时并没有在意。直到胀得发疼,然后又吐又泻,弄得他几乎到了虚脱的地步。

呕吐之后,团长浑身更加无力,让司马南江搀扶着回到床上。

"会不会是食物中毒?"司马南江问。

团长不耐烦地摇摇头,在这样一个经济高度发展的国家,这样的考虑纯属无稽。

司马南江没有足够的经验来分析判断团长为什么又吐又泻,并且证明这种现象没有危险,不必担心。他又没有任何办法让团长不吐不泻。

他有些慌神。

此时能拿大主意的副团长刚刚风平浪静,本团秘书顶多会拿"怎么办?"来回答他的"怎么办?"

"是不是给旅馆的值班室打个电话,让他们想想办法?"司马南江问。

团长闭着眼睛,略略考虑了一下这样做的后果,以及各方面可能产生的影响,不得已地点点头:"好吧,恐怕只有这样了,也许他们备有一些应急的小药。"

旅馆非常重视,立刻来了值班经理、大夫什么的。

值班经理连连道歉:"在我们的旅馆里发生了这样的事情,我们深感抱歉。"他愁眉苦脸地安慰他们,仿佛他感同身受了又吐又泻的痛苦,"请放心,我们将尽快地解除您的痛苦。"他忧虑却又不失冷静地安排一切。使他们放心地感到,不论天塌地陷,这旅馆都会负责到底,不会不管。

大夫取走了团长的一些排泄物和呕吐物去化验。"我们是五星级旅馆,如果是因为我们的工作不周引起这样的事故,将会大大影响旅馆的信誉,所以我们一定要把事故的原因,当然,也

157

就是病因查清楚。"值班经理的两手相握,不高不低地放在腰部,有一种得体的谦恭和一丝不苟,像对许多人发表新闻公报似的,脑袋一会儿向左,一会儿向右地摆动。他的意思却好像在说,大夫马上就会证明,这一定不是他们工作不周造成的事故。

随即他吩咐清洁女工撤换被单、床单、枕套,清洗洗澡间里的一切容器、地面、墙壁,还送来一束带着露水的(?)鲜花,立刻彻底地改变了室内的气氛。

医生很快就拿来了化验结果。

"误食不洁的狗食罐头引起的急性肠炎。"值班经理宣布了这个化验结果,口齿清楚、仁爱,绝无半点调侃或轻蔑。对于住在他们这种五星级旅馆的客人来说,除了误食,只能误食,岂有他哉!

不过他显然轻松了许多,这从他加大了的动作幅度中便可看出。"好,"他拍拍手,好像要让大家注意,"我们现在只需灌灌肠就行了。先生,我保证明天早上,你有一个好胃口。"

当这惊天动地的一幕过去之后,已经是凌晨三点多了。

团长在这一番病痛的折磨之后,本应很快地入睡,可是他却睡意全无。躺在干净松软的床上,十分悲凉地沉思默想。

当人们全都散去之后,他的第一个想法是:这狗食罐头真香啊。他的第二个想法是:看看人家,连狗过的都是什么样的日子。

在那个其实不过也是受雇于人的值班经理面前,他甚至没有为被宣布食用不洁的狗食罐头引起急性肠炎而羞愧。没有。一点也没有。

这是他的错吗?

现在他分外地想家。想那个他很少去想的,或者说是他早已不用某种自发的感情去想的那个家,而不是用很多明确的口号堆砌起来的那个家。

但这又明明不是一般的思乡之情。

他住在一栋远远看上去十分像样的高层建筑里。

电梯经常不开。个个阀门漏水。

大楼的总排污管道堵塞。不下雨的时候,屎汤和污水分别从修理口那儿涓涓地流出。遇上暴雨,则如喷泉一般,冒起一尺多高的屎汤柱和污水柱。居民们好像生活在又腥又臭的公共厕所里。楼东的一段马路,不下雨时有半尺深的积水(可能就是积存的屎汤和污水),下雨时至少深至两尺,整个一个八十年代的龙须沟。

可是比上不足,比下有余。有人还七口八口地住在一间顶多七八平方米的小房里。

你能说生活没有进步吗?

从没有给水排水设备采光不好通风不好,用破砖烂瓦砌成的小平房里,进了远远看上去挺像样子的高楼大厦,你能说生活没有进步吗?

他不想历数中国如今除倒爷、不法之徒、新权贵们之外的普通老百姓含辛茹苦的日子。这话题太老太旧太煞风景太不识相。谁愿意听?听了又怎样?

他不过和普通的中国老百姓一样,用从牙缝里抠哧些银两这种最古老、最传统的办法,把日子过得不能说更好(你能把这种拆东墙补西墙的办法叫做生活得更好吗),而是更体面些。

这有什么可丢人、可羞惭的?

穷,并不可耻。

比起那些吃、喝、嫖、赌,五毒俱全的倒爷、不法之徒、新权贵们,他甚至可以说得上是干净纯洁清廉公正。

他不过使用些特权,争个出国名额而已。否则他怎么有能力为每个儿子娶媳妇备上一台不免税的家用电器?现在的女人,怕是一件家用电器也买不下啊。他忍心看着儿子们打光棍吗?谁让他们过的都是老老实实挣工资的日子?

他不过没有清高纯洁到把外汇撒手花掉,而是攒起来买件免税的家用电器而已。

也许他那里不过是个清水衙门,站着说话不怕腰疼。若是换个衙门,他也难免下水。

出生入死革命几十年,到头来,他一个月的工资不过一瓶"茅台"。

他不恨也不怨。但是他绝不能容忍不论是洋暴发户,还是土暴发户对他的轻蔑。

他喜欢读经济理论方面的文章,懂得要改革就得过物价这一关。两全难哪。你要是两全了他还有什么可捞?人人都说改革好,改革的果实却落进倒爷、不法之徒和新权贵的腰包。

他想起白日里对莫利小姐的回答"思想上不适应"之类的官话,忽然沉痛地怀疑起四千七百多万党员里,到底有多少真货?这问题真有点让他触目惊心。

莫利小姐特意告诉过,和西方大大小小的旅馆的做法一样,这个旅馆同样免费供应早餐。只不过根据旅馆的级别,也就是房租的昂贵或低廉,在内容上有所不同而已,但无论如何,你会吃饱肚子,营养也是够标准的。

他们像所有的,不管是有钱或是没钱的西方人一样,当然不会放过这样的机会。

正当他们举步往餐厅走去的时候,一位男性海外同胞快步迎了上来。

此人穿着讲究,不过全身略嫌太亮。他的眉眼,对于他那身昂贵的包装来说,也显活泛了一点。不但满面春风,且春风得意。他如久别又逢老友地伸出戴着一枚极粗的金戒指的胖手。那双手现在看上去保养得很好,但从它的骨骼上却可以看出,那曾是一双生活在底层,卖过苦力的手。你甚至还可以从它的指甲缝和它的皱褶里,嗅出一股煤粉、木屑、油垢、沥青之类的味道。于是他们几个人也就莫名其妙地和这只胖手握了握。他们每个人都在努力地回忆,在什么时候、什么地方结识的这位先生,可是他们谁也回忆不起来。于是他们的脸,就陷入这种似乎有似乎没有的、想不起来的茫然里。

"啊哈哈,久仰、久仰。敝人已在此恭候多时,终于得以一见,荣幸,荣幸。"完全是港片里的句子,而他们似乎也都成了某部港片里的角色。在这洋文不绝于耳的环境里,真让他们感到耳目一新,同时也有一种似曾相识的亲切感。不管行腔走调有多大差异,但它毕竟是汉语。

紧接着这位先生从衣袋里掏出名片,双手给每人一一递上。那张名片不但印制精美,而且是极少见的对折四面。打开一看,上面拥挤着汉语、本地语、英语的详细说明。除了具有实力意义的,如集团董事、基金会会长之类的头衔以外,还有研究会首席顾问、交流中心主任之类的头衔。

"我已打听到今天上午是自由活动的时间,会议开幕式是下午二时。各位如果没有其他安排,我愿略尽地主之谊,请各位赏光。"

他们今天上午确实无着无落,莫利小姐不负责自由活动时间的陪同,她只受雇于与本次会议有关的活动。但是他们不知道接受这位先生的接待合适还是不合适。好比这位先生的背景、政治态度,能不能令他们放心?会不会给他们带来麻烦?

见他们面有难色,这位先生又很机敏地说:"各位不必客气,凡国内来此访问的代表团,我几乎可以说全部接待过。"他举出几个代表团团长的姓名,果然都是响当当,虽然还说不上家喻户晓。"而且,"他当然不是卖弄,"如×××、×××……先生,都曾在寒舍小住。我客房里的那张床,凡是在上面睡过的国内来客,我都请他们签上了自己的名字。政治界、经济界、文化界、艺术界……我这个人喜欢交朋友。真是一份各行各业的名人录。那不是床,乃是一件稀世的艺术珍品,友谊的大道。"

前面说的都还可以,只这"友谊的大道"让司马南江感到好像是一处破绽。他不那么喜欢眼前的这个人。他觉得这个人早晚有一天会拿那张床,卖个大价钱。

这位先生又指出自己名片上的一个头衔,正是国内一项在他的资助下兴办的文化教育事业。于是他们想起确实在报纸以及电台电视台的报道上看到,或听到这么一个中心的名字。精神也就放松了许多,便一律地看着团长,等团长作出裁决。

团长仍然非常虚弱,条理却还清楚:"谢谢你的盛情喽,我们很高兴有这样一个机会来了解华人在此地的工作、生活情况,算是我们这次出访的意外收获吧,啊?不过是否请先生稍候,我们先去用早餐。"

"请,请。"海外同胞说。

他们刚刚在餐桌上坐下,还没开始去拿早餐,服务员小姐就给他们每人送来一封信。一模一样的信封,一模一样的格式。一律的英文打字,最后署着一个同样的签名。奇怪,谁能给他们每个人写一封同样的信呢?

四封信便集合在司马南江的手中。原来是本旅馆的经理开给他们的账单。好像他们全很健忘(自然是装的),如不时提醒,他们很可能不结账就溜掉。温良恭俭让如司马南江者,也不禁拍案而起。"太看不起人了。我们还没住够二十四小时呢。

即使是账单,也应该在结账时交给接待单位。昨天住进来的时候,我听见莫利小姐向他们交代得一清二楚。"

"他们敢对一个洋人这样做吗?"秘书提出了一个自入境以来最有分量的问题。

"我们应该向他们提出质问、抗议。"副团长说。

团长的心,又一次痛苦地抽搐了。他想起黎明时分,躺在床上前前后后想过的那些淡事。再明白不过,这种轻蔑、歧视,哪里是质问、抗议可以解决的?

谁让我们穷呢?

贫,虽然不是耻辱,可是人为地造成这样一个泱泱大国的贫穷的原因,不但令他人轻蔑、歧视,也令自身感到羞耻。

"唉,先吃饭吧。"团长神情黯然地说。他忽然之间就没有了兴致,似乎一切兴致,都随着昨夜的污浊一起流走了。

于是他们纷纷到餐厅中间的台子上去取食物。各种吃过或没有吃过,叫不上来或叫得上来却没有吃过,也不知道怎么吃的食物。冷、热饮料,水果等等。

他们吃了又吃,喝了又喝,一趟又一趟地到餐厅中间的台子上去取食物和饮料。昨天的晚餐他们都没有吃好,他们真的饿了。

给他们递信的小姐对其他的服务小姐说:"这些中国人真奇怪,一顿早餐就可以吃下那么多东西,可是还那么瘦。"

那些想尽办法保持细腰高乳的服务小姐,虽然穿梭般地忙碌不停,撤下一拨客人用过的盘盏刀叉,换上干净的台布,摆上干净的盘盏刀叉、盛包装纸的塑料小桶、一枝插在瓶里的鲜花等等,可是总还来得及朝他们扫上一眼,还在用心地研究:为什么中国人吃得那么多却还那么瘦?

副团长很苦恼。早餐虽然丰盛,而且不必花钱,但几乎所有

163

的面食都是甜的。他是北方人,吃不惯这样的东西。即使没有咸菜稀饭炸油饼,至少也别用甜点心当饭。只有一种面包,稍微有点咸味,但是这种面包的皮很韧,咬住一口,脑袋左右晃上几晃才能撕下一块。他又计划着这顿早餐顶好能和午餐的需要一并地解决,这样午饭就可以省略。他觉得别人似乎也有和他同样的计划。他吃得很多也很慢,直至在餐厅里吃早餐的人已逐渐地稀落。

就在他差不多是撕下最后一口面包的时候,他左上腭的一颗臼齿,却被面包撕了下来。幸好那是一颗老牙,且糟。早已被虫蛀过,被牙科医生修补过,所以没有太多的痛苦,只流了一些暗色的血。由于这牙掉得与任何人的职责范围无关,掉了就只好掉了,做不出什么题目。众人只好骂几句外国洋饭不如中国饭,泛泛地说些同情的话,实在也因为那颗牙太老、太糟,总归是要掉的。

早餐也就在副团长的怏怏不乐中结束了。

海外同胞果然还等在大厅里,很内行地抛出几个方案:玩游乐场;逛中国城(几乎都是他手下的公司);去"社会主义"商店购物(那里的东西全是东欧一些社会主义国家的产品,价格十分低廉,一律都是新的,回国馈赠亲友再合适不过);或去"跳蚤市场"(收集一些物美价廉、具有异国风情的工艺品。他不说收购旧衣物);中午在中国城的中国大酒家里设宴款待诸位……

"不,谢谢,我恐怕不能叨光。"司马南江当即表态。

"这……"海外同胞面上很有些下不来。他接待过无数外访的代表团,还没有遇到一位拒绝上述计划的人。

团长从统战观点考虑,认为还是随和一些为好。便动员道:"一起走走吧,难道你打算一个人行动吗?"

"不,不。我想好好看看会议上的材料。昨天一到旅馆莫利小姐不是就把几个主要发言人的论文提要给了我们吗？再说,我也要把自己准备在会上宣读的论文再仔细地看一遍。"司马南江如不老老实实说出不出游的理由也许更好,好比说他很困,昨夜没有睡好,他想补上一觉,正、副团长确实都得到过他竭诚的照料。大家一定都会觉得这理由好得不能再好,得体得不能再得体,可是他偏偏说他不能与大家同去游览是为了工作。

如果说这种口实,在五六十年代与人共事时,还仅仅是招有些人暗中嫉恨,到了现在,虽然人们不会再像那时,为了现在看来毫无必要的理由,不得不一律地奉陪、紧跟、做带头者的陪衬,并且用这一通白搭的奉陪、紧跟、陪衬,造就出一个个样板、学习"毛选"积极分子之类的角色,但是这种嫉恨的残余、记忆还存在着。所不同的是,在这种残余、记忆里,又加进了对这种不管真假,已然被视为酸盐假醋行为的公然的嘲弄和轻蔑。

但是他们不属于这种人,他们不会这么快地忘记,司马南江昨夜对他们的竭诚服务。有时他们甚至觉得司马南江似乎不是什么研究员、科学家,而是机关行政处负责收房租,修理上下水道、厕所,以及为了职工福利,到处寻找关系户,以便为职工采购到比市场价格便宜一两成的蔬菜、瓜果、鸡蛋什么的一名基层干部。

他们也不像那些像是吃狼奶长大的狼孩儿,连中国人历来讲究的有恩报恩、有仇报仇的美德全都忘光了,虽然这种美德的是非标准相当模糊。

他们只是产生了些许的疏离感,好像忽然想起司马南江还是个研究员、科学家什么的。

这种疏离感不仅仅是因为司马南江不肯同去游览造成的,也许根本就不是。它不过也是几十年来被人苦心酿造出来的一种魔汁,服了这种魔汁,人便有了上下高低,尊卑贵贱,自然是卑贱者最聪明,高贵者最愚蠢。如此一些居心叵测的划分,怪不得研究员、科学家,以及非研究员、非科学家。

他们不再勉强司马南江。"也好,"团长想了想说,"我们到这里来的主要目的、唯一目的,自然是要把会议开好。司马同志这样的考虑很周到。不过下午去参加会议开幕式……"

"我会按时将各位送到会场。司马先生嘛……如果您愿意的话,我在送完各位之后,再来接您?"海外同胞对国内同胞各种细微的心理活动,掌握得都很准确。好比他前半句话说得十分肯定、恳切,后半句话只是看起来周到而又关切。司马南江刚才不给他机会(不给面子还是次要的),现在,他很想看一看司马南江也如大多数中国人那样,为了省下几块出租汽车费向他求助。

"不,不必了,谢谢。到时候我会叫部出租汽车。"

海外同胞此时放出极锋利的目光,将司马南江从头到脚钻研一番,偏偏探得一个于司马南江来说,过于复杂的结论,司马南江从此便极冤枉地被他怀恨在心。报复这种人不费吹灰之力,只要向中国某个驻外机构,说一句海外爱国同胞,对此人出访期间某些丧失国格人格的言行不满便可。他们连核实都不核实,立刻就会电传到国内,从此他这辈子别想再进行国际学术交流。

他们走出连光线都雍容得明淡适度的大厅,眼前猛然一亮,方知今日艳阳高照。各大国的国旗,在旅馆两侧的旗杆上,被不大不小的风,舞弄得舒卷有致。你望着这些操纵着国际事务的各色旗帜,会产生这里根本不是旅馆,而是欧洲共同体或者是联合国总部分部的感觉。

旅馆门前的喷泉,在阳光的照射下,在这里或那里抛射出此起彼伏的虹彩,让人觉得此时缺少的只是一支铜管乐队的演奏。

不过别急,马上就会响起来的。

不但进进出出的人,就连汽车、连树、连路、连空气、连大地、连天空、连太阳似乎都被擦洗打磨得熠熠发光。

这时,一辆豪华的轿车,绕过旅馆前的喷泉疾驶而来,并且在他们面前,又急又稳地刹住了车。车内急急地跨出一位包装更加阔绰、戴一副白金框子眼镜的海外同胞。这副眼镜使他显得文气、一清二楚。他很有把握地向他们走来,好像他们都是被他研究已久、通缉令上的人物。

"打电话到各位的房间,没有人接。服务台说各位可能到餐厅用早点去了。又打电话到餐厅,说各位刚刚离开。"一双眼睛,在白金镜框后面转得清清爽爽,绝不拖泥带水,即使要他照看三百个人他也不会乱套,更不要说是他们三个。他们觉得真是进了天罗地网,一举一动无时不在别人的掌握之下。

然后是同样热情的握手、自我介绍、名片、愿为各位效劳、略尽地主之谊、敬请各位赏光,等等等等。

"×兄,我已有约在先了,请多包涵。"戴金戒指的海外同胞说。

"既然×兄捷足先登,鄙人岂敢夺人之美?这样,晚宴由我做东,你我二人平分秋色,如何?"

"有故人自家乡来,理应大家同庆。"

"如此便好。如此便好。"

二人温良恭俭让地几来几往之后,便将正、副团长以及秘书分配停当。

"那么,我们是到哪一处去呢?"戴金戒指的海外同胞问。

他们全无定见地犹豫着。因为刚才说到的那些去处,并无重要或不重要、必须或不必须的区别。在这种情况下,秘书便可作出提示:"我们是否先去'跳蚤市场'走走?"

两位如此光鲜的海外同胞亟待他们作出决定,以便热诚地对他们进行帮助。他们觉得不便再做犹豫,何况"跳蚤市场"也是其中一位的倡议,正、副团长一致点头同意:"好吧,就按您的建议,先去那里转转。"

"当然,那地方实在值得一转,我也曾陪伴不少国内来的朋友去那里参观。"戴白金框子眼镜的海外同胞的例证,使他们解除了不少思想顾虑。作为炎黄子孙,在吃苦耐劳这一优良品格上,应该是有共同语言的。哪一个华人初到海外不是白手起家,艰苦创业?不要说"跳蚤市场",恐怕"跳跳蚤市场",也是经常光顾的。虽然他们现在戴着如捅火棍一般粗细的金戒指或是白金的眼镜框子。不管他们在个人经历、意识形态、价值观念、道德观念、经济地位等等方面的差别如何巨大,他们却能从所有的细枝末节里,发现他们的共同之处。

"那就请各位在这里稍候,我去把车开过来。"戴金戒指的海外同胞说。

白金眼镜框子见金戒指已经远去,便面有难色地说:"这里不能过久停车,再去存车又大可不必,各位是否可以先乘我的车?×兄随后就来。"

他们一想,觉得言之有理,便先登上了那部豪华的轿车。(如果不是午宴上金戒指告诉他们,他们谁也没有想到,这部有电视有冰箱有电加热器,冰箱里有冷饮料,电加热器上可以随时煮热茶、热咖啡、热巧克力,宽敞豪华至极的轿车是租来的。"他自家用的,不过是西德产的大众牌。借用国内一句只可意会、不可言传的话来说,这是工作的需要。"金戒指说。)

刚在车上坐定,白金眼镜框就从后车门探进身来,从冰箱里取出几罐易拉罐的可乐、啤酒。娴熟地一一拉开封口,便叭叭叭叭地响出一连串小康水平的富足。"请随意,请随意。喝完自己再拿,我在前面开车照顾不到。"接着又送上一个无微不至的微笑。

他们都不再推让,慢慢地呷饮起来。

白金眼镜框系好了安全带,便发动了汽车,然后又开了冷气。汽车很平稳地向前驶去。

啤酒的味道真好。让秘书想起了国内的五星啤酒,或是青岛啤酒。对于他这种经济收入的人来说,这些啤酒的踪影,除了偶尔在某种经济消息报公布的计划价格上看到之外,在市场上几乎见不到了。

白金眼镜框不时向他们介绍眼前闪过的一栋房子、一棵树或一座桥的历史、野史、轶事:"……拿破仑就在这栋房子里住过……你们猜国内一位来访过的局长问我什么?哈哈哈哈……他问我拿破仑现在搬到哪儿住去了?"

"想必您对拿破仑很熟悉喽? 您是否可以给我们谈谈拿破仑在莱比锡大会战的失败呢?"团长闭着眼睛说,一副虚心请教的口气。

白金眼镜框频频向驾驶座左上方的反射镜里望着:"不过是句玩笑,不过是句玩笑。噢,你们看,×兄的汽车赶上来了。"

金戒指的驾车技术显然很高明,在稠密得像蚂蚁蛋的汽车丛里左腾右挪,夹带着一股汹汹的气势,直逼这部汽车。

恰好这时红灯亮了,金戒指的汽车"吱"的一声刹在这部汽车的左侧。他向白金眼镜框投过如匕首一般的目光,白金眼镜框却向他频频做几近无赖、无辜的微笑。

绿灯又亮了。他们继续往前开。

"去年国内一位歌唱家自费到此开拓局面。艰难哪。"秘书一时以为他又在介绍一座房子或一座桥,仔细再听下去,方知与房子和桥都不相干。"不要说事业的开拓,连吃住全都无着。

谁让我是华工协会的会长呢？（在午宴上，金戒指说他那个会长是策动行帮力量，采取逼宫的办法弄上手的。）不论海内海外，都是炎黄子孙，不能袖手旁观吧。我就把她接到我家住下，又无偿地为她提供演出场所，做了大量广告，组织了几场演出。结果一炮打红。在此地华人圈子中很有影响，收入相当可观。（在午宴上，金戒指说，他将人家的演出所得抽头百分之六十。）又通过我的关系，介绍她到附近几个国家去献艺，她走时的机票还是我给她买的。（在午宴上，金戒指说，歌唱家是托他代买机票，人家付了钱的，当时很多朋友在场。）今年再度来此献艺，连个电话也不给我打，令人作何感想？"白金眼镜框发出一声做了亏本生意的长叹。

"哦？有这样的事？"副团长问。

"谁？"秘书有些愤愤地问。

白金眼镜框说出一个名字。副团长果然想起地说道："对，对。我在一本香港杂志上看到有人报道过这件事情的始末。写文章的人似乎很了解内情。他是您的朋友吧？"

"不，不，不。"白金眼镜框抛出一连串简短而有力的否定，"我哪里识得那样的人。这件事在此地华人圈子中传播甚广，其中不乏公正的朋友。这样一传十、十传百地传到了香港。（在午宴上，金戒指说文章是他自己化名写的，仅仅因为歌唱家认为被他提成百分之六十的抽头不合理，不愿再与他合作。）其实他们也是多余，小小年纪，谁能把事情做得样样周全？我说了，她如果再有困难，我还会鼎力相助。"他将左手一挥，歌唱家既往的过错似乎便被挥走了，他们也就连带地松了一口气，不过这样的故事，还是让他们感到心里惴惴的。

白金眼镜框将话头轻轻一转："钱多了有什么意思？够吃够用就行。其余的可以用来为祖国科学技术事业的发展，做出一番贡献。(在午宴上,金戒指说,有些人钱赚多了之后又另图别的发展,因为钱花完了也就完了,不如买个流芳百世的名声存着。)我准备创立一个基金会,每年担保两个在科学技术方面有发展的年轻人,到西方最好的学府深造。"

他们在"跳蚤市场"不是转了一转,而是一直转到差不多误了午宴的工夫,方才恋恋不舍地离去,并且收获颇丰。

他们发现逛"跳蚤市场"差不多和赌博一样,对人有着同样的诱惑。下小注而赚大钱。你老是在想,前面可能还会碰到什么便宜得令你无法想象的好东西,从而使你欲罢不能。

在"跳蚤市场"他们碰到不少国内来的同胞。这一处或那一处都会不期然地响起亲切的乡音。想必每天至少有二十个代表团到达这里进行访问。在北京的公共电汽车上,他们很可能因为我踩了你,或你挤了我而大骂出口、大打出手,在这里他们尽管不相识,却能会意地点头、招呼,好像随着环境的改变中国人已丢弃多年的有关文明礼貌的种种美德重又回来了。为此团长联想到,如果有一个合适的环境和气候,中国人会克服他们的丑陋。

初始团长还是带着一种生怕辱没门楣的避嫌态度,远远地躲着,待见其他二人在两位同胞的带领下,在日用杂物、锅碗瓢盆、衣帽鞋袜、五金电器、桌椅板凳、磁带录像、书报杂志、书信日记、火枪刀剑、雨伞拐棍……总之是在负载着千百万人的过去中游弋。不管它轰轰烈烈,还是平淡无奇,现在都不分青红皂白地堆放在这同一方场地上,被人剪接上另一些人的故事,让任何主义的小说家所望尘莫及。两位同胞似乎专拣那些看上去相当可疑的人讨价还价,副团长和秘书就不断有便宜得像是中彩的收获,团长便渐渐地从躲避到跃跃欲试,从跃跃欲试到忘情地投入。

司马南江翻遍了箱子的各个角落,每件衣服上的口袋,包括那些从出发到现在还没上过身的衣服的口袋,衣柜和桌子上所有的抽屉,又掀起床罩查看床下,就差没把地毯掀开看看。没有,还是没有。他全部的财产,美金六十四块五角整,不翼而飞。

他一再回想昨天到今天的经历,想不出自己到底花在哪里(除去购买土耳其式三明治的那笔开销)、丢在了什么地方。今天上午他根本没有出门,一直坐在房间里看会议的资料和自己的论文稿。昨天晚上听完音乐会回来,临睡觉之前他还摸了摸西服口袋,那笔钱硬硬的,还在。

六十四块五角整。区区也。皇皇也。他心痛得要命。他根本就不在乎。一切全看什么情况什么时候,这就是司马南江对待身外之物的态度。问题是他现在饿得饥肠辘辘。有人说脑力劳动不过是一种很闲散的工作。也许如此。他没有比较过。反正他工作的时候,两个小时下来,他身上贮存的热量,包括脂肪仿佛全部消耗殆尽。他怎么能胖?

想来想去只有一个令人可疑的空当。昨天晚上他匆匆忙忙跑到团长房间里去的时候,可能没有关门。是不是真的没有关门?认真一想,他似乎又没有了把握,没有把握的事就别再去猜、去想。

他拉开冰箱,里面只有一包巧克力、一包花生米,其他全是饮料。吃掉了花生米和巧克力之后,反倒更饿了。挺有意思。根本不知道上哪儿去找那几位,为这事打电话给大使馆尤其可笑。论文看不下去了,会议资料看不下去了。他在房间里Γ形地段上来回走遛。在窗前观望路上的行人车流。他们不是刚吃饱出来,就是正要去吃饱。这里是他们的家。所谓故土难离,其中可能也包含着类似这样的意思。他很高兴在这儿不过只做短暂的停留。不行,他得找到他的钱。便拿起电话找旅馆的经理。

"先生,我的钱丢了。"

"我真为您感到遗憾。一般来说,如果您只带旅行支票或信用卡而不带现金,就不会发生这样的事了。"他有很好的建议,不过他恐怕不知道,他连使用支票或信用卡的开盘数字都不具备。

"不过这钱是在旅馆里丢的。"

"不,先生,我们这里从来没有发生过这样的事情。"

"从来没有发生过,不等于现在、今后、将来永远不会发生对不对?"

"您这是推论,对不对?我们只能根据事实。事实是我们如何能证明您真的丢了钱呢?"

听到这里,司马南江忍不住大笑起来。对方显然受了他那笑声的鼓舞,谦虚地轻笑一声又立刻打住:"先生,您还有什么地方需要我效劳吗?"

"不,没有了,谢谢。"放下电话之后,他接着开怀大笑。大约三四分钟之后戛然而止。想象中他厉声问自己:"你笑什么?!"

他只好提前走出旅馆,以步代车,往会场走去。

午宴以后,正、副团长一行,带着塞得极满的、大大小小的塑料口袋,以及金戒指馈赠的旅行用电水壶,浩浩荡荡地向会场驶去。

金戒指建议将这些塑料口袋留在车上,不要带入会场:"我估计开幕式长不了,我可以先到附近的咖啡店里喝杯咖啡,等你们散会后我再连东西带人给你们一起送回旅馆。"

副团长担心东西放在汽车上会被人偷去,又不好说不让金戒指去喝咖啡,留在车上看着。便说:"不能再麻烦您了,今天一天让您辛苦破费,我们已经很不过意,快请回吧。咱们改日再见。"

金戒指也不再勉强,回家之后还有这一段新闻可吹,早有一班吃大陆饭的兄弟等在家里。道别以后便驾车而去。

他们确实晚了几分钟。一进大门,就听见麦克风那种远而又近的嗡嗡声,好像有人正在发表演讲。这种声音一下就把人带进正儿八经的境界,让人感到自己从事着很有意义的工作。

他们不由得放轻脚步,循声而去。可是这声音一会儿东,一会儿西。他们后悔没有向司马南江问清楚,会场在几楼几号厅。

可是司马南江为什么不给他们讲清楚?

害得他们提着大大小小的塑料口袋(分量很重!)辛苦地在这栋白得分不清哪是门、哪是楼梯、哪是拐弯的鬼楼里窜来窜去。

七拐八拐、胡上胡下之后,居然撞上了大使馆文化处的一秘,他正焦急地守在一个会议厅的入口处,来来回回地转磨。一见他们的身影,便远远地迎了上来。他往他们手里那些敞着口的塑料袋里一望,便知道发生了什么事情。脸上马上显出一副快要哭出来的神情。很快地把他们领到寄存处,很快地给他们办理了寄存手续,很快地领着他们离开了寄存处。也不问问他们是否同意这样做。大使馆的工作人员就这样对待国内来的代表团?不知他们的大使知道还是不知道。回国以后,他一定要以团长的身份,向有关部门反映一下这个不可一世的 秘不可。(团长确实不曾忘记这个一秘,即使在本团发生了那样的不幸之后。)

寄存处的小姐,像一只猎狗那样抽动着鼻子,然后将眼睛、嘴巴拿来做出一个O,又将眉毛从眉梢到眉头推出几个曲里拐弯的波浪。

开幕式结束以后,会议组织代表们去海滨浴场游览。大客车像一所游动的房子,有轻微的、令人舒适的颠簸。顶棚、座椅以及脚下,是一片谐和的、抚慰人们疲劳的色调。特别是这一天的工作已经基本完毕。暂时忘却的饥饿这时就比以前更加强烈地袭来。他相信不但他自己,恐怕连坐在他附近的正、副团长和秘书,都听见了他那一挂坚壁清野的肠子,在腹中蠕动得一阵紧似一阵,不依不饶地空鸣。他本想就此说说这件好笑的事情,但他终于忍住没说。忍住不说是出于多方面的考虑。首先得到的肯定是同情。马上接下来的问题是对方怎么表态。

借钱给你?

不要说是他们,对任何一个紧紧巴巴,真正叫做"公务"出国的人来说(即使另外三位,也还是得算在"公务"这一档次上),那两个外汇所带来的前景,不但让他们本人,甚至让他们全家老老少少望眼欲穿、翘首以待。

他如果接受这样的贷款,无异于拦路抢劫。

他如果不接受这样的帮助,会让没有丢钱而又无所表示的良心难以平静。

他又何必去说呢?

想到这里,他一任肠子辘辘地叫去,却又止不住窃窃地笑。引得坐在对面的两位外国同行,也频频地报以微笑,并且不经他人介绍就和司马南江交谈起来。

"我们非常高兴在这次会议上能够与你见面。不知道你是不是愿意接受我们的邀请,到我们那里,做一些研究工作?"身材高大的西德同行说。

"或者到我们那里去讲学?"美国同行说。

司马南江那包含着些许顽劣的,因而让他们觉得生动的微笑渐渐地萎缩了、消遁了。"这个,这个……我深感荣幸。不过我想这样的事情,顶好通过组织联系。"

两位同行不懂得"组织"二字在不作为动词的时候,是什么意思。

他们既不是实业家,也不是银行家,所以还没有机会得到中国人像对实业家、银行家那样的重视,虽然这个机会以后一定会有,不过它现在还没有轰轰烈烈地到来。所以他们对中国的国情还没有丝毫的了解,缺乏和中国人打交道的实战经验。他们不明白一个学者可不可以到国外去讲学,或者研究,为什么要通过一个叫作"组织"的东西,而不是由他自己来决定。

"真的?!"西德同行生怕自己露怯,悄声悄气地问美国同行。

"真的?!"美国同行也生怕自己露怯,悄声悄气地回答西德同行。

然后他们同时回过脸来,带着眼见一处美景从眼际消失或是一件上好的瓷器被失手打破或是去机场接一位好友没有接着……的那种惋惜,看着司马南江。他们觉得眼前这个人,好像和写出皇皇巨著的那个人对不上号。

他们的神气,看上去比司马南江还要迷惘。

等到他们转而谈起本学科的发展前景,司马南江的智能才又恢复了正常。连他的英语也比刚才流利了许多,不但流利,而且妙语如珠。好像他死过去一会儿,现在又复活了。他广征博引,浮想联翩。好些分不清一个科学家应该有的或不应该有的虚幻设想,充塞着他的头脑,一会儿掏出一个,一会儿掏出一个,真像是在撰写科幻小说。美国同行因为跟不上他那急速跳跃的思路,不知所措地微笑着。好像毫无准备地遇上了一件非常突然的事,不知道该欢呼该诅咒该生气该失望还是该什么。西德同行一会儿一推被镇得从鼻梁上不断下滑的眼镜。

等到下车以后,他们都有一种上当受骗的感觉。如果再往深里想一想,他们到底上了什么当,受了什么骗,他们又说不清楚。

街道不知从什么时候已被远远地留在了城市。一栋栋间隔很远的房子,如寥落的晨星漫散在树丛后面,绿草地上。享受着除了风的喧哗,不会再有世事骚扰的宁静。一点也不寂寞。这情景生疏而又亲近。无名的惆怅,渐渐地涨满了司马南江的心。

一个孩子在竖在绿草地的秋千上悠荡。有个穿红衣服的女人从一栋白色的房子里出来,向荡秋千的孩子招手。他想那女人一定是孩子的妈妈。他甚至听见她叫他的名字,约翰,斯蒂文什么的。叫他喝午茶或是让他接电话。

一个黑黝黝的念头,像恶狼似的潜入他的心。谁能担保那女人的丈夫,此时此刻没有和他的情妇在幽会?他的研究课题会不会被人挤掉?股票会不会跌价?孩子会不会发烧?

人世间真有宁静的日子吗?

视野渐渐地开阔。他们渐渐地近了海,也就渐渐地近了太阳。景物的颜色越来越浅淡得灼人,越来越单一。只剩下蓝的天,接着蓝的海,和像被这海水、太阳濯洗得十分洁净,照耀得褪去了颜色的白沙砾。他的精神猛地一阵震颤。这不正是他想要找到的那个分子结构吗?此时,它就上顶天下顶地地,像电影中的慢镜头一样,在这一派蓝白色的混沌里,浮浮沉沉。太阳的万缕金光,将它照耀得通体透明,简洁如古希腊的一座宫殿。这一辈子,他曾日日夜夜地期待过它的出现。他两腮上的咬肌发紧发疼,他的耳根后有麻酥酥的两行爬过。他傻了。

他们也傻了。在这里游泳的人,不管男女老少一律不穿任何叫做衣服的东西。不管是女人或男人,都垂吊着他们各自的那个玩意儿,大摇大摆地走来走去。胳膊和手在身体两侧摆动着,丝毫没有拿到胸前或他们的根部遮挡一下的迹象。他们像是大冬天在无边无际的野地里呛了很硬的冷风,不得不倒抽一口冷气,马上转开他们的眼睛。但是你往东转东也是,你往西转西也有,你只有看天又看地。

连那位美国同行都说:"他们这里,除了裸体浴场还是裸体浴场。我真想写信问问他们的报纸,哪儿有不裸体的浴场?不像美国,你得问哪儿有裸体的浴场。要知道,一个人并不是永远喜欢光着屁股。"不过他还是很快地脱个精光,戴上一副墨镜,在海滩上四仰八叉地躺下。将他那个物件,堂皇地对着太阳。好像中国人立秋之后翻箱倒柜地晾晒衣服,生怕里面发霉似的。

司马南江刚才虽然也是一惊,不过他很快地把那些滴里当啷的东西丢诸脑后。他脱下外衣长裤,穿着大裤衩子坐在沙滩上,继续捕捉由于刚才那一惊慌从他眼中丢失了的幻觉。渐渐地,他进入一种半醒半睡的梦境。

孩子的笑、女人的尖叫、男人们的高谈阔论汇成一股巨大的声浪,可是差不多全让海浪的震荡迎头打碎,变成了嘟嘟嚷嚷的梦呓。

人人都在全心全意地享受自由。他们发现谁也不注意谁,谁也不注意他们。西方人对什么都抱有一种熟视无睹的态度,好像从不关心他人的死活。这种冷漠让人感到没底儿、害怕、没有抓挠。不过正因为如此,他们才渐渐地胆大起来。他们的眼睛在墨镜的掩护下,开始溜向那些让人想入非非的地方。又将那些东西,和自己的以及和自己老婆的东西暗暗地比较,确实比出一些不同,又暗中猜想这些不同将引起怎样不同的效果。想到这里,便将目光更多地向女人身上投去。初始还记得不可盯视过久,会转过头去望天望地,或望望彼此。完全没有必要地相对笑上一笑,却一句话也没有。

说什么好?

说中央第×号文件?扫"黄"清除精神污染反对资产阶级自由化,或是改革开放,落实党的知识分子政策,调动知识分子积极性?他们还没能装模作样到那种丧尽天良的地步。

而且一张嘴可能就会泄露出他们心里的所思所想。即使你可以保证自己回国以后,不会给人家捕风捉影、上纲上线打小报告,你能担保对方也这样做吗?你不能。你更不可能订立攻守同盟,那不是越描越黑此地无银三百两?历史的经验值得注意。在历次政治运动中,一切攻守同盟无不比非攻守同盟更容易攻破、更容易越搞越搞不清、更容易增加罪名。

到了后来,当一个黑种女人在他们附近直挺挺地躺下之后,即使他们想讲话也讲不出了,不要说他们的嗓子,似乎他们全身都烙煳了。

奇怪的是那种感觉怎么也抓不回来了,而且越走越远。司马南江的心气儿变得十分毛躁。如果现在有人招他,他一定会眯起眼睛,把他全部的焦躁、烦乱集中力气压进一个词里:"滚开——"事实上他无时无刻不在期待着对这个世界说出这个词。他不知不觉地站了起来,向海里走去。

秘书看了看他,因为他那条带有蓝色条纹的大裤衩在这片海滩上反而显得扎眼。"游泳去吗?"秘书问。司马南江也许哼了一声,也许没哼,他没有听见。只见他迈着梦游者的脚步向前走去。在很久以后,只要一想起司马南江,他的眼前便出现他那双长满脚癣蹚着沙砾往前走的脚掌。他印在沙窝里的脚印,也许只在他的脚掌下,清晰了一小会儿,又让他自己的脚掌搅动起来的沙砾,流回原处掩盖了。

他奋力地向前游去。他身体里仿佛有一团疯狂的火。地狱

179

里的？天堂里的？不知道。反正一生一世，他也没有如此辉煌地燃烧过。他希望这火燃烧得再激烈一些才好，把一切都烧毁。他又被这火烧怕了，也许把它熄灭更好？他的长胳膊在阳光下甩出一个又一个潇洒的圆弧，他的长腿有力地拍出朵朵水花。此时此刻，他壮丽得如同身体里的那团火。

最美妙无比的是，他现在已经没有了饥饿的感觉。

这时那黑女人坐了起来。她叉着两条黑得油光锃亮的长腿坐着。完全不符合外事纪律上的规定。两个挺挺的奶头直对着他们，像两尊无坚不摧的小钢炮。如果不是这样他们之中的某一个，也许本来有可能在这个时候朝海上看一眼，也许本来就没有，这不能怪他们，也不能怪任何人。一切可能或不可能发生的事情，好像并不由我们自己做主。

那么由谁呢？

没有人回答得出。

我们不过全是不知由谁导演的，同一舞台上的、同一部戏里的小丑而已，不管天南地北，在这儿或是在那儿，伟大或是渺小，高尚或是无耻，绝顶聪明或是绝顶愚蠢，一切如此或是一切相反，你永远不可能走出这个舞台、这部戏。

可怜的人们。司马南江最后想。

九

红蜡烛在……在……是塞林太太吧？对,是塞林太太。祝她的灵魂升入天堂。在墓地上的时候,他就这样对塞林太太的女儿说过。时间过得真快,一晃八年过去了。扛过这八年,好比在无医无药的情况下,扛过一场伤寒。在他遥远的牛羊不肥马不壮的老家,大部分还是这个样子。

红蜡烛在塞林太太馈赠的桌子上,摇曳着它那片确实让他感到安逸的光。它好像告诉围坐在餐桌旁边的人,不论如何,起码这会儿,在这个餐桌旁,还真有点像个家。

这儿从来都不像个家,反倒像个旧货店。从价格低廉的塑料杯,到价格昂贵的水晶吊灯,以及一切你想象不出来的馈赠物。正如你想象不出人们千奇百怪的癖好。他一律先接受,然后再根据家里的需要及其新旧优劣的情况进一步地筛选淘汰。

旧货店是谈不到格调的一致和协调的。

这里的人真慷慨。那时候他想。

当他们觉得你"真可爱"或者"真可怜"的时候。

现在他还要继续地"真可爱"或者"真可怜"。

虽然他刚刚在郊区买了一栋带园子的破楼。现在,他们全家也可以像西方人那样,到郊外去度周末了。为此,他特意在廉价商店买了一个可以接在自来水管道上的淋浴喷头,把它安在了园子里的草地上。当女儿在被太阳晒得热烘烘的空气里,第一次拧开它的喷头的时候,她被凉森森的水,激出一阵阵尖叫。他闭着眼睛,躺在一棵苦栗树下的、一张几乎就要散架的摇椅上,觉得这尖叫就是世界上最好听的乐声,是他连滚带爬、好不容易熬过来的生活的最好报偿。

晚上,他躺在还没有安放一件家具,散发着朽木味儿的、开裂或塌陷的地板上,透过歪斜的窗框仰望天宇,真有一种与命运搏击的壮美感。

有时他坐在果子很小的苹果树下。乌鸦有时也会在那树上停落,不过它们不肯吃那苹果。他却觉得味道不错。就像契诃夫写的《醋栗》一样。哦,俄罗斯艺术,那是几辈子以前的事了?

可是尼古拉·伊凡尼奇的祖父是农民,父亲是士兵。天底下的农民都一样,俄罗斯的农民也好,或其他什么斯的农民也好,他们日日夜夜的梦想,就是爬到地主、老爷的座位上。他们家却出身贵族,正儿八经的镶黄旗。

镶黄旗以前呢?游牧部落?

"咱们是贵族。镶黄旗。你记着。唉,那样显赫的日子,不会再有啦。"一口在那种日子里过过的,流水落花春去也,天上人间的悲凉。

大清王朝灭了七十多年啦,爹生在民国。

他喜欢一面咂着二锅头,一面唠叨着从老辈子那里听来的,长了白毛、发了霉的故事。车辘辘一样,在一眼望不到边际的、荒芜而干旱的土地上,吱吱扭扭地转着。

去年回国探亲,他给父亲带了两瓶最好的威士忌,正是镶黄旗们该喝的。爹果然还是咂,跟咂二锅头一样。

他不能提，像一个这么酗酒，并且让房管局那种差事，养得像是在荤油桶里浸过的人，会是什么贵族出身。虽然在"文化大革命"中，爹怕惨遭身祸，从腌雪里蕻的大缸底下，捞出过一个明代的青瓷罐和一柄玉如意，嘱咐他无论如何要把它们守住。

在买下这一处破楼破园子之后，他渐渐地有了这种贵族的感觉，好像他的祖先显灵了。

昨天他到汽车修理厂去修理汽车，他没有找他的小舅子，却找了别的工人，并且给了那个工人一大笔小费。他听见那工人对他的小舅子说："你姐姐的丈夫真大方。"这差不多等于尝到一点贵族的味儿了。当然，他没有说"你姐姐的丈夫真有钱"，有钱人才不买他那种车，不过他早晚会买。如果把这笔小费给了小舅子，他能对别人说"我姐姐的丈夫很大方"吗？不会。他恨他。

给小费是做给旁人看的。除了妻子和女儿，他对三亲六故可以说得上是残忍。他不在乎自己在他们眼里的形象。让他们说去吧，骂吧，谁能相信一个那么慷慨地给别人好处的人，会虐待自己的亲人？

他常常穿着从国内带来的锦缎晨袍，坐在园子里看报，或者看女儿在破楼里跑上跑下，跑进跑出，在园子的各个角落里东找西觅——她在找什么？

"爸——"女儿尖声叫着。有点兴奋地向他跑来，他看见她修长的光腿，在早晨的阳光下，闪动着一种让他感到充满希望的光泽。他一定不能让她，用他们这种下等的，坑蒙拐骗的办法过日子。即便是坑蒙拐骗，也应该用一种看上去十分高尚的办法，像上流社会的有钱人那样。不过他更希望她干一个干干净净的差事。好比科学家什么的。可是这个希望是永远地破灭了。他不得不私下里承认，除了门槛精她恐怕一无所有。而这恐怕也是从他和妻子的身上承袭下来的。好像她是他们的影印本。

他曾经不懂,为什么像他和妻子这样门槛精的人,却念不好书。后来他明白,用来过日子的智慧和用来做学问的智慧是两码事。

他无法想象,在和各色人等的关系上,她的小脑子里,怎么装着那许多应用自如的机敏。谁教给她的?

好比她对舅妈。

为了一个电话,弄得他们的弟媳妇张口结舌。

"谁让你接我的电话?"

"你妈妈不在家,你爸爸在给学生上课,我听见电话铃紧响,以为有什么要紧事。要是有人报名学习气功,没人搭理不就跑了一笔学费吗?"

"他只要想学,就会再来电话。你这口半通不通的外语,没准倒把人家讲跑了呢。一个连外语都讲不好的地方,能是什么上等人的去处?到了国外,就得学会外国的规矩,别随便乱接主人的电话,除非主人交代了你。"

"那好吧,你还有什么事吗?"

"就是我有什么事,你能解决得了吗?让我白白地浪费了一块钱!我用的是街上的公用电话。"

"我还你一块钱好了。"

女儿心安理得地收下了弟媳妇的赔偿。还对他说:"你们不在家的时候,应该把电话挪到你们的卧室里去。"

妻子说:"那又何必。你爸爸早就对他们说过了,不许他们用我们的电话。他们打电话都是下楼去打投币电话。"

"您怎么知道你们不在家的时候,他们不用我们的电话呢?电话局的账单上可分不清是你们打的,还是他们打的。"

妻子不说话了。以妻子的本性来说,她赞成女儿的说法,但是他们毕竟是她的亲弟弟、亲弟媳啊。

他照女儿的意思办了。他们不在家的时候,就把电话挪进他们的卧室。他觉得这是对一种精神的支持。不但他们靠这种精神在这儿立足、发展,将来他的女儿,也得靠这种精神,在这儿立足、发展。

她对他的心意,无不心领神会。有时他觉得女儿比他的妻子,更能成为他的好搭档。

她无时无刻不在刁难她的舅舅、舅妈、叔叔。如果将来还有受雇于他们家的人,她也会照样毫不留情地整治他们。是一把当家的好手。

衣服早就洗完了。因为知道舅妈要洗澡,又知道舅妈轻易不敢动家里的东西,她故意把洗衣机的排水管还放在澡盆里。然后躲在自己房间里看小说,吃零食。舅妈叫她,她就是不睬。

可怜的小弟媳只有那么点时间,仅够洗澡。洗完澡她还得给下一拨学员开门、倒茶、卖讲义……到了如今,即使做个鸡蛋汤,他还保持着用水把打鸡蛋的碗底洗干净,然后再把这洗碗水倒进锅里的作风。他却狠下心来雇用这个弟媳妇做这些本来可以由他兼管的事情。

在西方,一个有身份的人是不能自己开门的。

有一次门铃响的时候,弟媳妇恰恰去了厕所,他不得不亲自去开门。

来学气功的太太,顿时变成一个好像是用岩石雕成的大问号。这很自然。拥有一所教授学校的业主,怎么能够没有佣人开门?这肯定会使她对这所学校的来路产生了些许的怀疑。好像和广告上的吹嘘有所不同。

洋人是有修养的。越有钱的洋人修养越高。所以你很难看出他们的情绪。但是他们对没钱的人反应却相当灵敏。越有钱,反应得就越是灵敏。当然他们大部分并不说出什么无礼的话,或做出什么无礼的举动。但是他们脸上那份让你看不出什么神气的神气,足够让你感到,你的屁股上长了一条与人不同的、是人都没有的,所以是见不得人的尾巴。

直到厕所里有了拉水箱的声音,他的元气才慢慢地恢复。"快给太太倒茶。您要加柠檬吗?"

"不,谢谢。"这时太太脸上的棱角,才不那么尖刻得分明了。

唉,他容易吗?

事后他对弟媳妇说:"上厕所你也不拣个时候。"

她只好擅自将洗衣机的排水管从洗澡盆里拿了出来,可想而知是带着逼上梁山的成分。

刚刚放开洗澡水的龙头,女儿就从自己的房间里跳了出来:"你怎么敢洗澡,我的衣服还没洗完呢。"

"这一趟衣服从早上八点洗到十点还没洗完?我听见它差不多有一个小时不工作了。"

"也许我还要接着洗呢。"

那次弟媳妇没睬她,径自将澡洗了。她甚至等不及他们回来,立刻往他们正在做客的那家人家打了电话。对妻子说舅妈把洗衣机弄坏了。回家以后,妻子才向弟媳把事情弄清楚。妻子问她:"为什么小舅妈叫你、问你,你不睬?"

"我在房间里做功课,没有听见,不过也许我倒垃圾去了。"全是妻子极爱听的理由。

过后她告诉他,她既没做功课,洗衣机也没坏,而垃圾是小舅妈倒的。"咱们家的东西凭什么让他们用?爸,钱是您挣的,对不对？"

星期六他们向学员免费供应甜点，无非是莲子粥、杏仁茶、豆沙包之类，既便宜又可口，很得学生的好感。只是弟媳妇又要照应茶水，以及出售有关气功的讲义、练功服装、装饰品、纪念品，又要给学员们开门有些忙不过来，让她早点回家一块儿准备准备，她却说学校里有事回不来。星期六下午学校能有什么事？！她宁肯在公园、在甜食店滞留到学员们吃完、喝完，小舅妈刚刚把用过的餐具洗完，并且放进储藏室才回来。这个钟点掐得真是准极了，好像她身上揣着一架遥测装置。"她应该伺候我们，我们给她工钱是不是？"

她的小姐架子装得有那么点味儿了。

此间中国人开设的气功学习班已有好几处，他不得不想办法提高他的竞争能力。特别是争取新闻舆论界的支持。这，不能不靠他的妻子。每每想到这里，他都会产生一种典妻租妻的联想。

所以要为汤姆斯先生免费做针灸治疗。

妻子对汤姆斯先生说："气功固然可以治疗您严重的失眠，但是我还愿意为您多做一些，这样，您可以恢复得更快一些。您听说过中国的针灸吧？"

"当然。"汤姆斯是见过世面的大记者，曾先后十七次访问中国。他不但看过有关针灸的科技影片，还亲自参观过北京一家有名的医院，在针刺麻醉的情况下，为产妇做剖腹产。麻醉和手术看来都很成功，就是不知道为什么产妇的汗，出得那么多。

"因为我们还没有得到行医方面的许可……不过您知道，这只是暂时的。这样做也许是违法的。但是作为朋友，我们愿意只尽义务。您愿意试试吗？"

"免费？这太不好意思了。"

"您别客气。您是我们，以及广大读者、电视观众最崇拜的记者和节目主持人。我们常看您的文章和您主持的节目，真是太精彩了。非常有吸引力、有新意、有见地。像您这样的人，应该健康长寿。"

像这样的话，也只有妻子才能说得出来，并且说得这么得体。不仅仅是因为她的外语说得比他好。妻子是这个家庭的外交部长。不论在社会主义，还是在资本主义，如果找男人办事，女人出面总比男人出面好。否则世界上的公关部长，为什么都是女人？女人且不说，还一定叫小姐，不管是真小姐，还是假小姐。他要是有权决定国家事务，他一定任命女人当外交部长，以及所有的驻外使节。

只要她愿意，她什么都可以干成。气功、外交、缝纫、烹调、针灸……不过花了不到一百元钱，在北京买了一具针灸的经络模型、一副银针、一本有关穴位的书。比当年的赤脚医生多不了多少家当。她可比赤脚医生有本事。只要给她条件，她把什么都能干得轰轰烈烈。

于是，他们就很快地出现在电视节目的黄金时间里。年轻而有朝气。身体健康、笑容可掬。自信，而又不让人产生逆反心理。

一律的中式短打。他的黑色软缎对襟小袄上，两襟各绣一条金龙。妻子的白色软缎大襟小袄上，绣着一只红凤，全是弟媳妇连夜赶制的。付了工钱的。她倒不傻，很快就学会了明码实价地在这个明码实价的家和这个明码实价的社会里混生活。

起初他想装聋作哑糊涂过去。

说话声音细得像蚊子哼哼的弟媳妇却硬硬地说："姐夫，咱们得算算这两套衣服的工钱。"

"咦,你们住在我这里不算啦?"

"住这间房子我们不但付了房钱,还把你卖不出去的书,顶了下来,这是你定的条件,不顶下来不让住。你知道我们刚到此地既没钱也没有居留证,非住你这儿不可,还让我们两年之内把这笔顶金连本带息,全部还清。光利息就是这笔顶金的百分之三十,真是高利贷!我们在这里每个月赚几块钱,你是知道的。我们用什么钱还这笔顶金?除非不交房租不吃饭,但是房租不能不交,饭也不能不吃!这房子白天你们用来做太太们的更衣室,我们不能用。我下夜班回来没有地方睡,睡在你们的储藏室。房间里连张床都没有,不过是张两用沙发。在西方,凡能出租的房子至少带张床……"从来不说话的小舅子开了口,心里清清楚楚一本账。

"你们顶了这批书,人家图书公司不是给你代销的抽头吗?"

"书要卖得出去才能有抽头。你也知道,这些书一个月也卖不出去一本,不然你也不会顶给我们。代销的抽头百分之四十,你就拿去一半儿,虽然你把书顶给了我们,你们紧紧把着这个空头代理人。你当了这个空头代理人,我们就不得不把抽头的一半儿给你。这不是剥削是什么?"

妻烦乱地站在一旁。并不制止他们的争吵,好像她很希望这样吵一架,只是不便亲自出面。虽然自始至终她不曾发出一个字,但是她想说的话,他们似乎全替她说了,好像他们都是她在这场争吵中的代理人。

"我是这儿的老板,我有权力剥削你,这儿的法律就是保护剥削的。"他想起在国内不得不读的《资本论》。在资本积累初期,资本家就是靠比当今世界的资本主义残酷得多的剥削起家的。这是马克思的发现和总结。真是无比伟大的理论!要是那些专管政治学习的长官,知道他正在将学习的理论应用于实践,他们会怎么想呢？他敢担保,没有多少人能像他这样地学以致用。像他这样自觉地照那理论去做。

"我们可以搬出去。"

"我有的是办法卡你,我不给你签工作证,你就办不了居留证。"

不过他心里清楚,他们如果搬出去,肯定还会找到一个愿意给他们签工作证的中国老板。大陆的,台湾的,有的是。他们已经不是初来乍到人生地不熟的乡巴佬了。他可雇用不起本地人,他们至少比本地人便宜十倍,再说,他们好歹还是亲骨肉,在不谈钱的时候,他们还是过得很融洽。

唉,钱！

最后他只好付给弟媳妇置装费。如果在国内做,肯定比让现在的她来做更便宜。

汤姆斯那家喻户晓的声音在画面外说道："凤,在中国是吉祥如意的图腾。龙,是至尊至贵的图腾,更是帝王衣冠、皇室建筑以及一切御用工具的标志、佩饰、装饰……无与伦比的手工刺绣（特写）,使我们领略到中华民族精美的艺术……"

这时,坐在电视机屏幕前的千千万万个观众里头,有一对老年夫妇说道："卡尔,你觉得这两个中国人怎么样？"

"他们的衣服很漂亮。"

"你当然不会以为他们是模特儿吧？"

"老汤姆斯能有错吗？如果他说他们行,那就是行。"

画面上出现了汤姆斯在中国拍摄的,在针刺麻醉下的剖腹产手术。只是略去了产妇头部的特写镜头。妻子说："中国人不大喜欢面对公众。"汤姆斯想了想,觉得她的意见非常重要。

在这一组画面出现时,汤姆斯热情洋溢地介绍了中国针灸,他强调地介绍了中国针灸对医学界目前尚无能力解决的疑难杂症的神秘的、卓越的贡献。

接下来就是他们夫妇教授气功的镜头。然后是几位社会名流座谈学习气功的收效。一片赞美,让你觉得那笔学费绝对没有白花。

再下去就是两人与现任总理握手的镜头,以及手部的特写。

"瞧着吧,卡尔,老汤姆斯还会让他们和下一届或下下一届总理握手呢。只要老汤姆斯愿意。"

她在地铁火车上碰到一个老头。

她刚从学校里回来。

她不明白老师为什么通知家长,让他们到学校里去一趟。事情不妙。她怎么和爸爸妈妈说?她一定要想个办法先吓住他们,比方说,让他们以为她会自杀什么的。那他们的气功、乡间别墅全得泡汤。爸老说:"你现在还看不出这栋破楼和这个破园子的好处。等你长大了,这儿的地皮贵得就会吓死人。我们辛辛苦苦还不都是为了你。想在外头安身立命房子最重要,也最难。城里那套房子,租金再便宜,也是人家的。我们能给你留下一处房产,死也瞑目了。"

也许今天该用自己的私房钱买条鱼。家里很久没吃鱼了。妈老说,"现在十天的伙食费,相当于我和你爸刚到这儿一年的伙食费。"

给他们买条鱼回去他们准高兴。自己也少吃不了。

对面座位上的老头眼睛一眨也不眨地看看她。一定是个穷老头,否则为什么坐地铁而不开自己的汽车?她厌恶地转过头去。

车窗的玻璃上照出了她的影子。头发在脑顶高高地盘了一个髻子,翻领衫紧紧地裹住她长长的脖子。她知道自己好看。

对面座位上的那个老头还在看她。讨厌的老头。虽然堆着一脸天真的笑。她本来就不喜欢看上去穷嗖嗖的人,更不要说一个穷嗖嗖的老头。那老头毫不介意,也许根本就没有发现她的厌恶感。上了年纪的人,大部分反应就是这样的迟钝。一个人到了不知道令人家讨厌的地步就更加令人讨厌。不过这也许正是他们的福气?要不他们怎么活下去?

她好像永远这么年轻、永远也不会老地想着老年人的事情。

"你是中国人吧?"老头终于忍不住地问道。

她说不出为什么有点失望。他盯了她半天,只不过是在做这种猜测,提这样一个不让人振奋的问题。"是的。"她淡淡地答道。

"你们家是开中国餐馆的吗?"

她气愤了。她像她一直期待着气愤一下。她的情绪昂扬起来。她甚至有点喜欢生气,好似只有在气愤的刺激下,她的才华、她的智慧才能得到诱发。她果然说出一番铿锵作响的话:"难道中国人就一定是开饭馆的?我爸爸妈妈是气功大师,想必你在电视里见过他们。"

"对不起,我不认为开饭馆有什么不好。"老头宽厚地说,依旧很喜爱地看着她,好像看他膝头上一只淘气的小狗或小猫。她本希望这番话,会使老头肃然起敬。

不过对她的叔叔,她却显得毫无办法。但这不是她的能力不够。

有一次她洗完澡之后对他说:"叔叔,你刷刷澡盆,一会儿我爸爸要洗澡。"

他却恶声恶气地对他这宝贝侄女儿说:"让你爸来跟我说。我是他的雇员,不是你的雇员。他有权力让我干,你有什么权力命令我?"

太过分了。把什么都说成是对他人格的侮辱。一身臭知识分子那种最不值钱、最没本事的臭架子。

你既然受人雇用,就得让人家使唤。人家想怎么使唤你,就怎么使唤你。包括侮辱。要说侮辱,他受到的要比这些痛苦得多、严重得多、深切得多。他全一声不吭地咽下去了,像个真正的男人那样。什么是真正的男人?不是拔出刀子就捅,而是咽下(不是忍下)那把刀子,有朝一日再把这刀子吐出来让别人咽。

好不容易把他弄了出来,仅仅因为和人口角几句,就跑回国了。真可惜了那张机票。

弟弟和小舅子两个人,也不和他们打招呼就擅自吃了两个苹果,他倒没有太在乎这两个苹果,主要是觉得这个苗头不好,如果不闻不问,听之任之发展下去可不得了。他必须刹住不可。他们不能以为大家是亲手足,就忘记了雇员的身份。在这个社会里,这是绝对不能互相冲销的两笔账。

晚上,他把他们叫来追问了一下:"这是谁的主意?"

弟弟说:"我。"一点检讨的意思都没有。

他有点火。但他还是很能克制。不过说了一句:"谁让你们自己随便吃苹果了?"

弟弟说:"几角钱一公斤嘛。"

几角钱?

哪一分钱不是他的血汁钱?哪一分钱不要他做出人格乃至良心上的牺牲?

"几分钱一公斤也不行。这里只管饭,水果饮料一律不管。

你怕别人侮辱你的人格,你倒不怕享受别人牺牲人格的结果。"

回国之前,弟弟带侄女儿到点心店去了一趟,专拣他们爱吃的点心挑了不少。也许弟弟终于理解了他的残酷?也许还念及手足之情?可是这叔侄之间难得的一次温情,结果也弄得事与愿违,十分败兴。

"咱们包回去吃。"他说。他本来就是为大家买的。

"在西方的点心店里,是不兴包回去吃的。"她说。她特别喜欢坐在点心店里摆谱。坐在一个临街的窗前,慢慢地吃,慢慢地喝。观赏路上的行人。着时装的女人以及漂亮的小伙是她最感兴趣的两种人。更何况这是一家高档点心店。既然叔叔说他请客,她为什么不狠狠地敲他一家伙?反正他也不知道哪家便宜、哪家贵。

虽说她喜欢装小姐的架子,口气大得像个公主,可是能让她装小姐架子的机会并不多,这种高级点心店就更难得光顾。

她心里明白,他们家离真正的老爷太太小姐的日子还远着呢。说到底,现在不过还是装装而已。

"你看,那个老太太不是包走了吗?你和店员说说,让他也给咱们包起来。"

叔叔的声音很大,一只手还指来指去,弄得她很不好意思,激起她一种作对的心理。她反而对那店员说,他们就在这儿吃。

等店员送来了刀叉,弟弟才明白受了小侄女的愚弄。"我让你跟他说我们包回去吃,你怎么不说?你仗着会说这里的话就欺侮我?是我请客,倒要受你的气?!"

"我可以不要你请,我自己付我那份钱。"这时,她几乎有点残忍地等着欣赏叔叔的暴怒,只要咬咬牙,她毕竟还是拿得起这笔钱来戗她叔叔。

"好,那你就在这儿吃吧。"他把其余的点心全倒进垃圾筒,便扬长而去。

她回到家里,不饶人地拿了钱去还他:"喏,还你我的那份点心钱。"

"你要是还我,就如数地还来,这点钱可不够。你不是想装财主吗?那就真得拿点财主的派头来。"

她只好将钱如数补上。又因为让人戳到了痛处,羞恼地将钱扔在地上。

"你给我捡起来,不捡我就揍你。我可不能咽你这口气,连你也想骑在我头上拉屎撒尿,哼!就是你把你爸你妈找来,我也照样揍你。"

她只好乖乖地把钱捡起来,知道他可不是随随便便地吓唬她。因为从未遭受过如此的惨败,一时又找不到将对方置于死地的办法,还出那狠狠的一击,便恨恨地大哭起来。

"你哭好了,这一招对我没用。"

为了这个,叔叔回国的时候,她甚至不肯去机场送行,妻子也说有事没去。谁知道是真是假,现在他们夫妻二人之间也很隔膜。好像各自包藏着各自的秘密。他们已经像西方人那样,将各自的进项,各自存放。

除了早餐,连吃饭都很少能够像一个正常的家庭那样,正正经经地坐在餐桌旁边一起吃。从八点多钟开始,他们就得轮流教课,一直教到晚上九点多钟,自然只能轮流着吃饭。等到睡在床上,累得连话都不想说了。他们还必须抓紧时间赶紧睡,即便如此,每天下来仍感腰酸腿疼,心情恶劣,体力不支。

就是在早餐桌上,他们彼此看着、看着,也会突然问自己:"对面这个女人(或这个男人)是谁?"

他们还相爱吗?

天哪。

弟弟好像逃亡似的催他早早出发。托运完行李,还有不少的时间。

"喝点咖啡去吧。"他说。

弟弟感到有些意外。他们家很少喝咖啡,更不要说在外面喝咖啡。喝咖啡成本太高,不如喝茶,茶叶即使泡到第三次也还有味儿,更主要的是价格低廉。

他不但要了咖啡,还要了两份甜点。真的很不寻常,所以他们一时间反倒没有话说,只听见小勺搅动咖啡的声音。

在这期间,弟弟试着张了几次口,又紧紧地把嘴闭住。最后还是下决心说道:"哥哥,我要走了。这一走,不知道哪年才能见面……"

"不会很久。我相信你还会回来。"今天他很有耐心。

"不,不会。"

"会的。我保证你回去以后,很快就会后悔。"

"我?后悔?不。"

"肯定。"

"好吧,我们不谈这件事,我只想对你说,哥哥,你变了。"

弟弟的样子看上去真的有些苦恼、伤感。这让他感到有些滑稽。

"你从前多善良、多愿意帮助人哪。现在……现在你简直变成了资本家。你还戴过红领巾,当过共青团员、共产党员哪。"

他的善良早让各种政治运动连根刨了。那些运动使人变成狼。他们只用三十多年的时间,就把人类几十万年的努力、本来就收效甚微的进步,轻描淡写地一笔勾销了。他的眼前甚至常常出现这样的幻象:一只巨大的、怪异的兽,在看得见、摸得着的,本来是看不见、摸不着的、暗绿色的年代里穿过,一步一步地向他逼近。

"你真的还念这套经？恐怕就是在国内也念不成了。我的好老弟。"他心平气和。资本家这顶帽子，现在既不能给他带来灾难，也不能让他感到耻辱了。"好老弟，我要给你讲点《政治经济学》。你在一个资本主义社会里，看到一个资本家，当然喽，这个资本家有所不同，他曾经是一个誓为消灭一切剥削和压迫而奋斗终生的中国共产党党员，你倒觉得稀奇了。你怎么不稀奇在所谓的社会主义社会里，如今又出现了官僚买办呢？也就是老百姓说的'官商''官倒'，他们和外国人一块儿来坑中国人的钱。他们比我这个靠二十块美元起家，苦熬苦干的资本家可轻省多了。我多少还算得上是多劳超多得，他们简直就是不劳而获，舒舒服服地就当上了官僚买办——新民主主义革命所要推翻的三座大山之一。你让他们那张'人民公仆''共产党员'的面具给骗了。从实际情况来看，所谓的共产党员中，有不少投机者，自觉的或不自觉的。特别是在坐天下之后，在成为执政党之后，这个问题尤其突出。共产党偏偏愿意相信那些心怀叵测、狗舔屁股的家伙，把他们纳进党内，任他们败坏这个党，腐蚀这个党，成为这个党的掘墓人。共产党，也许很快就要名存实亡了。"他长叹一口气，毕竟想起了当年那颗炽热的心，和那既经不得风雨，也见不得世面的理想，"我不过把自己的所作所为亮在了明处，没有既想当婊子，又想立牌坊。从本质上来说，他们和我不但没有什么两样，可能比我还卑劣。团员怎么样？党员怎么样？还是毛泽东说得对，人是可以改造的。资产阶级既然可以被改造成无产阶级，无产阶级也就可以被改造成资产阶级。只要把他们放在那个环境里。你的问题可能和大多数中国人的问题一样，认为这个公式只适用于普通的老百姓，而不适用于那些所谓入了'保险'的人。责任并不在你，人家就是这么灌输的。在真理面前人人并不一定平等。我劝你与其回去受他们的剥削,不如留在这儿奋斗。凭中国人的韧劲儿,你一定会熬出头。看看中国老一代的移民吧,他们是我们的榜样。不过他们太老实了,差不多都是从洗衣服、开饭馆这样的事情开始。现在的新移民比老移民的起点高,绘画、音乐、舞蹈、服装……更便当的是嫁个外国男人,或是娶个外国女人,就是经商也是炒卖房地产,经营土特产、矿产、丝绸……也许还是应该感谢毛主席他老人家的恩情长,他的那些政治运动把咱们这代人整治得像狼那么皮实和狠毒,有了他老人家那碗酒垫底儿,再险恶的情况也能对付。好了,这些话你也许一时听不进去,回去对比国内的情况,慢慢地消化、活学活用吧。别生我的气,我现在是苛刻得很,可是没办法,不这样,我在这个社会就站不住脚,等我成了百万富翁那一天,我会慷慨起来的。时候差不多了,你也该登机了。"

他们穿过那些杯盏狼藉的桌子、颜色鲜艳的硬塑料椅子和神色不宁或眼睛瞪得挺大却什么也没看见,或别情依依或不管到哪儿都像在自个儿家里那么自在的或嘻嘻哈哈的旅游者;或行色匆匆、夹着公文皮包去履行公务的乘客。

弟弟觉得,这些形形色色的人,似乎就是由他分裂而成的。

很快地就来到了边检处,他只能只身前往了。他们必须在这里分手。他突然转过身来,紧紧地搂住哥哥。他不是应该恨这个变了形、走了样的哥哥吗?

"好,好,快上飞机吧。"

唉,这个世界上有十全十美的地方吗?!

"爸——"女儿尖声地叫着,有点兴奋地向他跑来,他看见她修长的光腿,在早晨的阳光下,闪动着凡是一条十二岁的腿都会有的那种光泽,也和任何一条十二岁的腿一样看不出特别的前途和希望。

唉!

她一头扑进他的怀里。"爸,我在地下室里发现好多还能用的东西。还有一辆旧自行车呢。"

他故作意外:"真的?"

他能放过这一栋楼、这一处园子的一个角落吗?不过他更愿意让女儿去独享这种乐趣。哪怕是一辆旧自行车、几把破椅子、一架破除草机,也算是意外之财。

"就是有点太破了。"她噘噘嘴,向那栋破楼瞄了一眼。

"要不,能那么便宜?破可以雇人修嘛。像安窗子、修桌椅、铺地板、粉刷墙壁、糊墙纸,你舅舅全会干。舅妈可以刷油漆、安玻璃、擦玻璃、搞卫生、缝窗帘什么的。中国人什么都会干,全凭自己一双手。"

"那我也干。爸,要是我干,你也付我工钱吗?"

"你能干什么?"

"我跟舅妈一块儿干,她干什么,我就干什么。"女儿朗朗地说。

好精!真像他,又狠又贪。这就是说两个人的活她可以少干甚至不干,到时候白分一半工钱。她差不多掌握了这套本事的精髓。他可是从来也没教过她。

但他不打算把她这点小心思,和她绕的这个小弯子点破。"你以为你舅妈会同意这样做吗?她可不像刚来的时候那么老实,那么傻了。"他说。在美好如圆舞曲的苹果树荫下。

现在他觉得这里的人很好糊弄。

他很有把握地微笑着。呷了一口咖啡,就像从眼前一个只有他能看见,别人却看不见的人的身上,从容不迫、彬彬有礼地咬下一块肉,吮了一口血。

真可惜,塞林太太已经长眠在墓地里。今天早上他怎么净想起死人?真晦气。她的馈赠却还在他们的家庭里发挥着重要的作用。

他们至今爱惜每一条绳子和每一枚钉子。更不会丢掉这张桌子。

他们是中国人。是中国人就不会轻易地丢掉什么。要不是新婚姻法规定了一夫一妻制,中国人连没有用的老婆也不会丢掉,而让三宫六院、七十二嫔妃和平共处。因此,从某种意义上来说,离婚率上升是推行新婚姻法的结果。在中国人认为必要的时候,他们把什么都能弄到一块儿和平共处,比方说猫和耗子,老虎和绵羊,也可以把一切都弄得不能和平共处,好比一个人的左耳朵和右耳朵。

这样的寒碜的餐桌,连垃圾堆上都很少见了。塑料贴面上还有几处被锅底烫出的疤痢。不过塞林太太送他们的时候还没有这些疤痢。疤痢是女儿烫出来的,他们并不是总有时间给她做饭。穷人的孩子早当家,李玉和说的。

可是塞林太太为什么偏偏死了呢?学气功的太太先生们,再没有人像她那样和善,那样不惜言如金,那样像中国人一样爱打听家长里短的了。

"摩尔(塞林太太的老狗)每天早上六点半准时叫醒我,它在我的耳朵上吹气。"塞林太太说,就像在说摩尔考上了法学院。

"当然,我知道你们不缺钱,会买一张更合心的餐桌。可是这些东西(包括几挂窗帘和一条披肩)放在我那儿真碍事,就算你们帮我处理掉了好吗?"塞林太太的眼睛躲躲闪闪,很不好意思的样子,因为她不能送给他们更好的东西。

"对不起,"塞林太太吞吞吐吐,但又决一死战地说下去,"中国人和西方人做爱的方法一样吗?"她那问话的神气,好像中国人那玩意儿不是长在两条腿的裆间儿,而是长在头顶上。

问题是,她始终不肯说气功对她的病没有用,一点用也没有。这是塞林太太最令人难忘之处。这样的人,世上还有吗?

这儿的人喜欢怀旧。就连餐桌上这个很便宜的蜡烛台,也做得像还没发明金属加工工业时的那么古朴、阴沉。好像刚从铁匠铺的铁锤子底下拿过来。

现在他相信什么都可以制造。连气氛、气魄、气质、情调什么的在内,只要有钱。甚至用不了多少钱,虽然不如有钱那么地道,但也不一定非地道不可,这个世界地道吗?世界上有几个汽车大王或船王?就是那些王们也不一定就真懂他自己的那些收藏。大部分是烧包而已。

他现在渐渐地注意气氛。从大陆移民来此的梁某,赚了大钱之后,不是花钱买了一个文艺基金会的董事吗?如同过去花钱捐功名一样。

一个人有了钱以后,不一定老吃猪肉,停留在一个低水平的富裕标准上。

他用一个手指头扒拉着餐桌上的那些信,看了看落款上的署名,全是过去的同学、同事,其中还有他过去的党支部书记。

现在他们求他来了,跪着、爬着,忘了过去他们是怎么整他的了。

跪吧,爬吧,现在该轮到你们了。

对,好好地跪,好好地爬吧。

"怎么样,要不要给他们做经济担保人?"

"当然要。新买的房子和楼不是要大修吗？大修以后不是要扩充我们的气功班吗？光弟媳妇一个人可能忙不过来了。再说,经济担保还不是一张空头支票？"

"爸,一、二、三、四、五,五个人哪,你要得了吗？"女儿说。

他又把那几封信看了看,掂量了掂量,抽出其中两封递给妻子。"就这两个吧。"

"哟,这不是整你整得最厉害的人吗？"

"正因为如此,我才专门拣这两个人。"他解恨地说。

"你可真够阴损的了。"妻子说。听不出丝毫赞美、赞同的意思,但也绝无谴责和不满,倒可以品出一丝隐隐的警戒。

"爸,你的招儿真高。"女儿毕竟还是孩子,比起妻子来,显然差着许多火候。但小小的年纪,能够立刻心领神会,已属难得。要这样。这样到他死的那一天,才能放下心。

他又想到了死的问题。

"早上好。好气氛。"小舅子走进厨房,瞥见桌子上的煎蛋、黄油、起司、火腿、肉肠,还有三块热点心,差不多像是过节了。

他注意到了小舅子那疑问的目光。

"没什么,慰劳慰劳自己嘛。"

他没对任何人说过,他听到一位大陆来的同乡,没有缘由地——大家都这么说,没有缘由地,还说"奇怪,奇怪"——突然就死了之后的心情。有什么可奇怪的？他是累死的。

于是他突然感到,来日苦短,人生无常。

十

恐怕再也找不到比这个结尾更加没有意思的结尾了。

你觉得你已经准备停当,万无一失,事到临头,仍会缺盐少醋。

莫利小姐从那一刻起,已经变成一个满瓶暖人的佳酿忽地一下被倒进阴沟的空酒瓶子。偏偏又在秋雨落黄昏的时节,着了一点小风,立刻呼呼作响,就像有人对着那只瓶子口吹气似的。

他们真的可以这样说,这怨得了谁呢?即使用牵强附会的办法,也沾不上任何人,或任何事的边。

一个他们现在诚心诚意地觉得朝气蓬勃、干劲十足、任劳任怨的人,没有一点先兆地,说没就没了。好像他有意做得干净利落,就是死,也不能打破保持了一生的,不给任何人增添麻烦的纪录。

但是他们全都觉得,他们对司马南江的死,负有义不容辞的责任。这两天,他们好像做了什么亏心事,不大敢眼对眼地坦然相视。

不过再往深里想想这个人,似乎又想不具体。若不是这次作为同一个代表团出访,如果有人向他们提起司马南江的名字,也许他们都会说:"谁?哪个所的?"即使有人详叙其貌,详尽其状,他们最后可能还会一面若有所思地点着头,一面想得起来又想不起来地说:"啊!啊?啊……"

现在副团长特别感到司马南江这一去所留下的、不可弥补的空白。

"您再好好想一想,护照肯定是留在洗脸间的台子上了?"莫利小姐问。她眯着眼睛,仰着脖子,下巴真像一把齐头的铲子。

"真抱歉,我想是……"也许是在箱子里?副团长不敢十分肯定。他现在特别感到了没有司马南江的不便。当他鞍前马后地照应他们的时候,他们似乎并不感到他的存在。好像一个人的价值,种种的好处、优点,只有在死后才凸现出来,让人们叨念不已。死亡好似火,只有用它来烤一烤,才能把用糯米水写在纸上的暗语,显现出来。

真是出师不利。谁能想到会有这样的情况发生?

他觉得团长差不多是不怀好意地看着他。耷拉着下嘴唇(他突然发现团长的下嘴唇很厚),两只手插在裤袋里,冷冷地看着他。

秘书则抱着骨灰盒子,呆呆地守着他们尚未托运的行李。现在,驮重的任务责无旁贷地落在了他的身上。这一项任务,足以让他名正言顺地少关心其他,甚至不关心其他。

好像他们刚刚经过十万八千里的长途跋涉,累得丧失了七情六欲;好像司马南江的死亡和他找不着护照有很大的关系;好像他们彼此看一眼,也成了自己的累赘;这个人为什么站在这儿?还要落进自己的视野?

他又何尝不想找个借口、渠道,转移或发泄一下他心里那股和他们一样的,说不明白的怨气?

偏偏摊上了他。在这个时候找不着了护照。

出来以前,外交部门三令五申地强调丢失护照的严重后果,外交部要照会凡是与中国有外交关系的国家云云。

是防止有人利用他的护照,冒名顶替地去那些国家招摇撞骗,窃取情报?还是防止有人利用他的护照,冒名顶替地到中国招摇撞骗,窃取情报?不过这种可行性相对来说比较小,因为这个人必须是亚洲人种。

到别的国家去招摇撞骗、窃取情报,他这份护照有无使用价值他不敢说。

反正现在哪怕是最高层的会议,一个月之后,香港杂志上都会全文照发,那会上谁谁怎么说,谁谁又怎么说,一概明明了了。好像那些杂志,全列席了那些会议;好像那些红头文件的发放范围,在发至县团级的后面,又加了一句:及发至香港××、××、×××杂志。

反正你很难说这是否是因为有人丢失了护照的结果。

他很怀疑限制那些杂志进口的原因,可能不是为了防止什么、什么,而是因为大部分老百姓的级别,还不够县团级,以及香港××、××、×××杂志。这恐怕不是平白无故的猜想,因为这些杂志经有关部门批准,还是可以少量进口,供有关单位、领导内部参阅。他虽然不是有关单位和领导,他的老上级却是。由白金眼镜框子化名撰写的,有关大陆来此开拓的那位歌唱家,如何丧失国格人格的败行劣迹,引起爱国侨胞强烈不满的文章,就是在那位老上级家里看到的。老上级说:"这个人如果不回来就算了,如果还想回来,必须让她对自己的言行作出解释。一个在党的教育、培养下成长起来的文艺工作者,思想觉悟却不如整天泡在资本主义染缸里的侨胞!真是太不像话了。"

"好在我预先留出了相当富裕的时间。"莫利小姐明明这么说,他却感到她是在说"我早知道你们会出这样的事"。对。是"你们",而不是"你"。他看看团长和秘书,不知他们是否也有同感。他们的脸,仍像压在排泄管道上的又厚又重的铸铁盖。"请你稍候。"莫利小姐说完,就迈着她那昂首阔步的步子,转身去了。

这真是在家千日好,出门一日难。

副团长想念在国内那不说八面威风,至少也是威风凛凛的日子。但在这个团里,他觉得心情很不舒畅。上头有团长压着,后头有司马南江顶着。现在司马南江一死,他不但降了级(不但行政级别,包括接待级别),简直连什么都不算了。

她的脚步有些重,示威似的。鞋底就在机场营业厅的地板上敲得很响。也许应该先打个电话给旅馆,问问他们在清理房间的时候,是不是发现了护照。

莫利小姐很失望。

这是不是有点像一场闹剧?

当全体与会代表,听到会议执行主席宣布那一噩耗,自动起立致哀一分钟的时候,一种十分荒谬的感觉,把她推向另外的极端,她差点抑制不住地在那肃穆的会议厅里大叫起来。

人们本已生活在一个足够劳苦的环境里,中国人却好像还嫌不够,偏偏还要给自己制造一些困难,所以他们活得比西方人还要艰难。每每和他们有过一段较长时间的接触以后,她总有一种被传染上什么病的感觉,让她禁不住地想要歇斯底里大发作。

也许她应该亲自到旅馆去一次?还是亲自去旅馆一趟为好。她喜欢竭尽所能,不给自己留下后悔与遗憾。这样决定之后,便又向停车场走去。

司马南江先生的论文,是一位西方同行代念的。那位先生的声音很好听,简直是太好听了,所以听上去很像牧师在布道。她和代表团里其他三位垂头丧气的先生坐在大厅里,听一个已然不在这个世界上的人的思想,在大厅拱形的屋顶下回荡。她觉得好像他也趴在拱顶上听似的。笑眯眯的,好像很为自己开的这个不大不小的玩笑而得意。他是她所接触的中国人当中,最让她感到不好理解的一个。

护照最后是在副团长的一只袜套里找到的。

"哼!"团长哼出尽在不言中的一哼,便两手叉腰地转过身去。好像他很为找到护照而气愤。

秘书仍旧一副找不到也呆呆,找到也呆呆的劲头。

莫利小姐认为,这只能用他过分爱护、珍重的理由来解释。"一切人们以为是荒谬的行为,往往是出于正常得最纯粹的理由。"她说。

这是什么逻辑?团长想。他看了看莫利小姐,一点没有胡言乱语的样子。

副团长根据这几天对西方人的观察,认为他们不管听到、碰到什么不幸的事,根本别指望他们会像中国人那样,发出种类繁多的,表示不同程度、不同性质的感叹词,更不要说那像歌唱一样的恸哭。他们差不多总是一面缓缓地点着头,一面像是论证什么地说:"这真是非常的不幸。"连脸上的筋都不会动一动。

刨去官员不算,西方人在表现欢乐的时候,才会像中国人表示哀痛那样淋漓尽致。好像他们在这两方面分了工。

莫利小姐的话,自然不会出于恻隐之心。

莫利小姐帮他们填好行李签,又把这些行李签一一拴在箱子上,在清点确无遗漏之后,才和秘书一齐往磅秤上挪动他们的行李。除了司马南江那两个箱子,其他的箱子,全比来时重了许多,满载而归地鼓胀着。莫利小姐瘦得十分干巴,却有男人的力气。箱子在她手里上上下下,毫无拖泥带水之意,一副先锋妇女的派头。

由于只有三张机票,他们的行李,远远超过了航空公司所规定的免费托运的重量。

莫利小姐垂手而立,没有打算支付这笔运费的迹象。

团长便吩咐秘书:"好吧,咱们把这笔运费付了吧。"好在这笔外汇回去之后肯定可以报销。不过他觉得莫利小姐这样悭吝不太像话,不知这是接待单位的意思,还是她自作主张,无论如何,他们还退回一张回程的机票呢。

登机的时间快要到了。"你们应该过关了。"莫利小姐从她的小皮包里拿出一张纸和一支笔来,"请看,你们的登机口是二十五号。过了关检之后请往右拐,下楼梯,再上楼梯,然后向左拐,你们就会看见第十八号登机口,请顺着第十八号登机口往前数,很快就能找到二十五号登机口。请放心,沿途都有指示前进的箭头。"她一面在纸上画着,一面对他们讲解着,"你们都懂了吗?我想这是很容易的。"很像教数学课的小学教师。

是很清楚,也很容易。从图上看。可是大使馆文化处的一秘为什么不来送行?团长很快地想出这个可以挑剔的理由。何况他们还承担着护送司马南江的骨灰的任务。要是他们不管,撂给使馆,看他们怎么办!只是在司马南江遇难之后,团长才见到大使,研究如何向国内汇报,请求如何办理以及如何通知家属等事宜。大使的言谈话语之中,颇有些不满的意味。不过他也没有明确地指出什么。团长怀疑那个文化处的一秘在大使面前说了什么。回国以后,他一定要以他们如此对待司马南江的骨灰为理由,向有关部门反映他们一家伙不可。

"好啦,莫利小姐,请回吧。"团长伸出手,与莫利小姐握了握,"我代表我们全团,对您给予我们的帮助和照顾,表示十二万分的感谢。您为我们两国人民之间的友谊和两国之间科学技术的交流,做出了很大的贡献。"团长十分流利地说下去,"特别在司马南江同志不幸遇难之后,您在我们极为悲痛的时刻给予我们的帮助,更让我们终生难忘。"

除了关于司马南江先生这段话之外(因为并不是每一个来访的中国代表团,都会淹死一个人),其他的话,莫利小姐已经听过无数遍,像听录音带似的一字不差。对于这样的赞美,不管真假,她都觉得当之无愧。"谢谢。"她说,"不过我还不能走,我要看着你们过关,万一过关时还有什么问题需要我办呢。"他们当中没有一个人懂外语,万一发生什么问题就麻烦了。

好,离境手续完备,顺利过关。他们回过头来,隔着玻璃墙,向莫利小姐挥了挥手。她点了点头,好像说了一句"很好",而不是说"再见",便转身走了。步伐依旧很快,绝无半点眷顾,好像根本没有悉心尽力地接待过这个团,或者就在她转过身子的那一秒钟里,把对他们不管是好是坏的印象,全从脑子里抹掉了。

虽然只是一层玻璃之隔,至此他们已经离开了这个来也匆匆,去也匆匆的国家。玻璃墙的那一边,真的已是另外一个世界。

他们确实曾把自己的脚印,印在玻璃墙那边的土地上。但他们仍旧感到不曾来过。

他们不过是隔着一道如此这般的玻璃墙,透视着那边的景物,似乎清清楚楚而已。

归程似乎容易得多。秘书看到入境申报单上备有中、英两种文字,大大地松了一口气。即使没有司马南江,他也可以对付这个差事了。即使只有英语,他也不必担心,反正,到家了,谁能不让他们回家呢?

飞机开始了下降的盘旋。那熟悉的、老是让人感到被干旱困扰的大地,映入了眼帘。虽然只有几天的别离,心头还是涌起久违之后的喜悦。他似乎感到有阵阵的波浪,从他的肌肤上流过,好像有人在抚摸他。在这种抚摸下,他那惶惶不可终日的感觉消失了。不论怎么着,在这儿,他至少可以消消停停地过日子,至少可以在家,和妻、和孩子,不用问句说话。金光闪闪的日子虽好,可不是他的,也不是大多数人的。

过吧,想那么多干什么。冬天腌雪里蕻、渍酸菜,夏天自制清凉饮料酸梅汤,国庆节去一趟免收门票的公园,春节磨剪子磨刀,下了班用宴会上带回来的"易拉罐"饮料空桶,给这个或那个亲戚做一个室内天线……忙忙叨叨,消消停停。

日子也好,人生也好——你管它叫什么都行——反正,就是这么回事。

八只箱子,在通过探测仪器的检查之后,被扣下一只。还有司马南江的骨灰盒子。

"什么病?"

"没有什么病,是意外亡故。"

递过了表格和笔:"请把单位的电话号码留下,我们检查完了,就会通知他们来领取。"

"我们如何向他的家属交代呢?他没有病,我们有他的死亡证明。"

"那证明当然不是北医一院或者朝阳医院开的对不对?对不起,为了大多数人的健康,我们必须这样做。"

Pass!

副团长说:"我的箱子里什么违禁品也没有。里面装了什么,我还不知道吗?"不过他的口齿不清,嘟嘟囔囔,好像说给自己听。

两位边检人员背着手儿,一声不响、一动不动地站在箱子旁边。副团长的嘟嘟囔囔,好像无尽地向空旷无际的黑暗里沉落,看不到丁点儿和什么东西碰撞的火花,也听不到丁点儿的回声。

既然没有什么违禁物品,怕什么?他们年轻匀称的身体,在合身的白上衣和藏蓝色的长裤里,显得越发挺拔,大檐帽低低地压在眉毛上,很俏皮。和西方的水准相差无几。要是只看这些人,真觉得中国差不离了。

副团长不是怕,而是不好意思。箱子里确如他自己所说,"里面装了什么,我还不知道?"何必一定要将人置于十分狼狈的境地才肯罢休呢?他气愤地想。忘记了就在出国之前,他还不厌其烦地让一个犯有"男女关系"错误的干部,交代通奸的细节。好像那审问带给他无限的乐趣,一直弄到那个干部四处扬言,非要宰了他不可。如何处分这个干部,还要等他回来最后拍板。

那只箱子被五颜六色的尼龙绳缠得像只端午节的粽子,他先解开一道又一道纠结在一起的绳子,箱子上,被尼龙绳勒得一道又一道的凹痕,松了绑似的渐渐鼓胀起来。再把箱子上的锁打开。"哗啦"一声,箱子像被剖了膛似的向两边摊开。

箱子里除了通常所装的那些东西之外,还有许多让人意想不到的东西。飞机上用餐的刀叉、塑料小盘、塑料小杯,袖珍包装的胡椒、食盐、果酱、黄油、起司、牙签、餐巾纸,还有三个小圆面包,因为时间已久,发硬、掉渣。旅馆里的卫生纸、小块香皂、小盒浴液、小瓶洗发精、针线包、女人洗澡用的塑料帽子……

他们几乎是带着一种欣赏的态度,将这些东西一件件捏起来细细地看,或者说是展览。又像给拍卖行里的东西定价,必得仔细查看,有无缺损瑕疵,以便杀价。

他们每拿起一件东西,副团长的全身就像在极烫的水里蘸了一下。他浑身大汗。这一辈子的汗,好像全在这会儿出光了。以至他相信,他今后再也不会出汗了。

最后他们拿起几包上面写了不少可疑文字的小纸包问:"这是什么?"

"我……我也不知道。"他们的神色非同小可。副团长本还不想如实讲来,现在也不得不赶快择清自己,"这是……是旅馆供应的。"

他说得没有错,是旅馆供应的。每天晚上,放在床头柜上,一个衬着粉红镂花纸垫的小银盘里。他以为是安眠药。虽然他一生与安眠药无缘,他的儿媳妇却常常失眠。

他本来可以不张皇失措。他完全有权利将旅馆或飞机上供应的东西全部带走。所有这一切,无不包括在飞机的票里和旅馆的房租里。不管机票和房租是谁付的,反正是付过了。

他们尽管觉得纸包上的说明暧昧可疑,但是也拿不定主意,因为这东西叫的那个名字,他们从未见过,不知纸包里究竟是什么东西,也许应该查查字典。

"请等一会儿。"其中一位说。便拿着那包东西到旁边的一个小房间里去了。

副团长想,难道不是安眠药吗?如果不是安眠药又是什么呢?毒品?难道那个国家公开提倡、鼓励人们吸毒吗?如此,他们何必抓捕贩卖毒品的人?如果不是毒品又是什么?他实在想不出来。不过肯定不是好东西。这从他们的神色就可推测出来。

他出来了。神色不再非同小可,只是怪怪地看了他一会儿,又和他的同伴交换了一个意味深长的眼神,像宣判审判结果似的说:"这是一种新问世的避孕药。"

这简直比说他携带毒品更败坏他。

他觉得他身上的每一个毛孔都开始往外冒什么东西,不过这东西肯定不是汗,而是身体里的一种汁液,又黄又黏。

他立刻以证明他与这种药绝无任何瓜葛的速度,把其余几包从翻得乱七八糟的箱子里抓出来,甩在他们面前:"我不懂外语,真不知道是这种东西。"他又用双手把箱子里的东西抄了起来,在他们面前拼命地抖搂,"看看,里面可再也没有了。"

"避孕药不是违禁物品,至少现在还不是。你可以把它们带走。"

"我?我要知道是这种东西,才不要它呢。"他觉得他们的脸上,闪过一丝窃笑,"不信你们问问其他两位同志,他们和我住在同一个旅馆,是不是旅馆供应的?"

团长和秘书都没有像他所期望的那样,站出来为他的清白仗义执言。是中国人都怕和这种事情沾边儿。再说回国以后,他们这个临时性的组合就会解体,虽然他们还在一个系统,可都属于不同的下属单位。谁也用不着谁了,又有什么必要为一个用不着的人沾包呢?尤其团长,很快就会办理离休手续,这次出国,可说是离休前的安慰奖,他就更犯不上为副团长证明什么。如果团长不肯出来证明什么,秘书就更不便站出来证明什么,他怎么能比团长更团结友爱、更关心他人比关心自己为重呢?这是永远不可能出现的奇迹。

"请你把这些避孕药拿走,留在这里我们也不好处理。"他们说。

"同志……"

Pass!

过完这一关,一位海关小姐刷的一声,把团长填写的入境物品携带单甩了回来:"错了。"

"哪儿错了?"

"携带入境的外币数额。"

"就是这么多嘛,不信你数数。"团长把他那只猪皮钱夹递了上去。小姐啪的一下,就用食指弹了回来。

"你再好好看看。"

再好好看看也看不出错在哪儿。团长又数了数他携带的外币,与账面全符。排在后面的人恶声恶气地说:"快点快点。"好像他耽误了他们的登机。

"同志,到底错在哪儿,你开开金口嘛。"

"你这是什么意思?"小姐把身子往椅背上一靠,一副准备罢工的架势。

"我实在看不出嘛。"

排在后面的人更加不满:"快点,快点。啰嗦什么嘛!"

小姐却不慌不忙,她知道排在后面的人不是冲她来的。"你为什么用阿拉伯数字填写?"她用手里的铅笔头教训地敲着桌面。

"表上没有说不许用阿拉伯数字填写。"

"好,下一个。"小姐不理他了。"下一个"迫不及待地将他推开,好像他正巴不得前面的人栽了,好让他补上去。对付这种情况团长很有经验,他就是不让,用他那宽宽的后背,挡住后面那个左右摇晃、想要见缝插针的瘦子。

"你说嘛,不写阿拉伯数字,又写什么数字呢?"

"中式数码。"

他久已不用中式数码,就连繁体字也简化多年。4,4,中式数码怎么写?问了秘书方才想了起来。

小姐撇撇嘴:"刚出去两天,好像就不是中国人了!"

为什么不能用阿拉伯数字？怕人改起来方便？怕往少改还是怕往多改？可能是怕人往多改。往多改有什么好处？去银行兑换人民币？全国还能找出这样一个傻蛋吗？不存美金而存人民币？

在免税商店买进口的免税家用电器？出去多久，该买几件，白纸黑字，层层把关，你填得再多也无用武之地。

防止有人倒卖外汇？

真的应该 pass 了。

Pass 是 pass 了。副团长依旧惶惶。谁能担保他们不会打个电话，或打个报告到单位里去呢？

真是险象丛生。

你老婆又没和你一块儿出国，你随身带着避孕药是什么意思？就算你老婆和你一块儿出国，她也过了受孕的年龄。

送给儿媳妇？你什么企图？你说你不懂外语，以为是安眠药，有人相信吗？

你到底在国外干了些什么？没干。没干为什么随身带着避孕药，你说得清吗？不但他对别人说不清，他忽然觉得恐怕对自己也说不清了。

他越想越糊涂，越想越觉得自己的行为十分可疑。

他联想起一位部长，就是因为在国外买春药，受到开除党籍的处分。

其实现在满大街都是卖春药的广告。刚才汽车拐弯的地方就有一幅。"男宝""三鞭丸"什么的。不过部长买的可能是速效春药，"男宝""三鞭丸"之类属于长效春药。如果这位部长不是在国外而是在国内买，且是买的长效春药，可能就不会被开除党籍。党的政策从来融会着"时间条件地点"这一辩证法的精神内核。同一事件，彼一时、彼一人、彼一地点，处理的结果可能就大不相同。

这位部长可能有点傻,享受的干部待遇可能也不够高,何必花自己的外汇到国外去买春药呢?且不说中国现在什么药都能进口,仅就国医国药在这方面的贡献来说,堪称世界第一,与吃的文化并驾齐驱于世界之林。虽说这都是达官贵人的特权,但也难免不流传至百姓民间。都说中国人民几千年来生活在水深火热之中,仔细想想,在享受七情六欲方面似乎也不曾亏待自己。据说有一荷兰人,专门从事中国性文化、房中术的研究,著述共有皇皇五本之多。只是在新中国成立之后,才将这人欲横流的世界,匡正在共产主义的道德规范之下。

天哪,他猛然一惊,要是政策往这边儿辩证,他的避孕药,很可能会和部长的春药有同样的下场。要是政策往那边儿辩证,他也许会安然过关。要命的是他根本不知道它会往哪儿辩证。虽然刚刚离开几天,他就感到无法揣度,它从来瞬息万变。

今天回到家,什么事也不干,马上就到机关去看文件,只有把最近的文件全都看完之后,他才能对避孕药的结果,作出有利或不利的判断。

一生唯文件是从的他,突然就有了一份逆反的心理:就是买了春药,不管长效速效,算是什么错误?自己不拿这一类屁事做整治人的材料,外国人又能用它拿捏你什么?这恐怕是他这一趟出使西域的最大收获。

秘书突然觉得妻子的身上,添了一些让他感到陌生的东西。也许是她的眉毛、鼻子、眼睛,比以前动得快了;也许她和邻里谈话时,声音比以前尖俏;也许她走路的时候,上身的摆动幅度比以前大了?不,他说不清楚,就算有了这些不同,也是极为细微的,细微到可以忽略不计,细微到只有朝朝暮暮、耳鬓厮磨的丈夫才可以感觉得到。从前她可不是这样。本本分分,安安静静。恰到好处。

妻子觉得他的样子也有些许的变化。不是有点沮丧——即便为了司马南江,也不必如此系怀——就是若有所思,若有所失?对,若有所失。

一进家门,妻子便说:"这里的日子,你一定过不惯了。"

"谁说的?"他硬硬地问,又觉得自己硬得毫无来由,她并无调侃之意,好像他刚从天上来,只怕人间万事不能尽随他的心意。

除了大街上特别脏,房子里的光线有些暗,东西显得多而无用,墙壁有些黄之外,他并无不适之感。

然后是洗脸,换成旧时装。将旅行用的洗漱用具,一一放回原来自制的搁板上等等。直到换上他那双蓝色的塑料拖鞋,并且在水泥地板上走出熟悉的嚓嚓声之后,心里才渐渐地有了几分充实。

妻子在厨房里忙得十分快活。铲子把锅底敲得啪啪响。

"你看,特地买了一条活鱼给你清蒸。四元九角五。"她小心翼翼地把盛着清蒸鱼的钵子,稳稳当当地在桌上放好之后,立刻跳着脚儿猛吹十个手指头。十个中国女人当中九个女人的手指头有这种硬功夫。不知道是不怕烫(不怕烫还吹什么),还是宁愿把手指头烫熟,也不肯把碗扔在地上。

又极宝贵地从冰箱里拿出两罐易拉罐啤酒。"两块三一罐哪,"她说,"等等,还有。"紧接着又把几个冷盘放在了他面前的桌子上。

她是……她是想尽力地为他维持那一种生活的水准。她好好心,又好天真。

他一把抓住她的手,拽着她在自己旁边的凳子上坐下:"不

217

许你再弄什么四块九毛五,或是两块三……咱们吃的是工资饭。"他抄起筷子,拣那条鱼上最好的地方,夹进一只大碗,"留着儿子晚上回来吃。"

他拿起一罐啤酒,对妻说:"去,再拿一只杯子来。"

妻子急急地说:"不不不不,你喝,你全把它喝了。我不爱喝啤酒。"

他故意把罐子拉开,啤酒呼噜呼噜地开始冒沫。"好,你不喝我也不喝。"他知道这一招顶灵,妻子的心一定会和那啤酒沫一块儿汹涌。

她去取另一只杯子,而且很快就取来了。他慢慢地给妻子、给自己各斟一杯:"来,回来了,我真高兴。"

"真的?"

"真的。"

妻子这时似乎才渐渐地恢复了原来的面貌。他心里一动。那一切,恐怕也是妻子的好好心、好天真。

有人敲门。

"开始了。"妻子因被敲门惊散了少有的温馨,而有些愁眉苦脸。

"哎哟哟,难怪有人向我报告,可了不得了,有人提溜着两个大箱子进了这家的门,别就是那个诈骗犯吧。咦,原来是你回来了,这是哪儿跟哪儿啊。"居委会主任两个巴掌恍然大悟地往一块儿一拍,就像给他盖了一个免检章似的,"你看看,是不是?真有两个大箱子。"她指着屋角他带回来的那两个大箱子说,不过那神情又像真逮着了赃物。让人捉摸不定。

秘书不解地眨巴着两只毫无特色、容易让人误解为可以随意对待的眼睛:"诈骗犯?"

"是啊,冒充领导签字,从银行提走了三十万元钱。用麻袋装走的。到现在还没破案,正在悬赏追捕呢。"

"我……我这两只箱子,海……海关都检查过了。"

"看怎么说了。海关检查归海关检查,跟咱们不是一回事儿。咱们这儿的任务,是派出所布置的,要说检查,也是检查得起的。"

"那……是不是得有公检法的搜查证?"

"'精神'上说了,只要发现有人携带大箱子、大麻袋,随时都能拦住检查。"

妻子有女人的精细,忽然发现他们不够热情、热烈,既没有倒茶,也没有让座儿,更没有什么表示,对一个刚从国外回来的人,这样的不周就尤其显得突出。这样的人,也是得罪不起的,她要是给你来个无头"检举"也足够你消受的。虽然是个没有文化的老太太,居委会主任几十年地当下来,大小也能成个精了。"净顾说话都忘了,你刚才不是说给奶奶带了瓶外国酒吗?"

"酒?"秘书更加懵懂了。

"啊,酒。您瞧这个人,忘性有多大。他心烦,全让他们团里那个淹死的人闹的。"(司马南江绝想不到他死后还能继续派用场,包括他的骨灰在内,不过那也许是笔者的另一篇文章了。)她从丈夫随身背回的手提包里,拿出一瓶飞机上发的酒:"您瞧,France,"好像老太太认识似的,"法兰西,法国。您不是爱喝两盅吗?知道茅台涨到什么价儿了?这一小瓶外国酒,不说您也知道。"

"那是,那是。"居委会主任的眼睛,极快地将酒瓶子一捋,"上面都是洋文,错不了。托你们的福,咱们也能尝尝洋酒的滋味啦。"她摩挲着酒瓶子,跟摩挲着法兰西那么满意,然后又倚老卖老地说,"你倒是该孝敬孝敬我。你爸爸活着那会儿,哪次

219

出差回来不给我带点土特产？那是交情，和……唉，和这会儿的事可不同。"她忽然有些不好意思，"行啦，我也该走了，再不走，该招你们小两口烦了。"走到房门口，又转过身来说，"你们要是看见背麻袋、扛箱子的，赶紧报告啊。"

"哎。"妻子极乖地应着，心里却像送瘟神似的巴不得她赶快走。

"你看……"妻子低头、搓手、晃肩膀，像个犯了错误的小学女生。

他搂过妻子那稍稍下斜的、永远给人一种谨小慎微的印象的肩膀："别说了。"

也许应该感谢这块屋顶以外的生活，是它们把他们挤紧了。

"你不觉得她像咱们中学语文课本里的一个人物吗？"妻子有些调皮地问。

"谁？"

"鲁迅先生文章里的那支细脚伶仃的圆规，豆腐西施？"

"嗯……"秘书沉思着。

"如今已经改换门庭，不卖豆腐了。换了一套居民委员会主任的行头。风韵可是不减当年。"

"那诈骗犯的事，可真荒唐。"

"现在什么离奇的事都有，听说有人拿着币制改革前的票子在唬农民。上面也印着'中国人民银行'，不能说是假票子吧？一万元钱不顶一元顶一万元。你说中国人傻不傻？傻。再没有比中国人更傻的了，可是他还能坑人。你说中国人精不精？精。再没有比中国人更精的了，他还让人坑。"

"模仿领导签字，能模仿得像吗？"

"下面的人，谁又见过领导的签字呢？顶多在什么选集、题词上看个复制品。你没见过，又怎么能判断真假呢？好比皇上的御批,你敢怀疑吗?万一你扣住不办,一查果然就是怎么办?"

"真好玩。"

"我也觉得真好玩。"

一大清早他们就起来了。他们没有贪恋那个所谓久别胜新婚的夜晚。干脆说吧,他们甚至没有做爱。他们的脑子,全被比这件事更为紧要的事占满了。

像激战前夜;

像等待奇迹;

像面临重大抉择;

…………

一个躁动不安的夜。

或者说,他们根本就没有睡。

他们先是按照拟定好的名单,分配那两个箱子里的东西。真正干起来,才发现那个名单很不健全。

"不行,无论如何得给王主任送点什么。"

"名单上没有啊。"

"是,是。这是你出国以后发生的事。要不是他的推荐,咱们儿子哪有机会参加中日青年友好夏令营呢?"妻子知遇感恩地说,"没准他能在这个夏令营里交上一个有钱的朋友,人家保荐他去日本留学呢?"

秘书停下手来,惊讶地望着陷入了心向往之的境界的妻子。女人的想象力真是无法估量,难怪现在女作家比男作家的名声大,连妻子都能在这个九平方米、又黑又挤的小屋里,想出如此光明灿烂的事情,更不要说三头六臂、叱咤风云的女作家了。

"事先我可什么礼也没送。越是这样的人,咱们越不能忘记人家。"

"好吧,"他把已然分配好的东西,重又平衡一遍,拎起一件夹大衣,"把给我舅舅的这件夹大衣给王主任吧。"

"那怎么行?夹大衣是旧货,送给亲戚还行,送给王主任怎么拿得出手?"

"要不送两双尼龙丝袜。他总有老婆女儿吧?"

"前两年送尼龙丝袜还行,这两年,回国人的礼品价码也看涨呢。"

"这……"秘书颇显踌躇了。

"能不能把你准备送给各有关领导的东西匀出来一点?"妻子怯怯地建议,她深知这种改变事关重大。

"可是……可是……"他无法痛下这样的决心。他反躬自问,是不是他太自私了呢?只考虑他周围的人际关系。但是,没有他的情况的更加好转,何来这个家庭的情况更加好转?不过他的心告诉他,像王主任这样秉公办事的人,现在已属凤毛麟角,要在过去,本应如此。放在现在,可就光芒万丈,让人感动、感激、感谢,不能等闲视之,不能不有些许的表示。这表示如果只化作一封表扬信,可就太……太没用了。他咬咬牙,从给各有关领导准备的物品中,抽出了一盒巧克力糖。

妻子还是觉得菲薄了一些,不过她再不敢逼迫丈夫了。她觉得丈夫让这种分配折磨得非常可怜。

因为王主任,他们又想起了许多对他们有过帮助,而他们从没有报答过人家的人。

好比有个司机,深更半夜在路上截住人家,送老丈人急诊,要不是人家,老丈人准得一命归天;

好比房管所修水管子的工人,他们家的水管子老漏、老漏,可没少麻烦人;

好比他们两口子都上班、孩子也上学的时候,楼下的老奶奶就替他们收信、拿牛奶、订煤、交水电费、收晒晾的衣服……长年累月；

　　…………

秘书痛心地瞧着为各有关领导精心准备的东西越来越少，可是，正像妻子所说的，越是这样的人，咱们就越不能忘记人家。

妻子给他煎了两个鸡蛋，自己却不吃。

"不，我没睡好，一点胃口也没有。"

"你得多吃点，今天的活儿可不轻。"

见他实在吃不动，便把给儿子专用的奶粉，浓浓地给他冲了一杯，直到他在她的监督下把牛奶喝完，才用冷茶泡了点剩饭，就着半块酱豆腐吃了下去。他盯着她手里那双脱了红漆的筷子头，这才突然发现，家里连筷子都分着等级。煎鸡蛋自然她是不肯吃的。他要不吃，就放进冰箱，留给儿子。

唉！

他们连碗也没刷就出发了。在楼下公用电话那里，妻子给机关打电话请假。"有要紧事儿。"她说。谁能说这事儿不要紧？

当然你也可以说十亿老百姓里，九亿还没有彩电呢。正因为如此，这台彩电就非同小可。

出国人员服务公司的大棚里，好像一个刚跑过马的跑马场，弥漫着一种分不清是人的，还是别的什么东西的杂乱、黏稠的汗味。他们一进这个棚子浑身似乎就沾上了这种黏糊糊的汗味儿。空气里浮游着尘埃。他们常常绊在拆了箱的尼龙绳子上，或是撞在撅着屁股、检查刚到手的冰箱什么的人的屁股上。

任何一条队伍都是拐了又拐，除了他们自己，谁也不知头尾。哪怕是在根本不回答你任何咨询的咨询处。

在这里,他比在国外的时候,还更加浓缩地感到对外开放、对内搞活政策的龙腾虎跃的精神。

突然有人轻轻地捅了捅他的腰,他以为是小偷,赶紧把肩上的背包挪到胸前。

随即,他听到一声戏谑而又有些轻薄的笑。他赶忙转过脸去,只见一张很黑的面孔,很近地贴着他的面孔。那黑面人哑着声音说:"卖指标不卖?"

"不,不。"他往后退了两步,好像有人拿着把匕首对着他似的。妻子也紧紧地向他靠过来。

"不免税的那件卖给我也成。给你五百块,怎么样?"

"不,不。"

"你又不买,"黑面人上上下下地打量着他,一派知道他准没动过这念头,即使动过这念头,也准买不起的派头,"压着干吗?不如卖给我,还白落五百块。"他死皮赖脸地又往他们跟前靠了靠。

"不,不。"他死死地捂着他那装有护照、指标、外汇的背包,好像谁要动手抢了似的。

黑面人的脸一变,又是轻蔑又是怜悯地说:"您除了会说'不',还会不会说点别的?真是死脑筋。您这么着有什么好?惦着给您评个优秀党员?中国共产党不会因为你这点原则就清廉公正起来。别说卖指标,如今卖屁股卖祖宗卖批示卖党票卖情报卖国家荣誉卖国家利益卖什么的全有。瞧瞧人家过的那个日子!没瞧见过吧?谅您也瞧不着。人家在深宅大院里住着,您上哪儿瞧去?像您这么一个小钱、一个小钱地抠哧,"他还不胜感慨地摇了摇头,"唉,可怜见儿的。"好像他能一眼看穿他的钱包,知道他那笔钱是怎么攒的似的。

"我跟你没什么好说的。"

"您当我愿意跟您说哪？拜拜了,您哪。"

他们让那黑面人弄得好一阵手脚发软,缓了缓气之后,才定下心来,根据他们的可能,研究一个少花钱多办事的计划。

"日立的好,还是索尼的好？"

"当然索尼的好。"

"不过有人说日立的也不错。"

"松下的便宜一点,是不是？"

"型号老哇,现在兴直角遥控的了。"

他们站在商品价目表前头,为一台彩电充分发挥着他们的心智。

"要不咱们看看样品去？"

"橱子里只摆着一台东芝的,你没看见吗？"

"他们应该每种牌子、每种规格都摆一台样品是不是？"

"管它什么牌子,能让你买一台就算不错了。又免税又是进口货,够便宜你的了。唉,别说了,咱们赶快交费去吧。"秘书有些不耐烦,他不满意妻子那挑挑拣拣、不知好歹的态度。

交费的队自然也很长,前进的速度极慢,差不多十分钟才前进一步,不过人们并不着急,都有一种在这里安营扎寨的精神准备。背着水壶,带着饮料、水果、面包、饼干、三明治什么的,还有人买了西瓜。地上自然就狼藉着这些东西的残骸。可是他们并不嫌脏、嫌臭,浑身上下冒着一种对他们来说,一生难得遇到的一件好事即将来临的喜兴,以及为这件好事的到来,所必须经历的磨难的坚忍。

必须？

必须！

他们被共同的期待共同的耻辱共同的欢乐共同的烦恼共同的焦急共同的怨气共同的什么什么团结在一起,亲密无间,同仇

225

敌忾;他们又会随时分裂成龇毛龇牙龇尾巴,立刻扑上去咬对方一口的妖怪。

"哟,您能买三大件、三小件哪。这回您家里可就全齐了。"说话的人,如同见到了令人痛恨的资本主义一样,羡慕之情,溢于言表。

"唉,您说的!就这,还平衡不过来呢。我爹妈、老丈人、叔叔伯伯、舅子姨子……要不是我们当机立断,改乘火车回来,还凑不够三个月哪。"

"这回您在外头可过足了瘾了吧?"

"您说的!您不是也刚从外头回来吗?那日子……唉,还用我说吗?您心里比我清楚。熬,只有熬够三个月,才能'三大三小'哇。"

"人家也会说,你们出去开洋荤吃洋肉喝洋酒看洋景,白吃白喝还捞大件小件,回来以后还白拿工资,别逮着便宜还卖乖。"

"唉,是呀!"

"是,是。"

"可也是。"

那感慨一律地有些理亏,一律地认为这番话言之有理。

"坐火车好不好?"

"嗯……挺逗。"

"怎么逗法?"很多人来了兴趣。在一件让人生闷的事情或一种让人生闷的环境里,你想不变成一个好刺探的人都不行。

"你们知道,那是苏联火车。上餐车一看菜单,挺丰富。什么红鱼子、黑鱼子,都是高蛋白,还有马哈鱼什么的。这些东西咱们吃不起,可老外吃得起。我看见那些老外往那儿一坐,把餐巾往大腿上一抖搂,拿起菜单比比画画:'请给我来点红

鱼子……'

"'对不起,没有。'又高又壮的女服务员说。

"那老外嗖地扫了服务员一眼,服务员像个守门员似的伸着脖子就等着接这一眼。老外没辙了,嗽了嗽嗓子又说:'那就给我来点黑鱼子。'

"'对不起,没有。'又高又壮的女服务员还是一副等着接球的架势。

"'这么说,马哈鱼也是没有的了?'

"'没有。'

"老外把菜单往前一扔:'那你就说说,你们都有什么吧。'

"'红菜汤。'这回老外只能坐在那里翻白眼了,服务员还是伸着脖子站在那儿等他点菜,好像在问:'还有球吗?'我们可挺高兴,有个红菜汤就不错了,有人连红菜汤还舍不得喝呢。面包我们自带,在超级市场买的,比火车上便宜,如果你能买到过期的,那就更加便宜。过期怕什么,咱们食品店里的东西哪种不过期?干脆连出厂日期也甭写。没听说吃了过期食品就死人的。可是火车一到站,瞧吧,餐车门口立刻挤满了人。不,不是乘客,全是黑市上的倒爷。红鱼子、黑鱼子、马哈鱼这会儿全有了。提意见?上哪儿提去?跟咱们这儿一模一样,嘻嘻嘻……"说故事的人笑得上气不接下气,很得意似的。

"哈哈哈……"

"哈哈哈……"

大家一块儿乐得前仰后合。

"我记得'文化大革命'的时候看《参考消息》,那上头说苏联走后门成风,'小白桦'商店专为特权服务,苏联变修了什么什么的,如今和咱们比一比,不说小巫见大巫,也算得平起平坐了,哈哈哈……"

"嘻嘻嘻……"

"嘻嘻嘻……"

连妻子也忍不住一起笑了。这笑声确有一种传染的力量。

"我坐的是罗马尼亚航班,"热烈的笑声像是一种鼓励,也像一种煽动,"真穷啊,比民航差远了。布加勒斯特机场的照明差极了。我猜他们点的是咱们厕所里常用的那种三瓦的日光灯管。去的时候,说是厕所坏了不能使,憋得我差点尿裤子。回来的时候厕所倒是开放了,满地都是水汤下不去脚。个个水箱漏水,跟咱们的一样。小卖部除了一种汽水之外,什么饮料也没有。那些老外不管到哪儿都喜欢喝点什么,他们在小卖部前头转来转去,特别想来点什么,可是转来转去,还是那种汽水。他们明知那种汽水非让他们上当不可,最后还是忍不住去买来喝,没办法,积习难改啊。可是他们喝完那汽水的表情真是绝透了,个个都像喝了毒药似的。"

人们"轰"的一声又笑起来了。

一场又一场的笑声里,凝聚着发出这种笑声的人也未必觉察的可怖的力量。诅咒、奚落、怨恨、自嘲、玩世不恭、幸灾乐祸——乐谁的祸?!

眼前这些形形色色说说笑笑、又吃又喝、心满意足(?!)的人其实和他一样,披荆斩棘地弄到一个出国的名额,这场拼搏将几十年同窗好友革命战友的情谊丧失殆尽并且反目成仇。到了外头省吃俭用,为抠唆出一笔可以购买一个"大件"的外汇,受尽洋人,包括金戒指、白金眼镜框子之类的讪笑,却始终下不了决心牺牲这个"大件",在豪华的饭店或咖啡店里痛痛快快地回请他们一次。哪怕是一次。一雪"穷"恨,一报他们拿着几个臭钱在中国人面前烧包之仇。

然而这仍是大多数公职人员(其中不乏中国当代之精英)

梦寐以求的机会。

他不知道是该喝西北风还是该跳大神。

前进的速度,连十分钟一步都不再保持,索性一动不动了。

"我到前边看看去。"秘书对妻子说。

前面的人立刻穷凶极恶地喊起来:"别加塞儿,别加塞儿。"谁这时有勇气加塞儿非让人捏扁不可。

"我不是加塞儿,我只是想了解一下,队伍为什么不往前走了?"他一脸坦诚清白地解释着,便感动了一些冤枉他的人。

"现在是休息时间。"

将身子折了几个回合之后,才将眼睛对准按一般身高至胃部的、一条三寸宽的玻璃。窗子的其余部分全被木板钉死,很像旧社会闹粮荒时的米店。玻璃缝上的收款小洞,此时也已关闭。将脑袋错了几错,终于找到一方可以透视的玻璃。从这方玻璃里望进去,两位收款的小姐正在嗑瓜子,兰花手指翘翘的。信了,果然是在休息。

再折来折去地将身子拉直,正好对着一方木板上的安民告示。

工 作 时 间

上午　8:00 — 11:00

　　　8:00 — 9:30 收美金

　　　9:30 — 10:15 休息

　　　10:15 — 11:00 结账

下午　1:00 — 4:00

　　　1:00 — 1:30 收马克

　　　1:30 — 2:30 收法郎

2∶30 — 3∶15 休息

3∶15 — 4∶00 结账

注：其他外币一律不收。

他先是一喜,幸亏他在离境时将×币换成了美金。不但他,差不多的中国人,都习惯用美金来衡量国际市场的价格。

后又一惊,这么说,今天一天是白折腾了。他一下就松开了紧捏着护照的手指,这才发现,护照让他捏掉了一层皮。

"那……那你们还站着干吗？"

"接着明天干哪。"

"回去搬铺盖卷吧。"有人起哄架秧子说。

后来,当他终于把一台彩电抱在怀里的时候,他傻傻地笑着,傻傻地问妻子："咱们是买到一台彩电了吗？"说完他就昏倒了。仍然用一个问句结束了他的西域之行。

1987 年 6 月维也纳一稿
1988 年 8 月 25 日脱稿于北京